Lorenzo Marone

# DER ERSTE TAG VOM REST MEINES LEBENS

Lorenzo Marone

# DER ERSTE TAG VOM REST MEINES LEBENS

Roman

Aus dem Italienischen
von Esther Hansen

Pendo München Berlin Zürich

Mehr über unsere Autoren und Bücher:
www.pendo.de

Die italienische Originalausgabe erschien 2014 unter dem Titel
»La tentazione di essere felici« bei Edizione Longanesi.

MIX
Papier aus verantwortungsvollen Quellen
FSC® C014496

ISBN 978-3-86612-396-0

Satz: Uhl + Massopust, Aalen
Gesetzt aus der Kepler light
Papier: Munken Print von Arctic Paper Munkedals AB, Schweden
Druck und Bindung: GGP Media GmbH, Pößneck
Printed in Germany

Für die zerbrechlichen Seelen,
welche lieben, ohne sich selbst zu lieben.

# VORWEG

Mein Sohn ist schwul.

Er weiß es. Ich weiß es. Obwohl, gesagt hat er es mir nie. Aber das macht nichts. Es gibt viele Menschen, die erst den Tod der Eltern abwarten, bevor sie sich entspannen und frei die eigene Sexualität auszuleben beginnen. Nur mit mir wird das nicht gehen: Ich habe nämlich die Absicht, noch lange zu leben, mindestens zehn Jahre. Wenn Dante sich also befreien will, wird er das ohne Rücksichtnahme auf mich tun müssen. Ich denke gar nicht daran, für seine sexuellen Vorlieben das Zeitliche zu segnen.

# CESARE ANNUNZIATA

Nur das Ticken des Weckers leistet mir Gesellschaft. Um diese Zeit schlafen die Leute. Es heißt ja, der Schlaf der frühen Morgenstunden sei der beste, das Gehirn befindet sich in der REM-Phase, man träumt, der Atem geht wieder schneller und die Augäpfel bewegen sich hektisch hin und her. Nicht gerade ein vergnüglicher Anblick, den man da bietet, eher das Bild eines Besessenen.

Ich träume nie. Zumindest kann ich mich nicht daran erinnern. Vielleicht, weil ich wenig schlafe und früh aufwache. Oder weil ich zu viel trinke. Oder einfach, weil ich alt bin und alte Menschen irgendwann nicht mehr träumen. Das Gehirn hat ein Leben lang die sonderbarsten Phantasien produziert, da können ihm mit der Zeit schon mal die Ideen ausgehen. Die Kreativität erreicht im Leben eines jeden Menschen einen Höhepunkt, von dem aus es dann unaufhaltsam bergab geht, und am Ende deiner Tage kannst du dir nicht mal mehr eine Sexszene vorstellen. Dabei fängt man als Teenager genau da an, man phantasiert sich unglaublich leidenschaftliche Nächte mit dem jeweils angesagten TV-Sternchen zusammen, mit der Banknachbarin in der Schule oder, ausgerechnet, mit der Lehrerin, die aus irgendeinem Grund den Wunsch hegt, sich in die Arme eines Milchbarts mit Pickelbeilage zu werfen. Natürlich treibt die Vorstellungskraft auch früher schon ihre Blüten, bereits bei den Kleinsten, trotzdem glaube ich, dass das Onanieren im Jugendalter erhebliche Auswirkungen auf die kreative Entwicklung hat.

Ich war sehr kreativ.

Ich entschließe mich, die Augen zu öffnen. Von Schlaf kann unter diesen Umständen ohnehin keine Rede sein. Im Bett unternimmt das Gehirn die verrücktesten Reisen. Ich zum Beispiel denke an die Wohnung meiner Großeltern. Ich sehe sie noch genau vor mir, kann sie betreten, von Zimmer zu Zimmer gehen, die Gerüche aus der Küche einatmen, das Quietschen der Schranktür im Esszimmer hören oder das Vogelgezwitscher auf dem Balkon. Sogar die Möbel sehe ich vor mir, ich erinnere mich an jedes Detail, selbst an den Nippes. Und wenn ich die Augen schließe, sehe ich mich als Kind im Spiegel der Großmutter. Ich weiß, ich habe gesagt, dass ich nicht mehr träume, doch ich meinte damit im Schlaf. Im Wachzustand kann ich das durchaus noch.

Ich schiele auf die Uhr und fluche in meine Bettdecke. Es wäre vielleicht fünf, hatte ich gedacht, doch es ist erst Viertel nach vier. Draußen ist es dunkel, weit entfernt hört man die Sirene eines Autoalarms, die Konturen verschwimmen in der feuchten Luft, und die Katzen haben sich unter die parkenden Wagen verkrochen.

Das Viertel schläft, nur ich liege wach und grüble.

Ich drehe mich auf die andere Seite und zwinge mich, die Augen wieder zu schließen. In Wahrheit kann ich im Bett keine Minute stillhalten, ich gebe die am Tag angestaute Energie ab, ähnlich wie das Meer im Sommer die Hitze des Tages sammelt und sie dann an die Nacht abtritt. Meine Großmutter hat immer gesagt, dass man ganz stillhalten muss, wenn der Körper nicht zur Ruhe kommen will; nach einer Weile kapiert er dann, dass Widerstand zwecklos ist, und beruhigt sich. Nur dass es für diese Vorgehensweise Selbstbeherrschung und Geduld braucht, zwei Dinge, die mir schon seit Längerem abhanden gekommen sind.

Ich merke, wie ich auf ein Buch neben mir auf dem Nachttisch starre. Obwohl ich sein Cover nicht zum ersten Mal sehe, fallen mir Sachen auf, die mir bisher entgangen sind. Irgendetwas irritiert mich, bis mir klar wird, was es ist: Ich kann aus nächster Nähe lesen. Das kann keiner in meinem Alter, nirgendwo. Die Technik hat im letzten Jahrhundert ungeheure Fortschritte gemacht, doch die Altersweitsichtigkeit bleibt eins der großen Geheimnisse der Wissenschaft. Ich fasse mir ins Gesicht und erkenne den Grund für die plötzliche Wunderheilung: Ich habe mir bereits die Brille aufgesetzt, eine ganz automatische Bewegung.

Jetzt ist der Moment gekommen aufzustehen. Ich gehe ins Bad. Vielleicht spricht man nicht über so was, aber ich bin alt und tue, was ich will. Also: Ich pinkle im Sitzen, wie eine Frau. Und das nicht etwa, weil meine Beine mich nicht mehr tragen, sondern weil ich sonst mit meiner Spritze die Kacheln gegenüber wässern würde. Was soll ich tun, das Ding da unten führt eben ab einem gewissen Alter ein Eigenleben. Genau wie ich (und fast alle alten Leute) hört es auf niemanden, der ihm erklären will, wie der Hase läuft, sondern folgt seinem eigenen Schädel.

Wer sich über das Alter beklagt, ist bekloppt. Oder nein, blind trifft es meiner Meinung nach besser. Einer, der nicht über seine eigene Nasenspitze hinausgucken kann. Denn es gibt ja nur eine Alternative, und die scheint mir wenig erstrebenswert. Es ist doch ein riesiger Glücksfall, es überhaupt so weit geschafft zu haben. Das Beste aber ist: Wir Alten können machen, was wir wollen. Wir dürfen alles. Wenn ein Tattergreis beim Stehlen im Supermarkt erwischt wird, erntet er nachsichtige, mitleidvolle Blicke. Ein junger Mann in der gleichen Situation wird wie ein gemeiner Dieb behandelt.

Ich heiße Cesare Annunziata, bin siebenundsiebzig Jahre alt und habe zweiundsiebzig Jahre und einhundertelf Tage meines Lebens verplempert. Aber jetzt endlich habe ich es begriffen: Ich werde von meinen mühsam erworbenen Einsichten profitieren und endlich damit anfangen, das Leben in vollen Zügen zu genießen.

# NUR EINS UNTERSCHEIDET UNS

Heute Morgen hat meine Tochter Sveva angerufen, meine Älteste.

»Papà?«

»Hallo.«

»Sag mal, kannst du mir einen Gefallen tun?«

Ich hätte nicht ans Telefon gehen sollen. Wozu nutzt einem seine Lebenserfahrung, wenn man dann doch wieder und wieder dieselben Dummheiten macht? Ich habe offenbar nichts aus der Vergangenheit gelernt und handle unverbesserlich spontan.

»Könntest du Federico von der Schule abholen? Ich habe eine Verhandlung und schaffe es nicht rechtzeitig.«

»Kann Diego das nicht machen?«

»Nein, er hat keine Zeit.«

»Verstehe ...«

»Du weißt, dass ich dich nicht fragen würde, wenn ich eine andere Möglichkeit hätte.«

Ich habe meine Kinder gut erzogen, so viel steht fest. Aber ich gehöre nicht zu den Großvätern, die ihre Enkel abholen. Den Anblick dieser armen Alten vor der Schule, die den Verkehr aufhalten, finde ich grauenhaft. Ja, ich weiß, sie machen sich nützlich, anstatt in ihren Ohrensesseln zu vermodern, aber ich kann nicht anders, ein

»sich nützlich machender Großvater« ist für mich wie ein Kleinbildfilm, eine Telefonzelle oder eine VHS-Kassette – Dinge aus vergangenen Zeiten, die keinen Zweck mehr erfüllen.

»Und wo soll ich ihn hinbringen?«

»Zu dir, oder ihr kommt zu mir in die Kanzlei. Ja, mach das doch bitte, bring ihn hierher.«

Nun stehe ich also vor der Schule und warte auf mein Enkelkind. Ich klappe meinen Kragen hoch und versenke die Hände in den Manteltaschen. Ich bin zu früh, eine der Angewohnheiten, die ich mir mit fortschreitendem Alter zugelegt habe. Wie zum Beispiel die Tage durchzuplanen. Himmel, nicht dass es da viel zu planen gäbe, aber das Wenige mag ich schön eins nach dem andern.

Svevas Anruf hat meine Pläne durcheinandergeworfen. Eigentlich wollte ich zum Friseur gehen, heute Abend habe ich ein Rendezvous mit Rossana. Sie ist eine Prostituierte. Ja, ich gehe zu den Huren, na und? Ich habe eben noch Lust in mir, die befriedigt werden will, und niemanden an meiner Seite, dem ich Erklärungen schulde. Aber ich habe übertrieben, ich reiße mir nicht täglich eine auf der Straße auf, auch weil das mit öffentlichen Verkehrsmitteln eher schwierig ist; mein Führerschein ist abgelaufen, und ich habe ihn nicht erneuern lassen. Rossana ist eine alte Freundin, die ich vor Zeiten kennengelernt habe, als sie noch zu Patienten nach Hause ging und ihnen Spritzen setzte. So stand sie irgendwann auch in meinem Wohnzimmer. Sie kam jeden Morgen in aller Frühe, piekste mir in den Hintern und ging wieder, ohne ein Wort zu sagen. Dann blieb sie immer öfter auf einen Kaffee, schließlich schaffte ich es, sie unter meine Bettdecke zu locken. Wenn ich so daran zurückdenke, war es nicht besonders schwer. Dass die Pseudokrankenschwester nicht meinem hübschen Lächeln erlegen war, begriff ich erst nach einer Weile, als sie mit ernster Miene verkündete: »Du bist zwar nett und siehst gut aus, aber ich habe ja auch einen Sohn zu unterstützen!«

Direkte Menschen fand ich schon immer gut, und seitdem sind wir befreundet. Sie ist mittlerweile knapp sechzig, aber sie hat immer noch riesige Titten und einen schönen, wohlgeformten Po. Mehr braucht es in meinem Alter nicht. Man verliebt sich hauptsächlich in die kleinen Makel, sie machen alles glaubwürdiger.

Jetzt kommt Federico. Wenn die Leute hier wüssten, dass der alte Herr, der da mit seinem Enkel weggeht, noch vor einer Minute an die Titten einer Hure gedacht hat, wäre die Empörung groß, und die Eltern der Kleinen wären schnell verständigt. Das verstehe, wer will, warum ein alter Mensch keine Lust mehr aufs Vögeln haben darf.

Wir nehmen ein Taxi. Es ist erst das dritte Mal, dass ich meinen Enkel von der Schule abhole, aber Federico hat seiner Mutter schon signalisiert, dass er es gut findet, von mir nach Hause gebracht zu werden. Er sagt, der andere Opa wolle immer zu Fuß gehen, und dann komme er nass geschwitzt zu Hause an. Mit mir hingegen fährt man Taxi. Das wäre ja noch schöner! Ich bekomme eine ansehnliche Rente, muss keine Hochzeitstage feiern, und meine beiden Kinder sind erwachsen. Ich kann mein Geld für alle Taxis und Rossanas dieser Welt ausgeben. Aber der Fahrer ist diesmal ein Rüpel. So was kommt leider vor. Er flucht, hupt grundlos, gibt Gas und bremst ruckartig, schimpft auf Passanten, fährt über Rot. Wie gesagt, das Schöne am dritten Lebensalter ist, dass du machen kannst, was du willst. Es wird kein viertes geben, um irgendetwas zu bereuen. Also beschließe ich, dem Mann einen Denkzettel zu verpassen. Ich will mir den Tag nicht vermiesen lassen.

»Sie sollten langsamer fahren!«, rufe ich.

Er reagiert nicht.

»Haben Sie gehört?«

Schweigen.

»Okay, fahren Sie rechts ran und zeigen Sie mir Ihren Führerschein.«

Der Taxifahrer dreht sich um und sieht mich verblüfft an.

»Ich bin pensionierter Carabinieri-Feldwebel. Sie fahren zu schnell und gefährden Leib und Leben Ihrer Mitfahrer.«

»Bitte, Maresciallo, Sie müssen entschuldigen, aber heute ist einfach nicht mein Tag. Private Sorgen. Bitte, ich fahre jetzt langsamer.«

Federico schaut mich an und will den Mund aufmachen. Ich drücke seinen Arm und zwinkere ihm zu.

»Was für Sorgen?«, frage ich.

Mein Gegenüber neigt kurz den Kopf und lässt dann seiner überschäumenden Phantasie freien Lauf: »Meine Tochter sollte bald heiraten, aber nun hat der Ehemann seinen Job verloren.«

»Verstehe.«

Als Ausrede in Ordnung, kein Problem. Nichts von einer Krankheit oder dem Tod eines Angehörigen, so ist es glaubwürdiger. Als wir Svevas Kanzlei erreichen, will der Mann kein Geld nehmen. Wieder eine Fahrt spendiert von einem neapolitanischen Rüpel. Federico sieht mich lachend an, ich antworte mit einem erneuten Augenzwinkern. Er kennt solche Szenen schon von mir, letztes Mal habe ich mich als Zollfahnder ausgegeben. Ich mache das aus Spaß, nicht um das Geld zu sparen. Und ich habe rein gar nichts gegen Taxifahrer im Allgemeinen.

Sveva ist noch nicht da. Wir machen es uns in ihrem Büro bequem, Federico auf dem Sofa, ich hinter ihrem Schreibtisch, auf dem ein Foto von ihr mit Mann und Sohn prangt. Ich mag Diego nicht besonders, dabei ist er ein netter Kerl, keine Frage, aber zu nett kann halt auch langweilen, da kann man nichts machen. Und ich glaube, Sveva hat inzwischen auch die Nase voll; immer mürrisch, immer in Eile und nur mit der Arbeit beschäftigt. Das komplette Gegenteil von mir heute, aber vielleicht gar nicht so unähnlich zu mir früher. Ich glaube, sie ist unglücklich, aber mit mir spricht sie nicht darüber. Vielleicht hat sie das mit ihrer Mutter getan. Ich bin wohl nicht der Richtige, um anderen Menschen zuzuhören.

Es heißt, um ein guter Partner zu sein, muss man nicht wer weiß welche Ratschläge geben, es reicht, aufmerksam und verständnisvoll zu sein, mehr wollen die Frauen gar nicht. Ich kann das nicht. Nach kurzer Zeit ereifere ich mich, sage, was ich denke, und rege mich schrecklich auf, wenn mein Gegenüber nicht auf mich hört und nach eigenem Gutdünken handelt. Das war auch mit meiner Frau Caterina ein ewiger Streitpunkt. Sie wollte sich einfach nur Luft machen, während ich nach zwei Minuten schon an einer Lösung feilte, die ich ihr anbieten konnte. Zum Glück ist mir das Alter zu Hilfe gekommen: Ich habe begriffen, dass es für meine Gesundheit besser ist, Familienprobleme zu ignorieren. Lösen darfst du sie ohnehin nicht.

Der Raum hat eine schöne, breite Fensterfront zur Straße, die nur so von Passanten wimmelt, und stünde gegenüber ein Wolkenkratzer und kein heruntergekommenes Gebäude aus Tuff, könnte ich fast glauben, in New York zu sein. Nur dass es in der amerikanischen Metropole keine Quartieri Spagnoli gibt, mit ihren den Hügel überziehenden Gassen, keine dem Verfall überlassenen Häuser, zwischen denen über vollgehängte Wäscheleinen Geheimnisse ausgetauscht werden, keine mit Schlaglöchern übersäten Straßen und mitleiderregende Bürgersteige, kreuz und quer zugeparkt mit Autos, die sich zwischen Poller und Kirchentür quetschen. In den Seitenstraßen New Yorks verbirgt sich keine im eigenen Schattenreich verlorene Welt, und man sieht nicht in lauter säuerliche Gesichter.

Während ich so über die Unterschiede zwischen Big Apple und Neapel nachdenke, sehe ich Sveva aus einem schwarzen SUV steigen und auf den Hauseingang zuhalten. Vor dem Tor bleibt sie stehen, holt die Schlüssel aus der Handtasche, dann geht sie zurück und steigt noch einmal in den Wagen. Von hier oben kann ich nur ihre von dunklen Seidenstrumpfhosen bedeckten Beine sehen. Sie beugt sich zum Fahrer, vielleicht um sich zu verabschieden, und der legt ihr eine Hand auf den Schenkel. Ich rolle mit dem Stuhl näher ans Fenster und stoße mit dem Kopf an die Scheibe. Federico lässt seine Spielfigur sinken und starrt mich an. Ich lächle ihm zu und wende mich wieder der Szene dort draußen zu. Sveva steigt aus und betritt das Gebäude. Das Auto fährt weg.

Ich starre in den Raum hinein, ohne etwas zu sehen. Vielleicht war alles nur Einbildung und der Mann vielleicht Diego. Welcher aber bei genauerer Betrachtung keinen Geländewagen besitzt. Vielleicht war es ein Kollege, der sie mitgenommen hat. Aber legt ein Kollege dann seine Hand auf ihren Schenkel?

»Hallo, Pà.«

»Hallo.«

»Da ist ja mein Süßer!«, kreischt sie, packt Federico unter den Armen und bedeckt ihn mit Küssen.

Bei dieser Szene sehe ich sofort ihre Mutter vor mir. Sie war genauso mit ihren Kindern. Überströmend vor Liebe, überpräsent, überfürsorglich, übergriffig. Vielleicht ist Dante deswegen schwul. Wer weiß, ob seine Schwester es weiß.

»Ist Dante schwul?«, frage ich.

Sveva dreht sich überrascht um, mit Federico auf dem Arm. Dann setzt sie ihn aufs Sofa und sagt mit frostiger Stimme: »Woher soll ich das wissen. Warum fragst du ihn nicht selbst?«

Er ist schwul. Und sie weiß es.

»Wie kommst du überhaupt darauf?«

»Nur so. Wie war die Verhandlung?«

Sie geht weiter in die Defensive.

»Warum?«

»Darf ich das nicht fragen?«

»Du hast dich noch nie für meine Arbeit interessiert. Hast du nicht immer gesagt, Jura hätte mein Leben versaut?«

»Ja, das habe ich gesagt, und das glaube ich immer noch. Hast du dich mal angeschaut?«

»Ach, Pà, das ist heute echt nicht der Tag für deine sinnlosen Reden. Ich muss arbeiten!«

Meine Tochter hat in ihrem Leben schon viele falsche Entscheidungen getroffen: Studium, Beruf und zuletzt Ehemann. Wenn man all diese Irrtümer mit sich herumschleppt, kann man nicht einfach lächeln und so tun, als ob nichts wäre. Dabei bin ich bestimmt selbst niemand, der immer alles richtig gemacht hat. Ich habe eine Menge Dummheiten begangen, beispielsweise Caterina zu heiraten und mit ihr zwei Kinder zu zeugen. Nicht wegen Dante und Sveva, Gott bewahre, sondern weil man keine Kinder auf die Welt setzen sollte mit einer Frau, die man nicht liebt.

»Wie läuft's mit Diego?«, frage ich.

»Alles gut«, erwidert sie beiläufig, während sie eine Akte aus der Tasche nimmt und auf den Schreibtisch legt. Auf dem Titel steht: *Sarnataro gegen Eigentümer Via Roma.*

Ich begreife nicht, wie man aus freien Stücken seine Arbeitszeit mit fruchtlosen Zankereien verbringen kann, als gäbe es im Leben nicht sowieso schon genug zu streiten, ohne dass man sich noch die Fehden der anderen aufbürdet. Aber Sveva mag das. Zumindest redet sie es sich ein, wie ihre Mutter. Caterina konnte allem etwas Positives abgewinnen, während ich mich nie damit abfinden konnte, noch der miesesten Situation ein Quäntchen Schönes abzutrotzen.

»Was soll die ganze Fragerei?«

»Nur so, wir reden so selten …«

Doch sie ist schon im Flur, ihre Absätze hallen geschäftig durch die Büros, während sie kurz mit einer Mitarbeiterin einen Fall durchspricht. Sie reden über eine strittige Versicherungssache. Schon wieder, wie langweilig!

Ich betrachte meinen Enkel, der mit einer Art Drachen

spielt, und lächle. Letztlich sind wir zwei uns ganz ähnlich, wir tragen beide keine Verantwortung und sind mit nichts Wichtigerem beschäftigt, als zu spielen. Federico spielt mit Drachen, ich mit Rossana und allerhand anderen Bagatellen. Nur eins unterscheidet uns: Er hat das Leben noch vor sich und tausend Pläne, ich habe nur noch wenige Jahre und viele schmerzliche Erinnerungen.

# DIE KATZENDAME

Als ich aus dem Aufzug trete, treffe ich auf Eleonora mit einer mir unbekannten Katze auf dem Arm. Ihre Wohnungstür steht offen, und der Gestank aus ihrem Appartement hat bereits den ganzen Hausflur verpestet. Ich weiß nicht, warum sie das nicht merkt und wie sie ihr Leben in diesem ekelerregenden Mief verbringen kann. Eleonora ist eine dieser alten Damen, die mit ihren Papptellerchen auf der Straße zwischen den parkenden Autos kauern und ihre Wohnung zum Hospiz für notleidende Katzen machen. Ehrlich gesagt kamen mir die wenigen Tiere, die ich bisher gesehen habe, immer kerngesund vor, aber da sie behauptet, sie müsste sie wegen Krankheiten und Verletzungen mit nach Hause nehmen, mische ich mich lieber nicht ein. Jedenfalls versuchen die Kreaturen immer mal wieder, in die Freiheit zu entkommen und vor der egoistischen Liebe ihrer Gefängniswärterin zu fliehen.

Manchmal rieche ich schon beim Betreten der Eingangshalle unten, dass ein paar Etagen höher Eleonoras Wohnungstür offen steht. Natürlich musste von allen infrage kommenden Stockwerken sich ausgerechnet meines diese dusselige und liebesbedürftige alte Witwe aufhalsen.

Mein Gesicht ist noch von Ekel erfüllt, während sie mich herzlich begrüßt.

»Hallo, Eleonora«, sage ich und krame in der Manteltasche nach meinem Schlüsselbund.

Ich versuche, nicht zu atmen, und mein Leben hängt davon ab, wie schnell ich den Wohnungsschlüssel hervorziehe und in meiner Wohnung verschwinde. In meinem Alter kann ich nur wenige Sekunden die Luft anhalten. Doch dann geschieht das, was ich gerade verhindern wollte: Eleonora spricht mich an, und ich muss notgedrungen Luft holen, um ihr zu antworten.

»Das ist Gigio«, sagt sie lächelnd und zeigt mir das Kätzchen, das sich genauso unwohl zu fühlen scheint wie ich.

Ich runzle die Stirn, um meine Nasenflügel vor den ungesunden Ausdünstungen zu schützen, und antworte: »Ein neuer Gast?«

»Ja«, antwortet sie prompt, »der letzte Neuzugang. Der Arme, er wurde von einem Hund angefallen, der ihn fast totgebissen hätte! Ich habe ihn vor dem sicheren Tod gerettet.«

Ich sehe mir die Katze an, die friedlich ins Leere starrt, und frage mich, ob sie schon einen Fluchtplan schmiedet. Im selben Moment kommt ein Pärchen um die fünfzig, sie mit gefärbten Haaren und aufgespritzten Lippen, er kahl und mit dicken Brillengläsern, die ihm von der Nase rutschen, aus Eleonoras Wohnung und grüßt mich, bevor sie meiner Nachbarin die Hand geben und sie herzlich schütteln. Die ihrerseits weder die Abschiedsworte noch den Händedruck ordentlich erwidert.

Man sieht, wie die zwei sich tapfer um ein freundliches Lächeln bemühen, dabei sind sie entsetzt von dem, was sie gerade gesehen haben. Mit einem letzten ängstlichen

Blick auf den Flur und auf mich schlüpfen sie in den Aufzug. Vielleicht fragen sie sich, wie ich eine Freundschaft mit dieser Katzendame und vor allem ihre Nachbarschaft aushalte. Am überraschtesten von uns bin aber ich; in all den Jahren habe ich noch nie jemanden aus Eleonora Vitaglianos Wohnung kommen sehen, außer vor Ewigkeiten ihren Ehemann. Schon gar nicht junge Menschen, oder zumindest jüngere. Und definitiv niemanden, der nicht als Schutzmaßnahme gegen den Gestank die Miene verzieht. Darin machte allerdings auch das Pärchen keinen Unterschied.

»Wer war das?«, frage ich neugierig, als sie weg sind.

Soweit ich weiß, hat Eleonora niemanden, der sich um sie kümmert. Ganz sicher keine Kinder, ihr Mann ist schon lange tot, und Verwandte habe ich nie gesehen.

»Was?«

Eleonora Vitagliano ist mehr oder weniger in meinem Alter und stocktaub, sodass ich bei unseren seltenen Unterhaltungen die Sätze immer mehrmals sagen und die Lautstärke stetig steigern muss.

»Ich wollte wissen, wer die zwei da waren«, wiederhole ich.

»Ach die«, sagt sie und lässt die Katze runter, die durch die Wohnungstür trottet und im Flur verschwindet, »das sind Herrschaften, die sich die Wohnung angeschaut haben.«

»Warum, willst du verkaufen?«

Eleonora sieht mich unschlüssig an. Sie hat zerzauste Haare, einen weißen Damenbart, und ihre stark geäderten, wächsernen Hände sind vom Rheuma wie Krallen gekrümmt.

»Willst du wegziehen?«, frage ich notgedrungen noch einmal lauter.

»Nein, nein, wo soll ich denn hin? Hier bin ich zu Hause, hier will ich sterben. Wie sollte ich da wegziehen.«

Auf meinen neugierigen Blick hin fährt sie fort: »Es ist wegen meiner Nichte, der Tochter meines Bruders, kennst du sie?«

Ich schüttle den Kopf.

»Sie ist die einzige Verwandte, die ich noch habe. Sie drängt mich nun dazu, zu verkaufen, sie sagt, sie sei in Geldnot und irgendwann gehe die Wohnung ohnehin auf sie über und ich könnte ja auch wohnen bleiben, weil die Wohnung eigentlich erst nach meinem Tod verkauft würde. Ich kenne mich mit so was nicht aus, ich habe einfach Ja gesagt, was soll ich mich mit meiner Familie streiten, aber unterschreiben werde ich ganz bestimmt nichts, und wenn jemand die Wohnung besichtigen kommt, mache ich immer extra viel Unordnung.«

Das glaube ich ihr aufs Wort. Eleonora ist zwar sehr alt und hat die eine oder andere Schraube locker, aber sie weiß sich durchaus Respekt zu verschaffen.

»Deine Nichte möchte nur den Eigentümer wechseln«, erkläre ich, damit sie versteht, worum es geht, »die neuen Besitzer würden die Wohnung jetzt kaufen, dürfen aber erst nach deinem Tod hier einziehen.«

»Ja, ja, klar, das habe ich auch so verstanden. Aber wie soll ich denn damit umgehen, wenn ich weiß, dass mir dort draußen jemand auf den Fersen sitzt, ganz abgesehen von meiner Nichte.«

Ich lächle belustigt, auch wenn das Verhalten dieser

unsichtbaren Nichte nicht gerade lustig ist. Wenn sie hier wäre, würde ich ihr den Marsch blasen.

»Und dann lässt du lieber die Leute hier durch deine Wohnung marschieren, statt deiner Nichte die Wahrheit zu sagen?«, frage ich, was ich eine Sekunde später bereue. Nicht wegen der tendenziell aufdringlichen Frage, sondern weil ich dadurch die Unterhaltung unheilvoll verlängere und damit folglich auch die Zeitspanne, die ihre Tür offen steht. Es wird Tage dauern, das Treppenhaus komplett durchzulüften. Zum Glück habe ich meine Tür noch nicht aufgeschlossen.

»Ach, Cesare, was soll ich sagen, du hast ja recht, aber ich will sie nicht vor den Kopf stoßen. Ich lebe schon lange allein und benötige nicht groß Hilfe, aber man weiß ja nie, was noch passiert. Vielleicht brauche ich sie in Zukunft hin und wieder. Du lebst ja auch allein, du verstehst das doch …«, antwortet sie und sieht mich weiter an.

»Klar«, sage ich nur, auch wenn irgendetwas in mir sich zu einem kraftvolleren Satz hinreißen lassen möchte, um mich solidarisch zu zeigen.

»Man muss im Leben auch Kompromisse machen«, fährt Eleonora fort, die nun ganz in ihrem Element ist, »und das Alter, mein lieber Cesare, ist ein einziger Kompromiss.«

»Klar«, gebe ich zurück, als würde ich kein anderes Wort kennen.

Siebzig Jahre lang war ich der Meister des Kompromisses, meine liebe Katzendame, dann verlor ich alles, und plötzlich fühlte ich mich paradoxerweise frei. In Wahrheit hatte ich nichts mehr zu geben, und das war mein Glück. Das sollte ich eigentlich antworten, doch dann würde das Gespräch uns wer weiß wohin führen, und der mir zur Verfügung stehende Sauerstoff neigt sich dem Ende zu. Also verabschiede ich mich von Eleonora und stecke den Schlüssel im gleichen Moment ins Schlüsselloch, als auch noch die dritte Tür auf unserem Stockwerk aufgeht. Dort wohnt seit einigen Monaten ein Paar, sie wahrscheinlich um die dreißig, er etwas älter. Beide jedenfalls jung und kinderlos, was sie in eine völlige Außenseiterposition bringt, sowohl in dieser Hausgemeinschaft, die hauptsächlich aus Senioren und Familien besteht, als auch überall sonst. Ich wette, dass die Armen sich ständig rechtfertigen müssen, keinen Hosenscheißer zu Hause zu haben, eine Frage, die ihrem Blick nach zu urteilen auch die Katzendame nur zu gern stellen würde.

»Guten Tag«, sagt die junge Frau und runzelt die Augenbrauen, um sich vor dem Gestank zu schützen.

Ich muss grinsen, und die Frau bedenkt mich mit einem genervten Blick.

»Guten Tag!«, sage ich daher schnell, doch sie hat sich schon abgewandt.

»Guten Tag«, ruft nun auch Eleonora und setzt sofort hinzu: »Signora, nur ganz kurz: Wenn Sie eine schwarze Katze gesehen haben, dann ist das meine. Sie wissen ja, bei Ihren Vormietern ist sie immer über den Sims durch das Fenster hereingekommen, ich hoffe nicht, dass sie das bei Ihnen auch macht.«

»Nein, nichts gesehen, keine Sorge«, sagt die junge Frau und betritt den Fahrstuhl.

»Komische Leute«, meint Eleonora.

»Wieso?«

»Na ja, sie wohnen schon eine ganze Weile hier, meinst

du, die hätten einmal gelächelt? Immer nur ›Guten Tag, Guten Abend‹, nie bleiben sie auf ein paar Worte stehen.«

»Die sind halt noch jung, die haben ihre eigenen Freunde. Wichtig ist doch, dass sie nicht stören. Was mich angeht, brauchen sie auch nicht zu grüßen oder sich vorzustellen«, antworte ich und widme mich wieder meinem Türschloss.

»Wie er heißt, weiß ich nicht, aber sie heißt Emma.«

»Emma«, wiederhole ich und drehe mich überrascht um.

»Ja, Emma, warum?«

»Nein, nur so. Hübscher Name.«

»Wie?«

»Ich sagte, hübscher Name, Emma.«

»Ach so, ja, ganz nett.«

»Also gut, Eleonora, ich geh dann mal.« Ich schließe die Tür auf. »Wenn du etwas brauchst, weißt du ja, wo ich bin.«

»Cesare?«

»Ja?«

»Darf ich dich anrufen, wenn wieder jemand die Wohnung besichtigen will? Der Immobilienmakler ruft alle zwei Minuten an und erteilt mir unerbetene Ratschläge.«

Da willst du einmal freundlich sein, schon steckst du bis zum Hals in Sachen, die dich nichts angehen.

»Und was will er?«

»Was er will? Neulich abends hat er mir ziemlich direkt gesagt, dass ich die Wohnung mal aufräumen soll, sonst würden mögliche Käufer wieder Abstand nehmen. Ich konnte ihm ja schlecht sagen, dass es mir genau darum geht.« Sie lächelt.

»Und warum war er heute nicht da?«

»Er war schon weg, aber du wirst sehen, der steht in ein paar Tagen wieder auf der Matte. Wenn du dabei wärst, würde er sich anders geben ... Mit einem Mann an der Seite ist es immer anders. Dann würde er sich nicht erlauben, so etwas über den Zustand meiner Wohnung zu sagen. Und wenn er das noch einmal tut, sehe ich mich gezwungen, ihn rauszuwerfen, und dann bekommt meine Nichte etwas zu hören!«

»Also gut, ruf mich an.«

»Danke.«

Ich schließe die Tür hinter mir und sauge prüfend die Luft im Flur ein, um sicherzugehen, dass der Muff nicht in meine Wohnung gezogen ist. Dann erst lege ich den Mantel ab und gehe unter Kopfschütteln in die Küche. Die Sache ist die; ich bin wirklich alt geworden, wenn ich es zulasse, dass ein Name mir den Tag ruiniert.

Obwohl Emma natürlich nicht irgendein Name ist.

# ZWEI ZIRKUSCLOWNS

Rossana hätte ein anderes Leben verdient. Ich meine, sie sollte glücklicher sein, stattdessen scheint sie immer unglücklicher zu werden. Vielleicht weil sie sich täglich darum kümmert, ihren Kunden Freude zu bereiten, da bleibt für sie nicht viel übrig. Menschen, die andere glücklich machen, verdienen Dankbarkeit und Respekt. Auch eine Nutte, auch Rossana. Wenn es sie nicht gäbe, wäre ich ein schlechterer Mensch, nervöser, vielleicht ein bisschen einsamer, unzufriedener ganz bestimmt.

In einer normalen Partnerschaft bringt sich jeder ein, jeder bietet dem Partner sein Möglichstes an, ob es nun viel ist oder wenig. Nur Rossana bekommt nie etwas, außer Geld. Aber für Geld kann man sich weder Fürsorge noch Aufmerksamkeit kaufen.

»Hör mal, wie wäre es, wenn wir abends einmal zusammen essen gehen?«

Ich treffe Rossana seit zwei Jahren, und außerhalb des Bettes sind wir bisher nur bis in die Küche gekommen, um ein paar Worte zu wechseln. Ich weiß mehr über ihre Cellulitis als darüber, was sie gerne isst, ich könnte ihre Muttermale zu einem Malen-nach-Zahlen-Bild zusammenfügen und habe keine Ahnung, ob sie eine Schwester hat. Von ihrem Sohn hat sie mir erzählt, einmal, als ich mit einem Fünf-Euro-Prosecco bei ihr ankam, den ich irgendwo unterwegs gekauft hatte. Sie redete, und ich trank, sie trank und ich starrte an die Decke. Ich war noch nie gut im Reden.

»Essen gehen?«

»Ja, in ein Restaurant.«

»Was ist los, Dottor Annunziata, willst du was von mir?«

Alle misstrauen mir, das ist die bittere Wahrheit, selbst meine Kinder, sogar eine Prostituierte. Dabei finde ich gar nicht, dass ich so hinterhältig rüberkomme. Es mag ja stimmen, was Caterina immer gesagt hat, dass ich ein bisschen zu sehr auf mich konzentriert bin, aber das heißt doch nicht, dass ich meine Mitmenschen ausnutzen möchte.

»Warum, darf ich dich nicht ohne Hintergedanken zum Essen einladen?«

»Hm, ich kenn doch meine Leute, mich legst du so schnell nicht rein!«

Dann halt nicht. In den letzten Jahren habe ich so erfolgreich an einem Negativbild meiner selbst gearbeitet, dass ich offenbar nicht mehr zurückkann. Sterbe als Zyniker und Miesepeter.

»Wir könnten irgendwo in ein Lokal gehen, Fisch essen und Wein trinken und ein wenig über uns reden. Schließlich kennen wir uns schon lange, und ich weiß fast nichts über dich.«

Rossana steht mit dem Rücken zu mir, ich liege noch mit einem Glas Wein im Bett und betrachte den Hintern meiner Megäre. Sie zögert, die Unterhose in der Hand, der Vorschlag muss so schockierend sein, dass sie selbst die wenigen Handgriffe wie das Anziehen eines Slips nicht mehr schafft.

»Also, was hältst du davon? Gefällt dir mein kleiner Plan?«

Als Antwort lässt sie sich auf die Bettkante sinken und schaut zu Boden. Ich sehe weiterhin ihren Rücken, dummerweise aber nicht mehr ihren Hintern. Ich hatte recht. Man muss vorsichtig sein mit dem, was man sagt, es ist wie im Kreuzworträtsel: ein falsches Wort und alles gerät durcheinander.

»Gut, wenn du keine Lust hast, das macht nichts. Ich bin dir deshalb nicht böse.«

Rossana dreht sich nicht um, und im Zimmer breitet sich eine Stille aus, die dem tausendfachen Grummeln meines Dickdarms die Bühne überlässt. Ich täusche einen heftigen Hustenanfall vor, um die Geräusche zu übertönen, obwohl ich am liebsten einen fahren ließe, der sofort alles zurechtrücken würde. Ich stelle das leere Glas auf den Nachttisch und setze mich auf. Ich habe das deutliche Gefühl, etwas Falsches gesagt zu haben, weiß aber nicht, was. Tatsache ist, dass ich jegliche Geschmeidigkeit gegenüber Frauen verloren habe. Caterina ist vor fünf Jahren gestorben, bei meiner letzten Geliebten war meine Schambehaarung noch schwarz, und Rossana, tja, sie zu erobern, hat mich keine besondere Mühe gekostet. Das ist das Blöde daran, wenn man zu lange mit einer Hure zu tun hat: Man vergisst jegliches Schöntun, das Vorspiel, die guten Manieren und kleinen Aufmerksamkeiten, die dazugehören, um eine »normale« Frau ins Bett zu bekommen.

Ich zünde mir eine Zigarette an und sehe aus den

Augenwinkeln, wie ihr eine Träne über die Wange läuft, die sie mit einer fast zornigen Geste verwischt. Menschenskinder, die letzte Frau, die ich habe weinen sehen, war eine Kollegin von mir, wie hieß sie noch, als sie mir gestand, dass sie etwas Ernsthaftes mit mir wollte. Ich habe ihr die Tränen getrocknet und bin geflohen. Nein, in Wahrheit war sie nicht die letzte, Caterina war die letzte. Nur dass sie nicht um mich geweint hat, sondern wegen ihres kranken Körpers. Und auch damals konnte ich nur aufgesetzt und hilflos reagieren. Nachts schrecke ich manchmal aus dem Schlaf hoch und habe das Gefühl, dass sie noch neben mir liegt. Und ich flüstere der kalten Wand zu, was ich ihr hätte sagen sollen: »Du bist nicht allein, ich bin da.«

Ich sagte, ich hätte sie nicht geliebt, aber es vergeht kein Tag, an dem ich nicht um Vergebung bitte für das, was ich ihr angetan habe.

»Entschuldige«, flüstert Rossana.

Ich beuge mich zu ihr und lege ihr eine Hand auf die Schulter. Ihre Haut ist kalt und mit kleinen Pickeln übersät, dabei war sie mir vor wenigen Minuten noch samtig und duftend vorgekommen wie die Haut einer Jungfrau. In solchen Momenten sehe ich alles, was ich will.

»Es ist nur, dass mich so viele Jahre niemand mehr zum Essen eingeladen hat.«

»Also, wenn das dabei herauskommt, ziehe ich den Vorschlag zurück!«

Sie lächelt und wischt sich mit dem Handrücken die Tränen ab.

»Spinner, es kam nur ein bisschen überraschend. Ist auch alles nicht so leicht für mich gerade.«

So weit, so gut. Jetzt sollte ich aufstehen, in meine Hose schlüpfen, ihr Geld geben und verschwinden. Sie ist eine Prostituierte, ich bin ihr Kunde. Unsere Beziehung sollte hier enden, in gegenseitigem Einverständnis. Aber wenn du zu viel Zeit mit einer Frau in ihrem Bett verbringst, selbst wenn du sie dafür bezahlst, wird alles immer so verflucht kompliziert. Ob ich will oder nicht, jetzt muss ich die Frage stellen, die sie schweigend erwartet: »Ist etwas passiert? Möchtest du darüber reden?«

»Nein, bloß nicht, ich will dich nicht mit meinen Problemen belasten, du hast bestimmt selbst genug um die Ohren. Außerdem kommst du ja, um dich zu entspannen, und nicht, um dir die Sorgen anderer Leute anzuhören.«

Klar, ich bin hier zum Entspannen, ich zahle dafür und will nichts von Problemen hören. Alles richtig. Aber jetzt machen mich Rossanas Schwierigkeiten neugierig, warum auch immer. Ist schon eine Weile her, dass ich mit Problemen anderer zu tun hatte.

»Wir machen es so«, sage ich, »wir stehen auf, gehen in die Küche, du machst mir ein Omelett, und wir unterhalten uns.«

Sie dreht sich um und wendet mir ihr von zerflossener Schminke verschmiertes Gesicht zu. Wie eine Karnevalsmaske, nur nicht zum Lachen. Ich muss den Blick auf ihre baumelnden Titten senken, um mich zu erinnern, warum ich hier bin. Als ich wieder aufschaue, sehe ich unverhofft in mein eigenes Spiegelbild. Auf dem Bett sitzend, das Bäuchlein auf der Scham ruhend, die schlaffen Arme, die Brustmuskeln, die an die Ohren eines Cockerspaniels erinnern, und die weißen Haare auf der Brust, das alles stößt mich ab. Ja, es stößt mich ab. Ich wende mich ab und begegne Rossanas Blick, die mich anschaut; sie hat meine raschen Augenbewegungen bemerkt und lächelt.

»Vielleicht sollte ich mal den Spiegel abnehmen«, kommentiert sie.

»Ja«, erwidere ich, »das glaube ich auch.«

Als wir aufstehen, sieht man im Spiegel das leere, zerwühlte Bett. Zumindest für heute haben die zwei Zirkusclowns ihre traurige Vorstellung beendet.

Abgeschminkt und im Morgenmantel brächte Rossana nicht einmal zehn Euro nach Hause, doch letztlich genügt ein ordentliches Dessous, um die Sache zurechtzurücken.

»In deinem Alter solltest du ein bisschen auf deine Ernährung achten«, meint sie.

»Ja, das stimmt, aber Kochen gehört zu den wenigen Dingen, die man besser für andere tut als für sich selbst.«

Sie lächelt. Alles, was ich sage, scheint ihr gute Laune zu bereiten. Ich halte mich für keinen besonders charmanten Typen, aber bei ihr fühle ich mich geradezu gesellig. Das ist einer ihrer Vorzüge, ihre große Stärke (abgesehen von den Titten natürlich): Rossana bringt einen dazu, sich für einen besseren Menschen zu halten. Vielleicht tut sie nur so, aber selbst wenn, verflucht noch mal, dann ist sie halt eine großartige Schauspielerin.

»Hast du Familie, Kinder? Du hast mir nie etwas erzählt. Ich weiß nur, dass du verheiratet warst.«

Der Tisch, an dem wir sitzen, gibt ihr den Mut, mich das zu fragen. Und tatsächlich ist es wesentlich intimer, eine Küche zu teilen als das Bett.

»Ja, zwei Kinder«, murmele ich, während ich auf dem Brot herumkaue, das ich zum Omelett esse.

Meine frostige Antwort irritiert sie nicht.

»Zwei Jungs?«

»Wollten wir nicht eigentlich über deine Probleme reden?«

»Dann eben nicht, vergiss es.«

»Ein Junge und ein Mädchen. Obwohl ich lieber ›zwei Mädchen‹ sagen sollte.«

»Wieso?«

»Der Junge ist schwul«, antworte ich gleichgültig und trinke einen Schluck.

Diesmal lächelt Rossana nicht nur, sondern lacht laut auf.

»Was ist?«

»Du sprichst von ihm, als wäre er nicht dein Sohn.«

»Was soll ich denn tun?«

»Hat er einen Freund?«

»Das verheimlicht er vor mir.«

Sie steht auf und nimmt das Päckchen Zigaretten aus dem Regal über der Spüle. Ich lasse mir eine anbieten, obwohl ich nicht rauchen sollte, vor drei Jahren hatte ich einen Herzinfarkt. Zu viel Stress, haben die Ärzte gesagt. Rauchen, Alkohol, wenig Schlaf, schlechte Ernährung. Einige Monate lang habe ich danach bei Sveva gewohnt, die mich an der kurzen Leine hielt und ernsthaft sauer wurde, wenn ich über die Stränge schlug, dann hatte ich die Nase voll, den Sohn meiner Tochter zu spielen, und zog wieder nach Hause, um dort mein gewohntes Leben aufzunehmen. In meinem Alter muss ein Herzinfarkt nicht das schlechteste Ende sein.

»Mein Sohn hat seinen Job verloren«, verkündet Rossana nach einer Weile.

Ich ziehe an der Zigarette und sehe zu, wie der Rauch sich im mattgelben Licht der kleinen Deckenlampe auflöst. Im Zimmer ist es dunkel, die Möbel sind alt und die Kacheln angeschlagen. Kurz, ein deprimierendes Ambiente. Aber wenigstens sauber.

»Er hat drei Kinder und eine Frau und weiß nicht mehr weiter. Geld will er nicht, von mir nimmt er eh nichts an!«

Rossana ist eine sanfte Frau, trotz ihrer kämpferischen Miene, der harten Gesichtszüge, der schwarzen Haifischaugen, der Adlernase und ihres fleischigen Mundes. Diese Gegensätze machen sie gerade reizvoll.

»Er spricht nicht mit mir. Wenn ich meine Enkel besuche, verzieht er sich. Er kann mir nicht verzeihen, was ich tue.«

»Warum hast du es ihm überhaupt gesagt?«

»Er hat es selbst herausgefunden, ist noch gar nicht lange her. Seitdem spricht er nicht mehr mit mir.«

»Seit wann machst du das denn?«

»Seit dreißig Jahren, eine Ewigkeit.«

Teufel noch mal, wenn sie in die Rentenkasse eingezahlt hätte, könnte sie sich bald zur Ruhe setzen. Ich versuche, nicht daran zu denken, wie viele Männer in den letzten dreißig Jahren durch diese Küche gegangen sind, und konzentriere mich auf das, was sie sagt. Auch weil ich gleichzeitig schon mein Hirn in Gang gesetzt habe, um eine Lösung zu finden.

»Sein Arbeitgeber hat ihn von heute auf morgen vor die Tür gesetzt, einfach so ohne Kündigung.«

»Wie geht das denn?«

»Er hat schwarz gearbeitet, du weißt doch, wie das hier läuft.«

Klar weiß ich das, nur gewöhnen kann ich mich nicht daran. Während sie weiterredet, schenke ich Wein nach. Ich höre nicht mehr zu, gerade ist mir eine Idee gekommen.

»Vielleicht kann man da was machen«, falle ich ihr ins Wort.

Sie blickt mich mit fragendem Lächeln an, ob ich das ernst meine.

»Dein Sohn soll dir sagen, ob er beweisen kann, dass er dort gearbeitet hat. Ob das jemand bezeugen würde. Vielleicht kann man diesen Mann dann verklagen.«

»Wirklich?«, meint sie, und ein Leuchten tritt in ihre Augen.

»Ich sagte ›vielleicht‹ ...«

»Und wie?«

»Vertrau mir einfach. Sag mir, wie der Arbeitgeber heißt, und sorg dafür, dass ihr beweisen könnt, dass dein Sohn dort gearbeitet hat.«

Sie streckt ihre Hand nach meiner aus, die ich aber instinktiv zurückziehe, bevor mich ein vages Gefühl der Reue überkommt. Doch Rossana hat sich schon wieder gefangen.

»Was warst du denn von Beruf? Anwalt?«

Diesmal muss ich lachen. »Du liebe Güte, nein! Meine Tochter ist Anwältin, ich bin Verwandlungskünstler!«

»Verwandlungskünstler? Wie denn das?«

»Ein Verwandlungskünstler ist jemand, der in viele Rollen schlüpfen kann. Ein Chamäleon.«

Sie sieht mich leicht verwirrt an. »Jedenfalls würdest du uns ein Riesenproblem lösen. Ich mache mir schreckliche Sorgen!«

»Ich habe nicht gesagt, dass ich die Sache lösen kann, aber ich werde mit meiner Tochter Sveva reden, Teufel noch mal, die tut doch den lieben langen Tag nichts anderes, als mit ihren Mitmenschen zu streiten! Du wirst sehen, dein Sohn bekommt seinen Job zurück. Oder wenigstens eine angemessene Entschädigung.«

Sie legt eine Hand auf meinen Arm. Dieses Mal kann ich ihn nicht wegziehen, das wäre zu viel.

»Warum tust du das für mich? Warum willst du meinem Sohn helfen? Warum lädst du mich zum Essen ein?«

Zu viele Fragen machen mich nervös, vor allem wenn ich die Antworten nicht kenne. Ich weiß nicht genau, warum ich ihr helfen will, aber es scheint mir plötzlich das Richtige zu sein. Ohne Kommentar stehe ich auf und gehe ins Schlafzimmer, um meine Kleider einzusammeln. Sie folgt mir und beobachtet mich schweigend von der Türschwelle aus. Nach einer Weile kommt eine andere Frage: »Gilt der Vorschlag noch?«

»Welcher?«, frage ich zurück und lasse meinen Blick über die im Zimmer verteilten Kleidungsstücke schweifen.

»Die Einladung zum Essen.«

Um die Wahrheit zu sagen, habe ich keine große Lust mehr. Vielleicht, weil ich gerade ein Omelett mit drei Eiern verschlungen habe oder weil die meisten alten Menschen um diese Zeit selig in ihren Betten schnarchen, jedenfalls scheint es mir nicht mehr so attraktiv, mit Rossana zu Abend zu essen und sich über Dante und Sveva zu unterhalten. Nur dass es für einen Rückzieher zu spät ist.

»Sicher«, sage ich und bücke mich mühsam, um meine Socken aufzuheben.

Rossana kommt heran und umarmt mich von hinten. Das enorme Gewicht ihres Busens lässt mich schwanken, und kurz sehe ich mich mit gebrochenen Rippen auf dem Boden liegen, doch dann rapple ich mich auf und gewinne das Gleichgewicht zurück.

Es ist das erste Mal, dass sie mich umarmt, doch andererseits ist es ja auch das erste Mal, dass ich bei ihr esse und ihr von meinen Kindern erzähle. Die Situation droht mir zu entgleiten. Ich drehe mich um in der Hoffnung, dass sie es mitbekommt und mich loslässt, aber sie bewegt sich keinen Millimeter. Wir umarmen uns weiter, die Gesichter nur wenige Zentimeter voneinander entfernt, wie zwei Teenager auf der Bank vor der Schule. Sie starrt mir in die Augen, ich ihr auf den Busen. Wenn ich aufschauen würde, wäre es das Natürlichste, sie zu küssen. Nur dass ein alter Mann wie ich keine Frau küssen kann. Alles hat seine Grenzen.

Zum Glück ist Rossana erfahren genug, um zu wissen, wann ein Bann gebrochen werden muss. Sie hat gemerkt, dass ich weiter auf ihren Busen starre, und kommt mit der besten Frage des Abends: »Wie wär's mit noch einer Runde?«

Ich denke kurz nach und nicke ernst. Ich glaube zwar, dass mein Ding da unten nicht einverstanden sein wird: Im Training zu bleiben, ist ja schön und gut, aber überanstrengen sollte man den Motor auch nicht. Nur dass ich das vor Rossana niemals zugeben würde. Also sage ich: »Okay, aber hol vorher noch eine Decke und häng den Spiegel ab!«

# SOJA-BURGER

»Papà, mach auf, ich bin's!«

Ich drücke den Türöffner und starre auf die weiße Wand, während ich mir das Hirn zermartere, was mein Sohn hier nur will. Und dann zu dieser Tageszeit? Als ich die Wohnungstür aufmache, tritt er bereits aus dem Aufzug, in den Händen zwei Einkaufstüten.

»Hey«, begrüße ich ihn, »was treibt dich denn hierher?«

Ohne zu antworten, schiebt Dante mit einem Fuß die Fahrstuhltür zu, lächelt und drückt sich an mir vorbei in die Wohnung, genauer gesagt in die Küche. Irritiert folge ich ihm und warte auf eine Erklärung. Er stellt die Tüten auf den Tisch und lächelt mich wieder an. Da erst bemerke ich seine Kleidung. Er trägt eine beigefarbene, eng anliegende Hose, so etwas wie Stiefeletten in schwarz mit Nieten und ein Hemd in einer Schattierung zwischen lachsfarben und Korallenrot, jedenfalls genau die Farbe, die ich bislang nur an alten Tanten oder nutzlosem Nippes kannte, mit welchem ebenjene Tanten früher ihre Wohnungen füllten.

»Ich war gerade in der Gegend, und da dachte ich, ich bring dir ein paar Sachen vom Supermarkt unten vorbei. Dann musst du keine Tüten schleppen.«

»Es gibt einen Lieferservice.« Das ist der einzige Satz, der mir dazu einfällt, und schon beim Aussprechen fühle ich mich wie ein Mistkerl.

Zum Glück scheint er meine ruppige Reaktion gar nicht zu bemerken, er krempelt die Ärmel hoch und fängt an, die Tüten auszupacken.

»Und, wie geht's? Irgendwas Neues?«

»Nichts Neues«, brumme ich und gucke zu, wie er den Tisch mit Nahrungsmitteln vollstellt, die ich größtenteils nicht mag.

»Ich wusste nicht, was du so brauchst, deshalb habe ich von allem etwas mitgebracht«, fährt er ungerührt fort.

Das Gute am Verhältnis zu meinem Sohn ist, dass ich ihm nichts vormachen muss. Ich kann völlig ich selbst sein, der ewig gleiche Stoffel. Ungeachtet meiner offenkundigen Soziopathie geht er seinen Weg einfach weiter, ohne sich darum zu kümmern, was ich währenddessen tue oder sage. Als hätte er sich einen Panzer zugelegt, an dem alle meine Worte und Gesten abprallen.

»Wie geht es deiner Schwester? Hast du mit ihr gesprochen?«

Diesmal antwortet er mit einem kurz angebundenen Nein, das keine Nachfragen zulässt. Ich hätte es wissen müssen, denn das Einzige, was Dante ganz und gar nicht erträgt, ist, von mir über seine Schwester ausgefragt zu werden. »Warum fragst du ständig nach ihr? Nimm das Telefon und ruf sie an!«, lautet immer seine Erwiderung. Zumindest viele Jahre lang. In letzter Zeit scheint er sich damit abgefunden zu haben und antwortet nur noch einsilbig. Er hat begriffen, wie schwer es ist, einen alten Mann ändern zu wollen. Seit jeher frage ich ihn nach Sveva, und ich wäre nicht in der Lage, es nicht zu tun. Dabei bin ich gar nicht an Neuigkeiten über meine Tochter interessiert, die mich ohnehin mit großer Beharrlichkeit anruft, aber ich habe mit Dante einfach nichts zu reden, also frage ich ganz automatisch nach Sveva. Sie stand schon immer zwischen uns, ihre Präsenz ist übermächtig, selbst wenn sie gar nicht da ist.

»Ich habe dir auch ein paar gesunde Sachen mitgebracht, jodfreies Salz, Reis-Mayonnaise…«, fährt er fort und stapelt dabei Dosen mit Schältomaten übereinander.

»Da hab ich ja ein Jahr lang zu essen«, kommentiere ich und schaue ihm zu, wie er schweigend sein Werk vollendet.

Schließlich dreht er sich um und ruft aus: »Gut siehst du aus!«

»Du aber auch«, bemühe ich mich, freundlich zu sein, und versuche, an seinem Hemd vorbeizublicken.

Dann ist glücklicherweise das Zeitkontingent für seinen armen, allein zurückgebliebenen Vater schon aufgebraucht. »Gut, ich muss dann wieder. Wir hören uns heute Abend oder morgen!«, ruft er und legt mir eine Hand auf die Schulter.

Ein vorbildlicher Vater würde an dieser Stelle den Sohn an seine Brust ziehen und kräftig drücken, um ihm sodann zu sagen, wie stolz er auf ihn ist. Abgesehen davon, dass man solche Szenen ohnehin nur in amerikanischen Schnulzen sieht – ich bin weit davon entfernt, ein vorbildlicher Vater zu sein, deshalb bleibe ich stocksteif stehen, bis er sich umdreht und das Päckchen Zigaretten auf dem Regalbrett entdeckt. Seine Miene verdüstert sich schlagartig. »Was hast du denn mit denen vor?«, fragt er.

»Womit?« Um Zeit zu gewinnen, tue ich so, als wüsste ich von nichts, und suche nach einer glaubwürdigen Ausrede.

Seit dem Herzinfarkt habe ich vor meinen Kindern tatsächlich nicht mehr geraucht, um jener Standpauke zu entgehen, die mir jetzt blüht, wenn ich nicht schnell eine glaubhafte Ausrede finde.

»Die sind von Marino«, sprudelt es aus mir heraus, »wenn er manchmal zu Besuch hochkommt.«

»Hast du nicht gesagt, der verlässt seine Wohnung nicht mehr?«

Dante hat einen großen Fehler: Er merkt sich alles, was man ihm erzählt.

»Na ja, er geht nicht mehr auf die Straße, aber ein Stockwerk schafft er schon noch.«

Er scheint mir meine schamlosen Lügen abzunehmen, fügt aber sicherheitshalber hinzu: »Mach bloß keine Dummheiten, Pà, du bist ja kein Kind mehr.«

»Wo denkst du hin«, antworte ich und bringe ihn zur Tür.

»Hör mal, am Samstag…«, setzt Dante an, als die Aufzugtür aufgeht und Emma aussteigt, die nicht besonders glücklich über die Begegnung zu sein scheint und mit einem hastigen Gruß in ihrer Wohnung verschwindet.

»Hübsche Nachbarin!«, sagt mein Sohn prompt, was mich einigermaßen erstaunt. Es ist tatsächlich das erste Mal, dass er in meinem Beisein einen Kommentar zu einer Frau abgibt. Einen winzigen Moment lang kommen mir Zweifel an seiner sexuellen Orientierung, dann fällt mein Blick wieder auf das Korallenhemd, und ich weiß, dass da nichts ungewiss ist. Schließlich kann ja auch ein

Schwuler eine Frau attraktiv finden. Und attraktiv ist diese Emma wirklich.

»Auch wenn sie nicht gerade freundlich guckt.«

Ich ziehe eine Grimasse, die besagen soll, wie gleichgültig mir die Freundlichkeit meiner Nachbarin ist, er verabschiedet sich und steigt in den Aufzug.

»Noch etwas …«, rufe ich.

Dante stellt sich in die Tür und blickt mich an.

»Wenn du mich das nächste Mal wie einen alten Tattergreis behandelst, den man betütteln muss, mache ich dir die Tür nicht mehr auf.«

Er bricht in Lachen aus und drückt auf den Fahrstuhlknopf.

Wenn Dante lacht, ist er wirklich schön. Und das kommt zum Glück häufig vor.

Mir war Sveva immer lieber, aber gerade weiß ich nicht mehr, warum.

Ich drücke auf den Klingelknopf und höre, wie Emmas Absätze sich der Tür nähern. Der Spion wird dunkel, woraus ich schließe, dass die junge Frau mich mustert. Also setze ich ein Lächeln auf und sage laut: »Guten Tag, Annunziata mein Name, ich bin Ihr Nachbar …«

Sie öffnet und lächelt mich höflich an. Trotz guter Kinderstube sieht man deutlich, dass sie alles andere als froh ist über mein Erscheinen. Vielleicht hält sie mich für einen von diesen alten Säcken, die ständig um Aufmerksamkeit buhlen und Kontakte knüpfen müssen, um dann die Freundlichkeit der anderen auszunutzen. Ganz ruhig, meine Liebe, ich bin nicht scharf auf eine Freundschaft mit dir und deinem Mann, Essenseinladungen würde ich genauso wenig ertragen wie Rücksichtnahme oder mitleidvolle Blicke. Ich muss nur diese Sachen hier loswerden, sonst nichts, dann können wir wegen mir gerne wieder zum bloßen »Guten Tag, Guten Abend« zurückkehren.

Das will ich ihr eigentlich sagen. Stattdessen stoße ich hervor: »Mein Sohn hat Sachen für mich eingekauft, die ich nicht esse, alles gesund und bio und so. Wissen Sie, zu meiner Zeit gab es so komisches Zeug noch nicht«, und ziehe als Beweis eine Packung Soja-Burger aus der Tüte. »Ich habe immer Hamburger aus Rindfleisch gegessen und lebe trotzdem noch«, fahre ich lächelnd fort, »deshalb habe ich keine Lust, jetzt noch damit anzufangen, mich um meine Gesundheit zu sorgen. Ich dachte, Sie könnten das vielleicht gebrauchen ...«

Jetzt lächelt Emma wirklich und nimmt die Tüte, die ich ihr hinhalte.

»Das ist sehr nett«, sagt sie.

»Ich hätte auch bei Eleonora klingeln können«, füge ich mit einer Kopfbewegung auf die geschlossene Wohnungstür daneben hinzu, »aber wahrscheinlich wüsste sie mit dem Teufelszeug genauso wenig anzufangen.«

Sie lächelt wieder. Ich muss sagen, dass mein Sohn trotz allem Geschmack hat; dieses Mädchen ist wirklich etwas Besonderes mit ihren dunklen, glatten Haaren, die ihr weich über die Schultern fallen, klein und gut gebaut, orientalische Augen und volle Lippen. Außerdem hat sie einen Makel, der ihrer Schönheit etwas ganz Eigenes gibt: einen kaputten Schneidezahn, der ihr etwas Aggressives und Sinnliches verleiht. Wenn ich halb so alt wäre, würde ich mich vielleicht um sie bemühen.

»War das Ihr Sohn?«, fragt sie nun.

»Ja«, sage ich schnell und versuche, an ihrer Miene abzulesen, ob sie gleich erkannt hat, dass er schwul ist.

»Ich habe Essen auf dem Herd stehen«, sagt Emma dann aber und reißt mich aus meinen abwegigen Gedanken.

»Aber bitte, gehen Sie nur«, entgegne ich und mache dabei mit der Hand eine bekräftigende Geste.

Im nächsten Moment stehe ich wieder allein auf dem Treppenabsatz. Aus den Augenwinkeln bemerke ich eine Bewegung hinter dem Spion von Eleonoras Tür. Offenbar geht Signora Vitagliano wieder einmal ihrer Lieblingsbeschäftigung nach: der Spionage.

»Verfluchtes Altenpack«, murmle ich und kehre in meine Wohnung zurück. »Was klebt ihr immer an der Tür und betrachtet die Welt durch einen Spion!«

Ich grenze mich gerne ab. Das gibt mir das Gefühl, anders zu sein.

Und entschieden besser.

# ENGELZART GEBOREN, STERBE ICH ALS GRIESGRAM

Ich habe so eine Ahnung: Meine Nachbarin Emma wird von ihrem Partner geschlagen. Oder ihrem Ehemann. Von dem Mistkerl jedenfalls, mit dem sie zusammenlebt.

Ich bin alt, und alte Menschen sind Gewohnheitstiere, Neues liegt ihnen nicht. Das hängt damit zusammen, dass sie denken, die Dinge würden immer nur schlechter werden anstatt besser, eine Lektion, die unser Körper uns im Laufe der Jahre erteilt. Deswegen habe ich, als das junge Paar hier einzog, die Nase gerümpft und geglaubt, sie würden meine Ruhe stören, mit Partys, Essenseinladungen, Geburtstagsfeiern und was sonst noch allem. In ihrem Alter genügt doch der kleinste Anlass zum Feiern, und ein Geburtstag wird als Etappenziel angesehen, das man sofort hinter sich lässt, um das nächste anzupeilen. In ihrem Alter hat man noch nicht begriffen, dass es zwar wichtig ist, ein Ziel zu erreichen, dass es dabei aber nicht um Schnelligkeit geht und man keinen Rekord brechen muss. Besser, man kommt langsam an, genießt die Landschaft, bleibt im Rhythmus und atmet schön regelmäßig über die gesamte Strecke, um das Rennen dann so spät wie möglich zu beenden. Denn was die Jugend vielleicht nicht weiß: Beim Zieleinlauf wartet niemand auf dich, um dir eine Medaille umzuhängen.

Doch ich hatte mich geirrt, kein einziges Fest, keine Einladung, kein Geburtstag. Das Pärchen neben mir war stumm wie Fische; kein Wort zu hören, der Fernseher niemals aufgedreht, keine stinkenden Müllbeutel vor der Wohnungstür. Kurz gesagt, ein unsichtbares Paar.

Bis heute.

Vor ihnen wohnte dort eine Familie mit Mann, Frau und drei Kleinkindern. Hölle pur, die Rotznasen haben durchgeheult, die schlimmsten vier Jahre meines Lebens. Ein absolutes Unglück, neben einer Familie zu wohnen, die jedes Jahr einen neuen Säugling ausbrütet: als würde man ein zweites Mal Vater, beziehungsweise Sveva und Dante mitgerechnet ein drittes, viertes und fünftes Mal. Die eigentliche Katastrophe war jedoch, dass ihr Schlafzimmer direkt an meines grenzte. Ich wohne auf dem Vomero, ein Wohnviertel auf einem der Hügel von Neapel, wo die Luft halbwegs sauber und im Sommer etwas frischer ist. Hier gibt es nur ein Problem, und zwar ein großes. Unser Mehrfamilienhaus wurde in den Sechzigerjahren gebaut, zur Zeit des Wirtschaftswunders, mit wenig Sorgfalt und viel Eile. Und seine Wände dienen der Abtrennung, nicht dem Schallschutz. Alles teilt man mit den Nachbarn: das Kindergeschrei von nebenan, das Pinkeln und Abspülen der Signora von oben, den Hustenanfall von Marino, dem buchstäblich alten Freund unter meinen Füßen. Wer hier einen leichten Schlaf hat, wird vom kleinsten Furz zwei Stockwerke höher geweckt.

Nach den ersten drei durchwachten Nächten habe ich mein Bettzeug gepackt und bin ins Wohnzimmer gezogen. Dann haben die netten Nachbarn mich irgendwann zum Essen eingeladen, vielleicht dachten sie, der Alte ist ganz allein und braucht Unterstützung. Allein war und bin ich ja, aber deshalb brauche ich noch lange keine Unterstützung. Absagen konnte ich aber auch schlecht und verbrachte den Abend deshalb in Gesellschaft der kleinen Nervensägen, die mir den Schlaf geraubt hatten. Die Eltern hofften wohl, der Anblick ihrer lieben Kleinen werde mein Herz erweichen und dass ich einer von diesen alten Schwachköpfen bin, die den Gedanken an den Tod nicht ertragen und sich deshalb mit denjenigen anlegen, die das Leben noch vor sich haben. Kurz, sie dachten, ich sei weniger hartherzig. Falsch gedacht. Normalerweise heißt es, der Charakter wird weicher mit der Zeit, vor allem bei Männern. Viele strenge Väter sind später liebevolle Großväter. Bei mir ist das Gegenteil der Fall. Engelzart geboren, sterbe ich als Griesgram.

Doch ich schweife ab. Ich sprach gerade von meinen neuen Nachbarn und davon, dass er sie meiner Meinung nach schlägt. Ich sagte bereits, ich schlafe wenig und unruhig. Vorgestern Nacht wälzte ich mich unruhig zwischen den Laken, da fingen die beiden zu streiten an. Zuerst war nur ihre erregte Stimme zu hören, dann kam sein Geschimpfe hinzu. Nach einer Weile hörte ich einen dumpfen Laut, wie wenn etwas Schweres auf den Boden fällt, dann Stille. Neugierig legte ich das Ohr an die Wand. Ich glaube nicht, mich verhört zu haben, sie weinte, und er redete tröstend auf sie ein. Als ich am nächsten Morgen in den Briefkasten schaute, kam Emma. Sie trug eine dunkle Sonnenbrille und hielt den Kopf gesenkt. Als sie mich erblickte, drehte sie sich zur Seite und stieg die Treppe hinauf.

»Guten Morgen«, sagte ich noch, aber da war sie schon fast weg.

Ich bin mir sicher, dass ihr Auge blau und geschwollen war, deshalb kam mir oben in den Sinn, zu klingeln und nachzufragen, ob alles in Ordnung sei. Ich hatte sogar schon die Hand an der Klingel, überlegte es mir aber im letzten Moment anders. Ich habe mich immer nur um mich selbst gekümmert und bin gut damit gefahren, warum sollte ich mich in Sachen einmischen, die mich nichts angehen? Außerdem ist meine Nachbarin alt genug: Wenn ihr Mann sie schlägt, kann sie jederzeit gehen. Danach habe ich die Sache vergessen, bis die junge Frau heute Morgen vor ihrer Wohnungstür stand, mit dem Rücken zu mir, und in ihrer Tasche nach dem Schlüssel kramte. Als sie meinen Gruß mit einem flüchtigen Lächeln erwiderte, konnte sie die geschwollene, geschundene Lippe nicht verbergen.

Es stimmt, ich bin ein echter Stoffel, und sollte eins meiner Kinder jemals den Mut finden, sich in Lobreden über meine zahlreichen Vorzüge zu ergehen, würden sie mich doch niemals einen umgänglichen Menschen nennen. Es ist nicht so, dass ich die Leute hasse, aber mich mit ihnen zu beschäftigen, ist mir einfach lästig. Auch Caterina hat immer gesagt: »Du bist kein schlechter Mensch, du bist nur ein Egoist.« Damit war ich nie einverstanden. Der Egoist verfolgt das eigene Wohl, koste es, was es wolle, aber ich habe mein Wohl nie erreicht. Selbst als Egoist habe ich versagt.

Aber wir sprachen von meiner Nachbarin. Gewalt gegen Frauen gehört zu den Themen, von denen wir immer nur in den Nachrichten hören, weit weg von uns »normalen Menschen«. Ein bisschen wie Mord, es ist nicht besonders wahrscheinlich, dass jemand aus meinem Bekanntenkreis umgebracht wird, eher wird einer beim Justieren seiner Satellitenschüssel vom Blitz getroffen.

Kurz, die gute Frau nervt mich nicht unerheblich, weil ich diesmal nicht so tun kann, als bemerkte ich nichts, vor allem wenn sie nicht aufhört, mit geschwollenem Gesicht durchs Haus zu laufen. Deshalb habe ich beschlossen einzugreifen, auch wenn ich noch nicht weiß, wie.

Ich werde mal mit Marino darüber reden, vielleicht hat er eine Idee.

Auch wenn es wahrscheinlicher ist, dass morgen die Sonne nicht mehr aufgeht.

# DAS NICHT-GETANE

Marino gehört zu dem Typ alte Nervensäge, über den Enkel sich so gerne lustig machen. Einer, der ständig dasselbe sagt, nie zuhört, keinen Jugendslang versteht und nicht mit Computern umgehen kann. Aber im Gegensatz zu vielen anderen seiner Altersgruppe hat er immerhin einen Computer, der gut sichtbar auf dem Schreibtisch seines kleinen Arbeitszimmers thront. Ich habe mich immer gefragt, wozu er ihn braucht, da schon seine Schreibmaschine ein großer Sprung ins Ungewisse war, doch dann erfuhr ich, dass er seinem Enkel Orazio gehört, der am Nachmittag oft zum Lernen kommt.

Marino ist über achtzig, riecht aus dem Mund, bekommt ohne Gebiss kein Wort heraus und nässt manchmal ein. Kurz, ein Trauerspiel. Dabei ist er ein richtig anständiger Kerl und gesellig noch dazu. Gut, man wirft sich mit ihm nicht gerade weg vor lachen, aber man kann mit ihm reden, er hört trotz einer gewissen Schwerhörigkeit gut zu und gibt manchmal sogar kluge Ratschläge. Marino ist in meinem Leben ein Mittelding aus Therapeut und Priester, dem ich mal meine Ängste offenbare und mal meine Sünden beichte. Das Schöne daran ist, dass beide Berufsgruppen, Psychologen und Geistliche, mir seit jeher auf den Sack gehen.

»Und wenn sie herausfinden, dass wir den Brief geschrieben haben? Wenn sie es an der Handschrift erkennen?«, will mein Freund aufgeregt wissen.

Ich stöhne auf. Ich vergaß zu erwähnen, dass Marino auch ein extrem ängstlicher Typ ist, und ängstliche Typen machen mir Angst. Das führt manchmal zu einem wahren Teufelskreis und einem Erregungslevel, für das es am Ende weder ein reales Motiv noch einen Schuldigen gibt.

»Abgesehen davon, dass ich mir nicht vorstellen kann, warum sich die Geheimdienste für unser Schreiben interessieren sollten, habe ich daran auch schon gedacht. Deshalb bin ich heute hier.«

Er sieht mich fragend an, obwohl er an meine sonderbaren Äußerungen gewöhnt ist.

»Wir werden deinen Computer benutzen!«, kläre ich ihn mit schelmischem Lächeln auf.

Er antwortet nicht, wiegt bedächtig den Kopf und schlägt mit den Händen auf die abgewetzten Armlehnen seines Sessels. Ich kenne Marino seit etwa vierzig Jahren, also die Hälfte seines Lebens. Und in all den Jahren habe ich nicht erlebt, dass er je seinen geliebten Sessel ausgetauscht hätte, und sei es auch nur den Bezug.

Nach einer Weile stößt er aus: »Du spinnst ja! Weißt du nicht, dass man bei einem Computer kinderleicht auf den Urheber rückschließen kann? Dann schnappen sie uns doch nach einem Tag.«

Ich überlege. Ich bin mir nicht sicher, ob das stimmt, doch er wirkt so überzeugt, dass ich ihm fast schon glaube.

»Woher willst du das wissen, wo du doch kaum den Anschaltknopf des Computers findest?«

»Orazio hat es mir erklärt.«

Dann stimmt es wohl. Wir müssen also zum Ausgangsplan zurück, den Brief handschriftlich verfassen und in den Briefkasten werfen. Die Idee kam mir gestern Nacht, als ich mich mal wieder schlaflos im Bett wälzte. Ich dachte, der frauenprügelnde Hundsfott muss wissen, dass jemand Bescheid weiß, damit er es sich zweimal überlegt, wenn er das nächste Mal die Hand hebt.

Die junge Frau habe ich noch einmal von ferne gesehen, im Supermarkt unten im Haus. Ich streifte durch die Gänge, sie stand an der Wursttheke. Als sie mich sah, drehte sie sich schnell um und wandte mir den Rücken zu, wie beim letzten Mal. Ich glaube, sie schämt sich, vielleicht weiß sie, dass ich es weiß.

Jedenfalls durfte ich die Gelegenheit nicht verpassen. Ich nahm eine Packung Thunfisch im Sonderangebot und ging auf sie zu, und als ich hinter ihr vorbeiging, raunte ich in ihre Richtung: »Ich weiß es.« Dann setzte ich meine Runde fort, als sei nichts geschehen, und schaute nicht einmal zurück, ob sie mich gehört hatte.

Ich liebe es, den Geheimnisvollen zu spielen.

»Und außerdem wüsste ich gar nicht, wie man mit dem Ding da einen Brief ausdruckt. Bist du dir deiner Sache denn überhaupt sicher? Man kann doch nicht ohne Beweise einen Mann beschuldigen, seine Frau zu schlagen. Damit könnten wir sein Leben ruinieren!«

Noch so eine Seite von Marinos Charakter, die ich unerwähnt ließ: Er ist einfach zu gut für diese Welt. Manchmal kommt es mir vor, als unterhielte ich mich mit Federico, meinem Enkel. Vielleicht stimmt es ja, dass das Leben ein Kreislauf ist und man am Ende wieder an den Ausgangspunkt zurückkehrt; jedenfalls teilen ein Achtzigjähriger und ein Neugeborenes, wenn man genau hinschaut, dieselben Ängste.

»Wir müssen ihn ja nicht anzeigen. Wir setzen ihn nur ein bisschen unter Druck. Wenn er seine Frau nicht schlägt und ich mir alles nur eingebildet habe, lachen wir darüber und fertig. Wenn er jedoch, was ich glaube, schuldig ist, wird er sich ganz schön umsehen.«

»Cesare, du hast Spaß am Detektivspiel, dich amüsiert das. Mich aber nicht, ich will nur meine Ruhe haben. Kurzschlusshandlungen sind nicht meins.«

Es stimmt, ich spiele gerne den Schnüffler. Und nicht nur den. Ich liebe es, in andere Rollen zu schlüpfen, neue Identitäten anzunehmen, aus der Phantasie zu leben. Bis zu einem gewissen Alter habe ich ein weitgehend »normales« Leben geführt, ohne größere Emotionen. Das Problem ist nur, wenn du langsam auf das Ende zumarschierst, hörst du nachts viele kleine Stimmchen, die hartnäckig in dein Ohr flüstern: *Beweg dich, hoch mit dir, nicht auf dem Sofa vermodern, tu was Verrücktes. Mach endlich etwas gegen all das Nicht-Getane in deinem armseligen Leben.*

Tja, eben, das Nicht-Getane. Über siebzig Jahre habe ich gebraucht, um festzustellen, dass ich im Nicht-Getanen lebe. Mein wahres Ich, die Sehnsüchte, meine Energien und Instinkte, stecken in dem, was ich hätte tun wollen. Es ist nicht schön, immer wieder zu hören, du hast dein Leben falsch gelebt, hast deine Karten schlecht ausgespielt und bist vom Tisch aufgestanden, bevor die Partie zu Ende war. Egal, ob du dann auch noch die restlichen Chips verloren hättest. Es ist nicht leicht, verlorene Zeit wieder aufzuholen, in wenigen Jahren musst du deine gesamte Existenz zurechtrücken. Fast unmöglich. Es ist doch kurios: Gerade wenn du zu begreifen beginnst, wie die Dinge laufen, erklingt der Gong. Als würdest du in einem Fernsehquiz nur die letzten dreißig Sekunden nutzen und hättest die drei Minuten davor reglos auf deine Fingernägel gestarrt.

»Marino, du bis jetzt achtzig Jahre alt, und soweit ich weiß, kam es bei dir noch nie zu einer unüberlegten Handlung. Seit zehn Jahren sitzt du in diesem Sessel, und wenn du aufstehst, bleibt dein Abdruck im Polster zurück. Meinst du nicht, es würde sich lohnen, vor dem Tod noch etwas Unsinniges zu tun?«

Er mustert mich und trommelt mit den Fingern auf die Armlehne. Ich starre zurück, ich weiß ja, dass er zuerst nachgibt. Und wirklich, kurze Zeit später senkt er den Blick und murmelt: »In Ordnung. Aber eins sag ich dir, wenn sie mich holen kommen, behaupte ich, es war deine Idee!«

Typisch Marino: halbe Sachen machen. Wer weiß, ob er auch beim Sex immer auf halbem Weg aufgehört hat. Ich vermute, dass er in der Schule zu den Kindern zählte, die sich mit einem ausreichend begnügten. Zu feige, um nicht zu lernen, aber gleichzeitig kein Interesse am Wissen, er wollte nur so schnell wie möglich das Ziel erreichen und dann seine Ruhe haben. Wenn er ein Schulaufsatz wäre, wäre Marino zwei Seiten lang, die vorgeschriebene Mindestanforderung. Mir fielen zwei ganz unterschiedliche Lösungen ein: achtseitiger Aufsatz oder ein leeres Blatt. Beide Möglichkeiten fänden meine Zustimmung.

»Wir wollen ja nicht mit Sturmhaube eine Bank überfallen, wir wollen nur eine Warnung schreiben. Und das für eine gerechte Sache. Oder willst du einem armen Mädchen etwa nicht helfen?«

Er nickt, aber wenig überzeugt, das sehe ich ihm an.

»Hast du denn immer noch nicht begriffen, von wem wir sprechen? Hast du sie noch nie auf der Treppe getroffen?«, frage ich verwundert.

Er beschränkt sich auf ein Kopfschütteln.

»Ja klar, wie solltest du sie auch gesehen haben. Wie lange hast du die Nase nicht mehr aus deinem Mauseloch gestreckt?«

»Das ist kein Mauseloch«, antwortet er und beugt sich zu mir vor.

Er hat recht, es ist kein Mauseloch, aber mein Freund braucht gerade mal eine gut platzierte Ohrfeige.

»Doch, Marino, diese Wohnung ist ein Mauseloch, dein ganzes Leben ist ein Mauseloch. Du bist noch nicht tot, willst du das endlich kapieren? Dort draußen ist immer noch die Welt, kein Asteroid hat in den letzten zehn Jahren die Erde zerstört. Es gibt noch Straßen, Bäume, Schaufenster und schöne Frauen.«

Jetzt müsste er wütend werden. So ginge es mir an seiner Stelle, ich würde aufspringen und mein Gegenüber am Arm packen, ihn wüst beschimpfen, vielleicht würde ich ihm auch eine scheuern und ihn dann vor die Tür setzen. Dann würde ich mir den Mantel überziehen und ins Treppenhaus rennen. Marino tut nichts dergleichen, er ärgert sich nicht, gibt mir keine Ohrfeige, regt sich nicht in seinem Sessel. Er sieht mich an und lächelt. Der alte Kerl hat mich gern, so wie ich ihn gernhabe, aber ich werde nicht hier drinnen sterben, um ihm Gesellschaft zu leisten. Ich stehe auf und gehe zur Tür. Er hält mich auf.

»Ich dachte ... vielleicht könnte ich Orazio anrufen und ihn um seine Meinung fragen, ob sie uns wirklich über den Computer auf die Spur kommen. Er könnte uns bei dem Brief helfen.«

»Ja, gut«, antworte ich, »das ist eine gute Idee.«

»Dann rufe ich ihn heute Abend an und sage dir danach Bescheid.«

Ich ziehe die Tür zu und begebe mich eine Etage höher. Ich vermeide den Aufzug, weil ich in Bewegung bleiben muss, wenn ich weiter solchen Unsinn machen möchte. Auf der ersten Treppenstufe klingelt mein Handy.

»Papà?«

»Hallo, Dante«, erwidere ich keuchend. Entweder reden oder Treppen steigen. Ich beschließe, knapp über der Hälfte der Stufen anzuhalten.

»Wie geht's?«

»Gut.«

»Hör mal, ich habe gestern vergessen dir zu sagen, dass ich am Samstagabend eine wichtige Ausstellungseröffnung habe. Was ist, kommst du?«

»Gibt es was zu essen?«

»Ja, klar gibt es was zu essen, sonst hätte ich dich doch nicht angerufen«, meint er seufzend.

»Gut. Wie heißt der Künstler?«

»Leo Perotti, ein vielversprechender Maler, der gerade in Berlin ausgestellt hat. Ich würde euch gerne miteinander bekannt machen.«

Nie im Leben gehört, aber ich muss zugeben, dass ich kein Kunstliebhaber bin. Wenn er statt Perotti Picasso ausstellen würde, nähme ich die Nachricht mit der gleichen Gelassenheit zur Kenntnis. Doch Dante wirkt euphorisch, seine Stimme ist eine Tonlage zu hoch, fast schon schrill, wie eine Frau vor der Menstruation.

»Gut, dann werde ich da sein.«

Ich klänge gerne enthusiastischer, doch es gelingt mir nicht. Immer wenn ich mir vornehme, mich Dante gegenüber anders zu verhalten, sei es, wenn wir uns sehen, oder am Telefon, schaffe ich es keinen Millimeter, auf ihn zuzugehen. Meinen Kindern gegenüber bleibt mir als Verhalten nur, den Stoffel zu geben, jede Änderung dieses Ansatzes würde mich erhebliche Energien kosten. Und meine Energie brauche ich für anderes.

»Kommt Sveva auch?«, frage ich noch.

»Keine Ahnung«, schnaubt er, »sie hat gesagt, sie kommt vorbei, wenn sie es schafft.«

Ich schweige, mir fällt nichts mehr ein. Zum Glück macht er den nächsten Schritt.

»Ich freue mich so auf Samstag, ich bin so aufgeregt!«

Warum er aufgeregt ist, bleibt mir schleierhaft, er stellt ja nicht etwa selbst aus. Mein Sohn hat eine Galerie mitten im Zentrum, ein hübscher, moderner Laden, der, um die Wahrheit zu sagen, von überwiegend skurrilen Leuten besucht wird. Mir gefällt, was er macht, nur dass ich ihm das niemals sagen würde. Ich weiß, das ist falsch, aber so bin ich nun mal, ich bekomme die nötigen Worte einfach nicht über die Lippen. Ich habe es ein paarmal versucht, aber dann blieben sie mir im Halse stecken und rutschten langsam wieder die Speiseröhre hinab.

»Das freut mich für dich«, antworte ich ein wenig halbherzig.

Er scheint das zu merken, schweigt einen Moment, verabschiedet sich und legt auf. Ich bin stolz auf Dante, auf seine Persönlichkeit, seine Arbeit und wie er in der Welt steht. In mancher Hinsicht gefällt er mir mittlerweile besser als seine Schwester, und dennoch bin ich mit ihr immer noch vertrauter. Mit einer Frau ist der Umgang leichter, obwohl meine Tochter auch kein einfacher Charakter ist. Als beide noch klein waren, hat Caterina mir immer vorgeworfen, Sveva zu bevorzugen, und zum Ausgleich hielt sie sich stärker an den Zweitgeborenen. In Wirklichkeit habe ich niemanden bevorzugt, Dante kam einfach in einem Moment auf die Welt, als die kleine Sveva aufblühte und Kontakt zu mir aufnahm, sie fing an zu sprechen, zu spielen, mich zu umarmen. Dante war für mich wie eine Babypuppe, die dich aus dem Schaufenster reglos anstarrt. Ohne es zu wollen, teilten Caterina und ich auf diese Art Kinder und Pflichten unter uns auf. Sie kümmerte sich um Dante, ich um Sveva. Er wurde schwul, sie egozentrisch und neurotisch.

»Wenn du hier wärst, müssten wir jetzt die Rollen tauschen. Dann könnten wir einigen Schaden wiedergutmachen«, rufe ich einmal quer durch die Wohnung.

Meine Worte verhallen im leeren Flur.

»Auch wenn es jetzt wahrscheinlich ein bisschen spät ist. Wir hätten früher daran denken sollen. Deine Schuld, du wolltest nichts ändern, hattest nie einen Zweifel und glaubtest, das Leben verliefe nur in eine Richtung. Ich habe schon damals um mich getreten. Wenn du auf mich gehört hättest, wäre manches vielleicht anders gekommen.«

Die Wände antworten mir nicht. Besser so, dann widersprechen sie auch nicht. Die Uhr in der Küche markiert derweil die Sekunden. Es ist mir noch nie aufgefallen, aber die wahre Herrscherin über diese Wohnung ist die Stille.

# MAN KANN NIEMANDEN RETTEN, DER NICHT WILL

Hin und wieder kommt eine von Signora Vitaglianos Katzen bei mir zu Besuch. Das gute Tier springt auf die Umlaufbalkone im Hof, läuft am Gebäude entlang und schlüpft in meine Wohnung. Ich glaube, das ist auch Emmas Schuld, weil sie ihr Fenster immer geschlossen hält, sodass das Kätzchen weiterziehen muss auf der Suche nach einer gütigen Seele, die ihr dabei hilft, Eleonoras krankhafter Liebe zu entkommen. Und wenn die Fensterläden wie jetzt geschlossen sind, kratzt sie so lange am Holz, bis ich nicht anders kann, als ihr aufzumachen.

Ein echtes Problem, kurz gesagt, aber auch Gesellschaft. Ich stehe auf und packe sie am Genick, um sie aufs Bett zu setzen. Die Uhr zeigt halb vier Uhr morgens, und von schlafen kann nun keine Rede mehr sein. Die Katze heißt Fuffy, aber ich habe sie Beelzebub getauft. Fuffy ist ein dämlicher Name, so etwas kann sich nur eine Frau ausdenken.

Die anderen Hausbewohner mögen Eleonora Vitagliano nicht, weil die streunenden Katzen ihr bis in den Hausflur folgen. In Wahrheit würden die Tiere sich für sie auch aus dem fünften Stock stürzen. Wie auch nicht, sie stopft sie von morgens bis abends mit Fressen voll! Es würde mich nicht wundern, wenn die eine oder andere der armen Kreaturen an erhöhtem Cholesterinspiegel oder Diabetes leidet.

Im Grunde mag ich die Katzendame ja, in jüngeren Jahren war sie von strahlender Freundlichkeit. Heute ist sie abweisender, weniger zuvorkommend ihren Mitmenschen gegenüber, dafür geht sie einem kaum auf den Senkel und ist tierlieb. Und wenn ich so alt geworden wäre, ohne zu begreifen, wie sehr Tiere unseren Respekt verdienen, hieße das, gar nichts kapiert zu haben.

Auf jeden Fall nenne ich das Kätzchen Beelzebub, weil es komplett schwarz ist und in seinen Augen rote Reflexe flackern. Ein echtes Teufelchen, das durch das Haus streift und den nächsten Dummen sucht, der ihm eine schöne Schale Leckerlis hinstellt. Ich habe kein Katzenfutter, aber das endlose Miauen in der Stille der Nacht raubt mir den letzten Nerv. Ich gehe in die Küche und stehe wie gelähmt vor dem traurigen Anblick des leeren Kühlschranks, in dem sich drei Eier, ein Rest gekochter Schinken, eine Packung Scheiblettenkäse, eine Flasche Wein und ein Liter Milch befinden. Die Wahl fällt auf Schinken und Milch. Ich setze mich an den Küchentisch und werfe meinem Freund den Schinken zu, der ihn mit einem Bissen verschlingt und mich dann weiter bettelnd ansieht.

»Tut mir leid, mein Schöner, mehr habe ich nicht für dich, damit musst du zufrieden sein.«

Ich gieße etwas Milch für ihn und Wein für mich ein und denke in der Zwischenzeit über die mehr als lachhafte Situation nach: Da sitze ich mitten in der Nacht mit einem Tier in der Küche, und jeder von uns tunkt sein Maul in ein Getränk. Zum Glück ist mein Getränk um Längen besser.

Ich fände es im Übrigen nicht schlecht, eine Katze zu sein, die sich niemals wirklich bindet, sich frei »entscheidet«, wen sie liebt, weil sie niemanden braucht und auch alleine klarkommt. Ich mag Typen, die alleine klarkommen und ihrer Umgebung nicht auf den Sack gehen. Also wenn ich als Tier wiedergeboren werden sollte (was angesichts meiner zahllosen Sünden tatsächlich nicht ganz auszuschließen ist), dann möchte ich eine Katze werden. Ich würde mir auch eine Katzendame zulegen, die ich melken kann, und den ganzen Tag durch die Gegend streifen auf der Suche nach einem Miezekätzchen zum Hofieren. Ich wäre einer von diesen schmutzigen Katern, mit großem Kopf und dunklen Augen, die zwischen den Mülltonnen herumstreichen wie Geparden um die Bäume der Savanne. Marino wäre freilich eine Perser- oder Siamkatze, also eine von den Rassen, die im Laufe der Jahrhunderte häuslich geworden sind und auf der Straße nicht überleben würden. Die Perserkatze hat Generationen gebraucht, um sich in ein degeneriertes Biest zu verwandeln, das von anderen abhängig ist, Marino nur ein Leben.

Ein dumpfes Geräusch tönt durch den Hausflur. Beelzebub guckt sich kurz um und wendet sich gleich wieder seiner Milch zu. Ich stehe auf und gehe durch die Wohnung.

»Du Miststück, mach auf!«

Ich luge durch den Spion und sehe den Schläger, der schimpfend gegen seine eigene Wohnungstür hämmert. »Verfluchte Schlampe, mach sofort auf, sonst wirst du es bereuen!«

Er sieht betrunken aus. Ich muss etwas tun, aber wenn ich zu lange überlege, tue ich nichts.

Ich öffne die Tür.

Er dreht sich um und sieht mich an wie einen Marsmenschen, der gerade seinem Ufo entsteigt.

»Hallo? Was ist denn das für eine Art, mit einer Dame zu reden?«

Ich habe keine Ahnung, was ich hier für einen Unsinn mache, ich handle rein instinktiv. Manchmal muss man sich vom Instinkt leiten lassen, weil man sonst gar nichts tut.

»Was willst du Klugscheißer?«

Er riecht nach Alkohol und sieht zudem richtig stinkig aus. Vielleicht sollte ich die Tür schließen und zu meinem Wein zurückkehren, aber ich habe ja auch meinen Stolz. Außerdem, verdammt noch mal, wer traut sich schon, einen armen alten Mann zu verprügeln?

»Sie haben mich geweckt und belästigen noch dazu Ihre Frau!«

Er kommt näher und sieht mir scharf in die Augen. Dann, mit stinkendem Atem, speit er seinen Gedanken aus: »Leck mich!«

Marino würde nun an meiner Stelle den Kopf senken, sich entschuldigen und in seine Wohnung zurückkehren. Aber das hier bin ich, und Cesare Annunziata ist nun mal ganz anders als andere Senioren. Wenn mich jemand tritt, trete ich zurück, auch wenn danach der Oberschenkelhalsknochen wieder zusammengeflickt werden muss. Also greife ich auf den Klassiker aus meinem Repertoire zurück, den ich mit am besten drauf habe.

»Sie Scheißkerl, Sie reden hier mit einem Heeresgeneral a. D., mäßigen Sie Ihren Tonfall, sonst muss ich Ihnen Ihre Idiotenfresse polieren!«

Er weicht zurück, und ich setze ein zufriedenes Grinsen

auf. Der Heeresgeneral funktioniert immer. Der Hundsfott will etwas erwidern, doch in dem Moment geht die Tür auf, und sie erscheint auf der Schwelle. Der Mann packt seine ganze angestaute Wut in den Blick, mit dem er seine Frau bedenkt, dann stürmt er in die Wohnung und verschwindet. Emma bleibt in der Tür stehen und wendet sich mir zu. Ich lächle sie stolz an, doch die Dame sieht nicht gerade zufrieden aus.

»Was wollen Sie eigentlich von mir? Kümmern Sie sich um Ihre Angelegenheiten, niemand hat Sie um etwas gebeten!« Und schließt die Tür. Mit ersterbendem Lächeln stehe ich im Hausflur, dann gehe ich wutschnaubend ins Bad. Ich muss pinkeln, wie immer, wenn ich mich ärgere oder aufrege. Ich setze mich auf die Klobrille, und Beelzebub kommt und streicht mir um die schlaffen Waden. Ich wende mich an meinen einzigen Gesprächspartner: »Und um die zu verteidigen, lasse ich mich fast umbringen! Ich bin ein alter, vertrottelter Romantiker. Man kann niemanden retten, der nicht will. In fast achtzig Jahren habe ich es immer noch nicht begriffen!«

Beelzebub sieht mich verwirrt an, dann beschließt er, nicht länger seine Zeit mit einem verrückten, Selbstgespräche führenden Alten zu vergeuden, und widmet sich dem Lecken seiner Pfote. Das fand ich schon immer eine geniale Art des Waschens: billig, umweltfreundlich und zeitsparend. Nur dass man uns Menschen dann gelenkiger und mit Greifzunge hätte konstruieren müssen. Ich frage mich ohnehin oft, warum wir so komplex gebaut sind, wofür braucht es die ganzen Organe, Blutgefäße, Adern, Eingeweide, Fingernägel, Haare? Gab es denn wirklich keine einfachere Lösung? Und dann, warum müssen wir uns

Energie von außen zuführen, Essen und Trinken? Oder Sauerstoff? Warum sind wir keine Selbstversorger? Das ist ein komplexes Thema, und wenn ich noch lange hier sitze, spüre ich irgendwann meine Beine nicht mehr und muss den Notarzt rufen, um ins Bett zu kommen.

Es klingelt. Beelzebub flüchtet sich unters Sofa. Ich sehe auf die Uhr: Viertel nach vier. Ganz schön was los heute Nacht. Es könnte Emma sein, die sich entschuldigen möchte, oder vielleicht ihr Ehemann, der sich umentschieden hat und mich doch verprügeln will. Ich bleibe im Wohnungsflur stehen und spitze die Ohren. Es klingelt wieder, ein kurzes Schrillen. Mein Schlächter will mich abmurksen, ist aber gleichzeitig darauf bedacht, nicht das ganze Haus zu wecken. Eine Zehntelsekunde bin ich versucht, ins Bett zurückzukehren und die Ohrstöpsel aus der Nachttischschublade zu nehmen, dann denke ich an Marinos Wurstgesicht und mache die Tür auf. Nun gut, wenn es ans Sterben geht, dann wenigstens, solange ich noch lebe.

Vor mir steht die völlig unbewaffnete Eleonora Vitagliano in Pantoffeln und Morgenmantel.

»Hallo«, sage ich.

»Hallo, entschuldige wegen der Uhrzeit, aber ich muss dich sprechen.«

Ich habe keine Übung darin, Frauen in meine Wohnung zu bitten, schon gar nicht im Schlafanzug, doch der Ausdruck »Frau« ist für meine Nachbarin auch nicht ganz sachgemäß. Kaum schließe ich die Tür, kommt Beelzebub gelaufen.

»Hier bist du, mein Liebling!«, ruft sie und nimmt den kleinen Charmeur hoch, der meine Wenigkeit und den schmarotzten Schinken augenblicklich vergessen hat.

»Cesare, ich habe die Szene von eben mitbekommen …«, will sie flüstern, doch bei ihrer Taubheit passt die Lautstärke der Stimme nicht zur Mimik.

»Ach«, mache ich, weil mir nichts anderes einfällt.

»Das war goldrichtig, dass du eingegriffen hast«, fährt sie fort, »diesem Individuum musste endlich mal jemand die Leviten lesen.«

Ich nicke und bleibe an der Tür stehen, damit die alte Kuh versteht, dass sie mich nicht länger stören soll. Aber sie macht keine Anstalten zu gehen und sieht mich mit ihrem Fuffy auf dem Arm an.

»Eleonora, es ist vier Uhr morgens …«, setze ich vorsichtig an, doch sie hört gar nicht zu.

»Ich glaube, dass dieser Mann seine Frau schlägt!«

Ich reiße die Augen auf. Also ist die Alte doch nicht so vertrottelt, wie ich dachte.

»Und woher weißt du das?«

»Wie?«

Ich spreche lauter. »Ich meinte … bist du dir sicher?«

»Ja, ja, ganz sicher. Weißt du, ich höre zwar nicht besonders gut, aber das Spektakel, das die zwei in letzter Zeit veranstalten …«

»Das stimmt.«

»Neulich habe ich sie nachts nach Hause kommen sehen, und da hatte sie doch tatsächlich den Mund mit einem Tuch verbunden.«

»Mir hat die junge Frau jedenfalls gesagt, ich soll mich nicht einmischen, und daran halte ich mich«, erwidere ich knapp.

»Und wenn etwas passiert?«

»Dann ist das bestimmt nicht meine Schuld.«

»Wir könnten die Polizei rufen.«

»Ruf sie doch, ich wurde fast angegriffen und habe mir noch eine Zurechtweisung eingefangen. Also, Eleonora, ich verstehe deine Beunruhigung, wirklich, aber du weißt, wie das ist, es ist schon spät …«

»Ja, entschuldige, du hast recht. Es ist nur so, dass ich nachts sowieso nicht mehr schlafen kann.«

»Klar, das verstehe ich.«

Das Leben ist komisch. Wenn du jung und stark bist, könntest du immer schlafen, wenn du alt und klapprig bist und Dösen eine schöne Art des Zeitvertreibs wäre, willst du nichts mehr davon wissen, die Augen zu schließen.

»Aber wenn die beiden noch einmal streiten, rufe ich dich an«, erklärt meine Nachbarin und tritt in den Hausflur.

»In Ordnung«, antworte ich. Ich würde ihr in diesem Moment alles versprechen.

Ich sage ihr und dem Schlingel von Kater Gute Nacht und mache die Tür zu. Ich werfe einen Blick auf die Uhr, halb fünf Uhr früh. Jetzt braucht man gar nicht mehr zu versuchen, wieder einzuschlafen, sondern kann gleich die Espressokanne auf den Herd stellen. Was für eine Nacht! Zuerst trinken mit einer Katze, die einem schöntut, dann streiten und sich fast umbringen lassen, Vorwürfe seitens einer unfreundlichen Nachbarin einstecken, die man verteidigen wollte, und schließlich ein Plausch mit Eleonora Vitagliano. Nur gut, dass bald die Sonne aufgeht. Bis dahin sollte ich lieber duschen gehen. Die Hausgemeinschaft hat recht, die Katzendame mag zwar ganz nett sein, aber Himmel, wie sie stinkt!

# DIE ERSTE VON DREI UNERREICHBAREN FRAUEN

Wenn man mein Alter erreicht, lässt sich die Rückschau auf das eigene Leben kaum vermeiden, auf das, was man getan und nicht getan hat, auf die Fehler und die verpassten Chancen. Da ich diese Art des Spekulierens über das »Was wäre, wenn« noch nie mochte, vermeide ich sie bis heute. Schließlich ist es ja so: Wenn ich noch zehnmal auf die Erde geworfen würde, schlüge ich doch immer wieder denselben Weg ein und stieße erneut gegen dieselben Felsen. Die meisten von uns sind wie Ameisen, sie folgen ihren eingefahrenen Pfaden. Also regt euch nicht auf, ich werde niemanden mit einer Auflistung meiner Fehltritte langweilen, sondern stattdessen von den Frauen reden, Frauen, die meiner Ansicht nach immer noch der Hauptgrund sind, warum es sich zu leben lohnt.

Ich hatte ihrer viele: schöne und hässliche, nette und abscheuliche, gutmütige und hinterfotzige. Und keine habe ich so geliebt wie die drei einzigen, die ich nicht bekommen konnte. Es ist ja bekannt, was man einmal hat, sei es ein Auto, ein Haus, ein Job, selbst eine Frau, dessen Wert schmilzt dahin wie Eis in der Sonne. Nur etwas, das man nicht hat, lässt einem keine Ruhe. Deswegen sind heute, wo ich ein altes Klappergestell und nur noch auf Rossanas Altruismus angewiesen bin (naja, ganz so schlimm ist es natürlich nicht), die Einzigen, die mich außer meiner Frau in der Stille der Nacht besuchen kommen, eben die drei Grazien, die nichts davon wissen wollten, mit mir ins Bett zu gehen.

Anna war eine Mitschülerin, blonde Haare, grüne Augen, großer Busen. Bei mir war es Liebe auf den ersten Blick. Schon damals hegte ich eine maßlose Leidenschaft für runde Formen. Dummerweise war sie älter als ich, wenn auch nur um ein Jahr. Doch als Teenager machen diese dreihundertfünfundsechzig Tage einen Riesenunterschied; in dem Zeitraum, in dem die Erde einmal um die Sonne kreist, haben die Mädchen längst begriffen, dass du ein kleiner, unbedeutender Wicht aus der Klasse unter ihnen bist, nicht wichtiger als der Kaugummi, der unter ihrer Tischplatte klebt.

In jedem Leben kommt irgendwann der Moment, da man versteht, dass die romantischen Geschichten verpasster Liebschaften, die man immer von Großeltern und alten Tanten hörte, vergleichsweise harmlos sind. Wenn die Liebe dir die Wahrheit um die Ohren pfeffert, ist sie viel krasser als jede alte Verwandte: Du kannst noch so ein hübsches Lächeln haben, Liebesoden an deine Angebetete schreiben oder unter ihrem Balkon Serenaden singen – wenn du Pickel und Mundgeruch hast, geht sie mit einem anderen. Ich musste also ihr letztes Schuljahr abwarten, um meinen Angriff zu starten. Und das war auch richtig so. Die Zeit, die ich damit verbrachte, sie zu beobachten (oder ihr auf der Toilette flüchtige Minuten der Leidenschaft zu widmen), lehrte mich, dass die Begierde das Warten auf jemanden in Hoffnung verwandelt und diese Zeit lebenswert macht.

In Anna war ich verliebt wie ein Einfaltspinsel, der nichts von den Fallstricken des Lebens weiß. Und das ist ja auch das richtige Alter, um für ein Mädchen den Kopf zu verlieren: Wenn du mit fünfzehn nicht lieben lernst, lernst du es gar nicht mehr. Als ich mich ihr an jenem Tag näherte, begehrte ich sie schon drei Jahre lang. Ich wusste, wo sie wohnte, wer ihre besten Freundinnen waren, kannte sogar ihre Exfreunde. Sie hingegen wusste nichts von mir. Und trotzdem: Ein paar Tage später küssten wir uns.

Ich meine, es ist nicht übertrieben zu glauben, dass ich diesem ersehnten Moment verdanke, was ich später geworden bin. Eine einfache Handlung hat mein weiteres Leben verändert. Denn als ich wieder zu Hause war, glaubte ich, mit ihr zusammen zu sein. Ich erzählte es meiner Mutter, die sich lächelnd wieder dem Herd zuwandte. Damals maß ich ihrem Schulterzucken keine Bedeutung zu, dabei hätte ich mal besser nach dem Grund für ihre Skepsis gefragt. Am nächsten Tag ging ich zu Anna und umarmte sie, die sah mich verwundert an, entwand sich mir und wollte wissen, was ich da tue. Ein Kuss war nur ein Kuss, deshalb mussten wir noch lange nicht heiraten. Doch für mich war es dummerweise das erste Mal gewesen. Die ersten Male sollten sich Neueinsteiger untereinander teilen, denn wer es schon einmal erlebt hat, bringt ungewollt das Staunen des anderen zum Erlöschen. Anna hat meinen ersten Kuss ruiniert. Also dachte ich, wenn du sie wirklich erobern willst, musst du etwas weitaus Schwierigeres tun: mit ihr ein »erstes Mal« teilen. Kurz gesagt, ich musste sie ins Bett kriegen.

Ich brauchte elf Monate, um diesen Plan zu realisieren,

und in diesen Monaten übernahm ich die Rolle des vertrauenswürdigen Freundes, des Freundes, der sie überallhin begleitet, der ihr Ratschläge gibt, der immer da ist, wenn sie ihn braucht, ein bisschen wie ein Schoßhund. Und ich war perfekt. Nur dass du mit einem guten Freund nicht zusammenkommst, und auch sie ging immer mit anderen, aber ganz sicher nicht mit mir. Dann starb ihr Vater, und ich muss zugeben, das war für mich ein Glücksfall, denn nun brauchte Anna meine Aufmerksamkeit noch mehr. Eines Tages geschah es, dass wir länger als üblich auf meinem Bett lagen und über den Vater redeten. Bereitwillig hätte ich den ganzen restlichen Abend den tausend Anekdoten über diesen Mann gelauscht, der mich nicht im Mindesten interessierte, da drehte sie sich plötzlich zu mir um und umarmte mich. Sie redete noch, doch ihr Mund war nur wenige Zentimeter von meinem entfernt und machte es beim besten Willen unmöglich, die Unterhaltung weiterzuführen, als ob nichts wäre. Also küssten wir uns und lagen innerhalb weniger Sekunden halb nackt unter der Bettdecke.

Ich erinnere mich noch genau an das Gefühl, und meine Haut kann diesen Moment endlos nacherleben. Es stimmt, dass die Dinge, die wir mit Leidenschaft bewahren, niemals sterben, so ähnlich wie das Haus der Großeltern, das ich noch immer durchschreiten kann, wenn ich die Augen schließe. Meine erste Begegnung mit Anna ist in irgendwelche randständigen Zellen meines Körpers eingebrannt, und wenn sie auftaucht, und sei es nur für einen Moment, bekomme ich die gleiche Gänsehaut wie an jenem Abend vor sechzig Jahren.

Ich war also dort und im Begriff, ihr ein »erstes Mal«

zu schenken und für immer in ihren Schatz der zu hütenden Kostbarkeiten einzugehen. Doch die Liebe lässt sich nicht betrügen, sondern versetzt dir am Ende lieber eine gut platzierte Ohrfeige. Als es am schönsten war, hält sie inne, nimmt mein Gesicht in ihre Hände und sagt: »Cesare, tut mit leid, ich mag dich, aber das hier tue ich nur mit dem Mann meines Lebens!«

Ich würde wirklich gern wissen, ob sie sich an diesen Vorsatz gehalten hat. Wenn ich sie träfe, würde ich sie fragen: »Und, hast du es mittlerweile kapiert? Dein nobler Vorsatz war ein Riesenbockmist! Hättest du nicht an jenem Abend eine Ausnahme machen können? Und wer sagt dir überhaupt, dass ich nicht der Mann deines Lebens hätte sein können?«

Doch damals sagte ich nichts, zog mich wieder an, gab ihr einen unschuldigen Kuss auf die Wange und brachte sie nach Hause. Wir haben uns nicht mehr wiedergesehen, sie verlobte sich kurz darauf, ich wurde zum Militärdienst eingezogen. Ein paar Jahre später hörte ich, dass sie mit ihrem Mann nach Norditalien gezogen war. Ich habe sie nie wiedergesehen, vielleicht ist sie längst tot.

Anna war meine erste Erfahrung nicht erwiderter Liebe, einer total sinnlosen Erfindung, wenn ich es mir recht überlege. Wie viele einsame Menschen gibt es auf dieser Welt, die sich lieben, glücklich sein und Kinder bekommen könnten, sich betrügen und verlassen könnten, doch stattdessen vergeuden sie ihre Zeit damit, jemandem hinterherzulaufen, der sie kaum wahrnimmt.

Immerhin hat mich diese Geschichte eins gelehrt: Die finsteren, abweisenden und misstrauischen Menschen sind gar nicht wirklich böse, sie waren nur, im Gegensatz zu vielen anderen, nicht in der Lage, die Wahrheit zu ertragen, was wiederum heißt, dass die Welt kein Ort für gute Menschen ist.

Ich war ein guter Mensch. Dann kam Anna und versetzte mir einen Tritt in den Hintern.

Diese Geschichte sollte ich meinen Kindern erzählen, ich sollte Sveva erklären, dass ich ein besserer Mensch war, bevor mich das Leben lehrte, mich immer erst vorsichtig umzuschauen, wie ein Hase, der zur Futtersuche aus seinem Bau kommt. Tiere haben in ihrer DNA noch das Gen, Gefahren zu wittern, sie sind von Geburt an bereit, sich gegen mögliche Feinde zu wehren, ich hingegen musste erst mühsam lernen, mich vor meinen Mitmenschen in Acht zu nehmen.

Das irdische Leben sollte wie eine Reise in den Orient sein, eine Erfahrung, die den Geist erweitert und uns zu besonderen Wesen macht. Doch das Gegenteil ist der Fall, wir werden als Unschuldslämmer aus einem dunklen Loch gezogen und später in eine Kiste gelegt, nachdem wir alles Mögliche angestellt haben. Mir scheint, dass irgendetwas während dieser Zeit, die wir auf Erden verbringen, nicht ganz glatt läuft.

# EMMA

Wie alle alten Menschen habe ich meine kleinen Obsessionen; nichts total Abartiges, Gott bewahre, nur ein paar Regeln, bei deren Einhaltung ich mich wohler fühle. Zum Beispiel lege ich die Klobrille mit Klopapier aus, bevor ich mich setze. Einigermaßen verständlich, wenn es sich um eine öffentliche Toilette handelt, doch dummerweise verwende ich dieselbe Technik auch bei mir zu Hause. Ich schütze mich vor meinen eigenen Würmern. In Wirklichkeit reicht diese Angewohnheit bis in meine Jugend zurück, als ich im Partenope Service arbeitete, einer Dienstleistungsagentur in der Via dei Tribunali im Zentrum. Zugegeben ein armseliger Job, doch damals war ich ein junger, hoffnungsvoller Mensch, der an das Märchen glaubte, das Leben sei eine Treppe, die man Schrittchen für Schrittchen erklimmen müsse, um irgendwann im Paradies anzukommen. Dass es gelte, sich alles nach und nach unter großen Opfern zu erkämpfen. Mit den Jahren habe ich dann gelernt, dass der Aufstieg gar nicht so einfach ist, weil die Leiter oft pitschnass ist und die Sprossen unter deinem Gewicht nachgeben.

Am Ende wurde mir klar, dass die Geschichte vom Initialopfer pure Idiotie ist, erfunden von Erwachsenen, um die Begeisterungsfähigkeit der Jugend auszunutzen. Dort oben sitzt niemand, der deinen Einsatz bewertet und dir die aufgewandte Energie zurückerstattet. Die harten Jahre, in denen dir jedermann zum Durchhalten rät, sind in Wirklichkeit deine besten Jahre. Man sollte sie nicht in der Hoffnung auf die kommenden in den Wind schießen. Was kommt, dürfte nicht einmal ein Zehntel der verschwendeten Jahre aufwiegen.

Der Partenope Service zählte außer mir drei weitere Angestellte, zwei Männer von knapp sechzig Jahren und eine Sekretärin meines Alters. Man kann sich vorstellen, wer für die stets verpinkelte Klobrille verantwortlich war. Anfangs hielt ich meinen Harndrang zurück, bis mir dann eines Nachmittags die Sekretärin ihren Trick verriet und ich seitdem meine Pobacken nicht mehr auf kaltem Kunststoff ablegen kann. Nach ein paar Monaten kündigte ich. Drei Dinge nahm ich aus jener Zeit mit: die erwähnte Obsession mit der Klobrille, dann die Erkenntnis, dass ich nicht den besseren Teil meines Lebens dafür verschwenden würde, den schlechteren abzusichern, und schließlich Luisa, die Sekretärin, die mir den besagten Rat gab. Von diesen drei haben nur die ersten beiden Dinge mich lebenslang begleitet, Luisa habe ich in der ersten Kurve verloren.

Wie auch immer, ich sagte gerade, dass ich nur wenige durch Altersschwachsinn bedingte Fixierungen habe, die meinen Tag bestimmen. Abgesehen vom Toilettenpapier wäre da zum Beispiel meine absolute Abneigung gegen Knoten. Das mag auf Anhieb verrückter klingen, als es ist. In Wahrheit sind mir Knoten lästig, ich hasse es, sie aufzuknibbeln. Und damit meine ich nicht die Knoten des Lebens im übertragenen Sinn, sondern die ganz konkreten. Das Telefonkabel, das sich verdreht, bis es ein einziges Knäuel ist und man den Hörer nicht mehr abnehmen kann. Doch auch zugeknotete Plastiktüten oder die Kabel hinter dem Fernseher, die sich im Laufe der Zeit wie von Geisterhand verheddern. Oder Schnürsenkel, die nicht aufgehen wollen. Deshalb habe ich mir mit den Jahren einiges angewöhnt, ich trage nur noch Slipper und benutze schnurlose Telefone. Meiner Umwelt sage ich, es sei wegen der Finger, die diese kleinen, sich ewig wiederholenden Bewegungen nicht mehr ausführen können, doch in Wirklichkeit langweilt es mich, mir fehlt die Geduld und die nötige Zeit, um Schnüre zu entheddern, die sich danach ohnehin wieder verknoten.

Und dann ist da Neapel, der dickste Knoten von allen. Ich habe mir dummerweise die schlimmste Stadt überhaupt ausgesucht, um auf die Welt zu kommen. Hier ist es unmöglich, nicht mit deinem Nächsten in Kontakt zu treten, hier kommt der Nächste bis an deine Wohnungstür. Also habe ich Überlebensstrategien entwickelt, um meine Soziopathie zu schützen. Wenn ich einen Nachbarn sehe, der vor dem Fahrstuhl wartet, mache ich mich am Briefkasten zu schaffen und halte mich so lange dort auf, bis der Eindringling in meine Privatsphäre in den Aufzug steigt, ohne auf mich zu warten. Oder ich vermeide es, mich irgendwo in eine Schlange zu stellen. Der Neapolitaner an sich kann nicht einfach irgendwo stehen und warten, er muss sich immer an andere heranmachen und so lange über dies und jenes plaudern, bis er an der Reihe ist. Ob bei der Post oder in der Bank, im Supermarkt oder im Kino, Neapels Warteschlangen sind ein Transportmittel für Tratsch und Gratisinformationen über anderer Leute

Leben. Auch der Friseur unten im Haus ist ein natürlicher Tummelplatz für Stadtmenschen auf der Suche nach Gerüchten. Wenn meine Haare zu lang werden, rufe ich mir deshalb ein Taxi und lasse mich in ein anderes Stadtviertel kutschieren.

Beim Einkaufen hingegen liegen die Dinge weitaus schwieriger. Neben meinem Haus gibt es eine Wurstwarenhandlung, einen Metzger und einen Gemüsehändler, ein wahres Exekutionskommando, das jede deiner Bewegungen mit Argusaugen beobachtet, um dir dann – zack – eine neue Indiskretion zu entreißen, die ihrem faden Leben ein wenig Spannung einhaucht. Seit Jahren übertrete ich nicht mehr die Schwelle zu diesen drei Läden, ich vermeide sogar, an ihnen vorbeizugehen. Ich quere die Straße, folge dem gegenüberliegenden Bürgersteig, und kehre dann auf meine Seite zurück. Das haben die drei garantiert bemerkt, aber das ist mir egal. Ich habe ihnen Spitznamen gegeben: der Gute, der Hässliche und der Böse. Der Hässliche ist der Gemüsehändler: alt, dreckig und ungepflegt, im Mund nur drei Zähne und mit zuverlässig schwarzen Fingernägeln, spricht er ausschließlich Dialekt, und wenn er redet, versteht man nur Bahnhof. Wie oft habe ich mich dabei ertappt, nach einer seiner Reden über Aprikosen oder Pfirsiche hilflos ins Leere zu starren. Der Gute ist der Wurstwarenhändler, ein lieber, stets lächelnder Mann, der sich zwischen Milchprodukten, Aufschnitt und dem sinnfreien Geschwätz seiner zahlreichen Kunden eingerichtet hat. Der Böse schließlich ist der Metzger. Eigentlich ist er ganz in Ordnung, auch freundlich, doch das Problem ist seine Frau. Sie webt die Netze des Klatsches, sie ist es, die beim Warten auf die

Lende eine ihrer Fangfragen auf dich abfeuert. Sie ist der Boss des Tratsches, Gebietschefin und Bezugspunkt für jedermann.

Dummerweise ist es im Supermarkt nicht viel besser. Wenn ich durch die Gänge streife, fühle ich mich noch halbwegs sicher, da muss man nur den Rentner ignorieren, der mit einem Spruch über respektlose Verkäufer oder das freche Mädchen, das gerade seinen Einkaufswagen gerammt hat, das Gespräch sucht. Doch schon an der Wursttheke wird es prekär. Immer steht dort eine Signora, die beim Warten mit der jeweiligen Bedienung plaudert und meistens eine ebenfalls wartende zweite Kundin miteinbezieht. Ein Dreiergrüppchen, das sich je nach Langsamkeit der Verkäuferin unmäßig aufblähen kann, bis es verschiedene Untereinheiten bildet. Zum Glück habe ich nach aufmerksamen Studien herausfinden können, wer am schnellsten bedient, und wenn derjenige nicht da ist, ziehe ich an der Wurst vorbei. Von der Kasse aus, der schnellsten natürlich, Himmelsbrot für Phobiker wie mich, schlüpfe ich eilig ins Freie. Auf dem Weg nach Hause überquere ich wieder zweimal die Straße und stecke endlich den Schlüssel in das Haustor. Dann erst fühle ich mich halbwegs sicher. Auf jeden Fall drehe ich mich niemals um, ich weiß ja, dass der Gute, der Hässliche und der Böse meine von Obsessionen gebeugten Schultern nicht aus den Augen lassen.

Als ich die Haustür schließe, empfängt mich ein Miauen. Auf der Treppe hockt Beelzebub und sieht mir mit aller Seelenruhe entgegen, während er versucht, den Inhalt meiner Einkaufstüte zu scannen. Diese Katze ist überdurchschnittlich intelligent, immer wenn ich einkaufen gehe, wartet sie im Treppenhaus auf mich, um beim Anblick der Einkäufe unter verführerischem Miauen schmeichlerisch um meine Beine zu streichen.

Im Briefkasten sind ein paar Umschläge, ich lasse sie liegen und gehe zum Aufzug. Vor dreißig Jahren habe ich die Hoffnung aufgegeben, Briefe könnten etwas Gutes beinhalten. Bekanntlich kommen die guten Nachrichten nicht zu dir nach Hause. Ich kann nicht verstehen, warum meine Altersgenossen immer noch so unbeirrt auf den großen Glückstreffer warten. Sie verpulvern ihre Rente mit Toto-Lotto-Rennquintett und alldem, in der Hoffnung auf ein neues Leben. Dabei müssten sie doch begriffen haben, dass wenn die Göttin mit der Augenbinde sie nicht geküsst hat, als sie noch nett und schön waren, sie das jetzt erst recht nicht mehr tun wird, wo ihnen die Haare aus der Nase wachsen, sie kaum noch Zähne im Mund haben und den grauen Star. Außerdem, was fängt man ab einem gewissen Alter mit der berühmten Million an? Man riskiert nur, dass die Kinder sich ums Erbe streiten.

Ich ziehe die Fahrstuhltür auf.

»Los, Kleiner«, rufe ich dem Tier zu, das mich kurz ansieht und dann schnell zwischen meinen Beinen durchhuscht. Ich drücke auf den Knopf und schenke dem Kätzchen einen bewundernden Blick, dieser rebellischen Seele, die sich nicht mit einem Leben in Signora Vitaglianos Wohnung zufriedengibt, sondern die Welt erforschen möchte, von allem etwas ergattern und von den Mitmenschen profitieren möchte. Beelzebub ist eine böse Katze, und ich mag die Bösen. Außerdem hat sie in diesem Haus ihr Eden gefunden, so viele Wohnungen, in denen man sich umsehen kann, manche voll mit Fressen, manche nur mit Erinnerungen. Ja, klar, Wohnungen sind nicht alle gleich, manche gehen mehrmals am Tag auf und zu, manche bleiben stets verschlossen. Manche duften nach frischer Wäsche und Tomatensoße, andere nach Pappe und Feuchtigkeit. Diesen Letzten kann man am meisten vertrauen, sie verhalten sich ruhig und warten, dass jemand kommt und sich wieder um sie kümmert.

Auf meinem Stockwerk angekommen, stelle ich die Einkaufstüte ab und ziehe den Wohnungsschlüssel hervor. In diesem Moment geht die Nachbartür auf, und Emma steht auf der Schwelle, die Frau, für die ich mich sinnlos in den Kampf stürzen wollte. Wir sehen uns an, dann drehe ich mich weg und stecke den Schlüssel ins Schloss, keine ganz einfache Sache, wenn deine Hände zittern wie das Einmeterbrett nach dem Absprung.

»Geben Sie her.«

Ich lasse sie machen, auch wenn mein Selbstbild einen ebenso überraschenden wie unpassenden Dämpfer bekommt. Ich will mit dieser Frau nichts mehr zu tun haben, je schneller ich sie los bin, umso besser. Sie schließt auf und lächelt mich an. Ich glaube, sie will sich entschuldigen.

»Danke«, sage ich und ergreife den Schlüsselbund. Beelzebub läuft in die Wohnung, ich stehe in der Tür und warte, ob die Nachbarin sich zum nächsten Schritt durchringt. Sie sieht mich lange an, und dabei bemerke ich ihren geschwollenen Wangenknochen. Irgendetwas an ihr zieht mich magisch an, abgesehen von ihrer Schönheit. Vielleicht erinnert sie mich ein wenig an Sveva als Teenager, obwohl sie selbst kein Teenager mehr ist.

Ich weiß nicht, was ich tun soll, Emma rührt sich nicht, vielleicht will sie hereinkommen, vielleicht will sie reden, doch sie tut keins von beidem. Steht einfach nur da und starrt mich an. Also ergreife ich die Initiative. Ich mag ja ein armer Tattergreis sein, der das Schlüsselloch nicht mehr trifft, aber deswegen muss ich mich noch lange nicht vor einer Frau blamieren.

»Möchten Sie reinkommen?«, frage ich.

Sie nickt.

»Bitte«, sage ich mit einer einladenden Handbewegung.

Emma taucht langsam in meine Welt ein, ein bisschen wie Beelzebub beim ersten Mal. Sie versucht herauszufinden, ob es sich um befreundetes Terrain handelt oder hinter der nächsten Ecke Gefahr lauert.

»Darf ich Ihnen etwas anbieten?«, frage ich.

Sie nickt wieder stumm, als hätte es ihr die Sprache verschlagen. Ich ziehe meinen Mantel aus und gehe zum Herd, die junge Frau folgt mir und setzt sich an den Küchentisch, auf dem ein Stapel Unterhosen und Socken liegt. Wenn man zu lange allein lebt, denkt man, seine Intimsphäre wäre unverletzlich. Mit einer Entschuldigung greife ich nach den Kleidungsstücken und trage sie ins Schlafzimmer, doch ein rebellischer Socken befreit sich und fällt zu Boden. Als ich zurückkomme, liegt er zu Füßen meines Überraschungsgastes.

»Ich wollte mich für mein Verhalten letzte Nacht entschuldigen«, setzt sie an.

»Keine Sorge«, erwidere ich schnell, »Schnee von gestern.«

In Wirklichkeit habe ich ihren Schnitzer längst nicht

vergessen, doch Wut ist eines der schlimmsten Laster des Alters, und ich will nicht alt wirken.

Ich schaue in den Kühlschrank. Ich kann ihr nichts anbieten bis auf die Flasche Rotwein, die mir abends Gesellschaft leistet. Ich nehme sie und stelle sie mit zwei Gläsern auf den Tisch. Dann setze ich mich ihr gegenüber. Ich weiß nicht, was diese wunderschöne Frau von mir will, und ich bin nicht an Gäste gewöhnt. Mit Ausnahme von Beelzebub, natürlich.

»Früher oder später bringt mein Mann mich um«, sagt Emma und schaut mir geradewegs in die Augen, sodass ich ihrem Blick kaum standhalten kann. Die leere, leblose Stimme passt nicht zu ihrer trotz allem jugendlichen Ausstrahlung.

Ich fülle die Gläser, ohne lang zu fragen. Beelzebub erscheint in der Küche, sein Magen beschwert sich schon.

»Haben Sie das jemandem gesagt? Ihren Eltern, einer Freundin?«

»Nein, ich habe hier niemanden, und das würde ich sowieso niemals erzählen, die Leute verurteilen einen nur.«

Ich nippe an dem roten Saft und mustere die junge Frau. Wäre ich halb so alt, würde ich die Situation auf meine Weise lösen, aber so muss ich die Wut hinunterschlucken. Wer weiß, warum sie glaubt, dass ich sie im Gegensatz zu den anderen nicht verurteile. Vielleicht ist ihr meine Meinung aber auch egal, ein alter Nachbar, der die Neuigkeit höchstens mit der Hauskatze teilt.

»Seit wann geht das so?«

Sie senkt den Kopf und trommelt mit den Fingerspitzen auf das Weinglas, dann wispert sie: »Seit drei Jahren.«

Ich sehe sie bestürzt an.

»Das erste Mal, weil mir ein Bild hinuntergefallen ist. Er hat mich mit einem Kochlöffel auf den Hals geschlagen. Das dumpfe Geräusch höre ich bis heute. Einen Monat lang bin ich nur mit Halstuch rausgegangen.«

Ich stelle das Glas in die Spüle und nehme die Zigaretten aus dem Regal, das Erste, was mir einfällt, wenn Angst und Beklemmung mich packen.

»Nein, bitte …«, sagt sie.

Ich halte inne und sehe sie halb neugierig, halb verärgert an.

»Ich bin schwanger.«

Ich schließe die Augen und lasse mich schnell auf meinen Stuhl sinken. Warum bloß habe ich mich nicht um meinen eigenen Kram gekümmert? Das hier ist selbst für einen Methusalem wie mich eine Nummer zu groß.

»Wie weit?«

»Im zweiten Monat.«

»Weiß er es?«

»Nein.«

»Wollen Sie abtreiben?«

»Nein.«

Ich schweige. Vielleicht ist sie hier, weil sie finanzielle Unterstützung braucht, vielleicht sucht sie nur ein bisschen Verständnis und Zuwendung. Vielleicht braucht sie einen Vater. Tut mir leid, meine Liebe, die Rolle glückt mir schon bei meinen eigenen Kindern kaum.

»Sie sollten es ihm sagen.«

»Ich möchte ihn verlassen, aber ich weiß nicht, wie. Er würde nach mir suchen.«

»Warum erzählen Sie mir das?«

»Weil Sie hinschauen wollten. Die meisten Menschen,

die etwas ahnen, gucken dich mitleidig an und drehen sich weg. Die Leute denken immer noch, das sei Privatsache und gehe niemanden außerhalb der Familie etwas an.«

»Haben Sie versucht, bei einem Verein Hilfe zu bekommen?«

»Nein, ich schäme mich.«

Mir gegenüber schämt sie sich offenbar nicht. Dabei bin ich sonst niemand, dem die Leute sich gerne anvertrauen. Sveva zum Beispiel hat das noch nie getan, und selbst Dante verheimlicht mir seine sexuelle Neigung. Diese Unbekannte hier hat mir innerhalb von zehn Minuten mehr offenbart als meine Kinder in ihrem ganzen Leben.

»Wo ist er jetzt?«

»Verreist, er kommt morgen zurück.«

Wieder senkt sich Schweigen auf uns herab, und das Ticktack der Wanduhr erfüllt den Raum. Beelzebubs Miauen erinnert mich daran, dass der Ärmste immer noch auf sein Fressen wartet. Also beschließe ich, meiner Nachbarin das Einzige anzubieten, was ich zu geben habe, nämlich ein bisschen gute Laune.

»Hören Sie, die Katze will fressen, und ich könnte auch etwas vertragen. Warum essen Sie nicht mit? Ich mache Spaghetti mit frischen Tomaten.«

Sie scheint nichts anderes zu erwarten.

»Sehr gerne«, lächelt sie.

Ich stehe auf, nehme den Topf, fülle Wasser hinein und stelle ihn auf den Gasherd. Dann hole ich die Cocktailtomaten aus der Einkaufstüte, die noch auf dem Tisch steht, und beginne, sie kleinzuschneiden. Sie steht auf und tritt neben mich: »Das kann ich doch machen. Sie decken in der Zeit den Tisch.«

Ich sehe sie verwirrt an, bevor ich ihr das Messer reiche. Seit fünf Jahren war keine Frau mehr in meiner Küche zugange, seit fünf Jahren esse ich, ohne den Tisch zu decken. Ich durchsuche meine Schubladen nach alten Tischtüchern, während Emma wie automatisch weiterredet. Wenn du dich von einer Last befreist, musst du sie komplett abwerfen. Das ist vielleicht wie beim Pinkeln, da hört man auch nicht mittendrin auf.

»Ich habe die Zeichen nicht ernst genug genommen, die Alarmglocken nicht gehört. Am Anfang hat er mich nicht geschlagen, sondern ist bei jeder Kleinigkeit in die Luft gegangen. Ich habe mir eingeredet, dass er eben total gestresst ist, dass es vorbeigeht, dass ja letztlich nichts passiert war. Also bin ich ruhig geblieben. Ich wollte glauben, dass er mit meiner Hilfe ruhiger wird.«

Ich finde keine Tischdecke. Dabei bin ich mir sicher, dass es eine gibt. Noch nie hat mir Caterina so gefehlt.

»Eines Abends bin ich weggelaufen und in eine Bar geflohen. Doch als der Laden zumachte, kam er und brachte mich nach Hause. Dort hat er auf mich eingetreten und mir eine Rippe gebrochen. Und dann gab es immer mehr Schläge und Streitereien. Am Ende war ich quasi selbst davon überzeugt, dass ich schuld war, weil ich ihm das Leben zur Hölle mache.«

Das Atmen fällt mir schwer, und nicht etwa, weil ich vor den Küchenschränken knie und nach der verschollenen Tischdecke fahnde, sondern weil ich diese schreckliche Erzählung nicht länger aushalte. Es fühlt sich an, als klammere sich jemand an meinen Rücken, um herumgetragen zu werden. Nicht einmal Sveva habe ich huckepack genommen. Einmal habe ich es noch mit Federico versucht, doch kaum hing er an meinen Schultern, machte es *knack* in der Wirbelsäule, und ich musste aufgeben. Damals habe ich mir geschworen, nicht mehr mit meinem Enkel zu spielen. Tut mir leid, aber Spielen erinnert mich daran, dass ich alt bin, und bei dem Thema verstehe ich wie gesagt keinen Spaß.

»Sie müssen ihn anzeigen«, ist das Einzige, was ich herausbekomme.

»Nein, er würde mich noch vor Prozessbeginn umbringen. Und selbst wenn ich wegginge, würde er nach mir suchen.«

Ich gebe auf, keine Tischdecke weit und breit. Vielleicht habe ich sie alle Sveva gegeben, als Erinnerung an ihre Mutter.

»Ja und, was wollen Sie jetzt tun?«

Sie dreht sich um und sieht mich an. Ihre Hand rührt mit dem Kochlöffel die Tomatensoße.

»Ich weiß es nicht. Ich möchte nur ein bisschen Frieden.«

Frieden wird allgemein unterschätzt. Man hält ihn für einen natürlichen Zustand, von dem man hin und wieder abweicht, dabei ist das genaue Gegenteil der Fall. Frieden erleben wir nur in sehr seltenen Momenten, und oft bemerken wir es nicht einmal.

»Hören Sie, ich habe keine Tischdecke ...«, gebe ich schließlich zu.

Sie sieht mich an und lächelt, um gleich darauf mit ihrer Hand nach dem schmerzenden Wangenknochen zu tasten. Sie wird wieder ernst. »Das macht nichts, dann essen wir eben ohne«, sagt sie.

Nur dass bei ihrem kaum angedeuteten Lächeln die

Wut in mir hochkocht und ich kurz das Gefühl habe, hinausrennen und meinen Nachbarn verprügeln zu müssen, egal, was passiert. Dann fällt mir ein, dass er ja gar nicht da ist.

»Waren Sie beim Arzt?«, frage ich.

»Nein, aber ich glaube, der Knochen ist gebrochen. Hin und wieder kühle ich ihn mit Eis.«

Ich trete wortlos zu ihr und lege meinen Finger auf die geschwollene Stelle. Die Haut über dem Knochen ist violett angelaufen und mit Flüssigkeit gefüllt. Emma hält still.

»Wenn Sie ihn nicht anzeigen, tue ich es!«, rufe ich schließlich aus.

»Nein, bitte nicht, ich habe Angst. Außerdem habe ich keine Wohnung und keine Arbeit. Er will das nicht.«

Ich seufze. Schon wieder eine Frau, die zu mir kommt und meine Lösung nicht akzeptieren will. Nur dass ich mich diesmal nicht umdrehen und wegschauen kann.

»Die Soße ist fertig«, sagt sie schließlich.

Ich reiche ihr die Teller, Emma füllt sie mit schnellen, sicheren Handbewegungen. Wir setzen uns an den Tisch. Die Pasta ist wirklich lecker, viel besser, als ich erwartet hätte.

»Wer weiß, warum ich die nie so hinkriege«, gestehe ich.

Sie lächelt ungeachtet der Schmerzen. Gut so, Emma, versuch zu lächeln, auch wenn's wehtut.

Die Katze beginnt zu lamentieren. Die habe ich ganz vergessen. Ich stehe auf und gebe ihr eine Scheibe Käse und ein bisschen Schinken aus dem Kühlschrank. Beelzebub ist monothematisch, wenn es nach ihm ginge, würde er sich nur von Fleisch ernähren. Ich wüsste zu gern den Wert seiner Triglyzeride, auch wenn er auf keinen Fall höher sein kann als meiner. Ich habe aufgehört, meine Blutwerte zu messen, als mir klar wurde, dass ich glaubte, durch die Kontrolle meiner Blutfette mein Leben kontrollieren zu können. Sonst hätte ich die Zeit ja auch schlecht genutzt, wenn ich in meinem Alter nicht gelernt hätte, dass man nichts kontrollieren kann und am besten daran tut, einfach zu leben.

»Ist das Ihre Katze?«

»Ach was, nein, sie gehört Signora Vitagliano, unserer Nachbarin. Der Arme entflieht nur manchmal ihren Fängen.«

Emma lächelt wieder, dann beherrscht einige Minuten das Klappern unserer Gabeln auf den Tellern die Szenerie.

»Leben Sie allein?«, fragt sie irgendwann.

Mein Leben lang wurde ich gesiezt, jetzt habe ich es satt.

»Wir können uns ruhig duzen.«

Sie nickt kauend.

»Ja, ich lebe allein, meine Frau ist vor fünf Jahren gestorben.«

»Das tut mir leid«, murmelt sie und beugt sich wieder über ihren Teller.

Wenn sie den Kopf so senkt und ihre langen, braunen Haare auf die Knie herabhängen, erinnert sie mich mehr denn je an Sveva. Unglaublich, zum ersten Mal fällt mir auf, dass meine Tochter noch nie bei mir zu Mittag gegessen hat. Sie kommt nur ungern her, zu viele Erinnerungen an ihre Mutter. Dass ich noch am Leben bin, spielt für sie kaum eine Rolle.

»Ich habe eine Tochter, die älter ist als du und dir sehr ähnlich sieht«, erzähle ich.

»Ist sie verheiratet?«

»Ja.« Kurz bin ich versucht, ihr von der Mittelmäßigkeit ihres Lebens zu erzählen.

»Und dann gibt es noch Dante, den hast du ja kennengelernt.«

»Ist er auch verheiratet?«

»Nein, er ist schwul«, gebe ich zurück, während ich mein Glas an den Mund führe. Obwohl die Erklärung überflüssig ist, rutscht sie mir immer automatisch heraus, wenn ich von ihm rede.

»Ach so«, sagt sie nur.

»Warum gehst du nicht zu deinen Eltern zurück?«, frage ich, als wir aufgegessen haben.

»Mit vierzehn bin ich von zu Hause abgehauen, mein Vater trank und hat immerzu mit meiner Mutter gestritten. Deshalb bin ich weg, sobald ich konnte. Stell dir vor, ich habe mir geschworen, dass ich mich niemals an einen Mann binden würde ...«

Es gibt Leben, die in vorgefertigten Bahnen verlaufen, nie passiert irgendetwas, das die Richtung ändert. Auch das Leben kann manchmal sehr banal sein.

»Jetzt habe ich keine Lust mehr zu reden«, sagt sie bestimmt.

Ich nicke. Dieses Mädchen gefällt mir, wie Rossana redet sie nicht um den heißen Brei herum.

»Sollen wir vielleicht ein bisschen fernsehen?«

»Fernsehen?«

»Ja. Du hast doch wohl einen Fernseher, oder?«

»Klar.« Ich stehe auf.

Sie verhält sich, als sei sie meine Enkelin und diese Wohnung ihre Zuflucht. Großeltern gewähren ihren abhauenden Enkeln ja gerne mal Asyl.

Ich sehe selten fern, und wenn, dann Dokumentarfilme. Manchmal muss ich mich geradezu dazu zwingen, den Fernseher anzuschalten. Einerseits, weil ich nicht wie Marino enden will, andererseits, weil ich in meinem Leben genug gesehen habe.

Wir setzen uns nebeneinander aufs Sofa, und ich muss unwillkürlich lächeln. Das Leben ist schon komisch, plötzlich teilst du Tisch und Couch mit jemandem, der dich bis gestern nicht einmal gegrüßt hat. Ich glaube, es ist ein besonderer Vorzug von einsamen Menschen, dass sie zueinander finden können. Dann springt Beelzebub auf das Sofa und macht es sich zwischen uns bequem.

»Wenn er weg ist, bin ich glücklich«, sagt sie, während sie durch die Kanäle zappt. »Auch wenn es dann zu still ist in der Wohnung«, fügt sie nach einer Weile hinzu.

Ach ja, zu still in der Wohnung. Auch an die Stille gewöhnt man sich, liebe Emma, und am Ende fängt man an, sich mit ihr zu unterhalten.

»Ich bin hier, wenn du willst«, sage ich.

»Vielen Dank«, erwidert sie, ohne mich anzusehen.

Nach einer Weile setze ich hinzu: »Soll ich dir was sagen?« Sie dreht neugierig den Kopf.

»Eine Frau, die ich sehr geliebt habe, hieß wie du. Emma.«

Sie zieht die Beine an ihren Körper und fragt zurück: »Deine Frau?«

»Nein.«

*Wer denn,* scheint sie mit dem Blick zu fragen.

»Das ist eine lange Geschichte«, sage ich und gucke wieder auf den Fernseher.

Schweigend verfolgen wir das Programm, bis ich merke, dass mir die Augen zufallen. Es ist Zeit, ins Bett zu gehen, immerhin bin ich ein alter Mann. Ich drehe mich um und sehe, dass Emma eingekuschelt schläft. So sieht sie noch verletzlicher aus. Wer weiß, warum manche Menschen keine Schutzengel haben. Ich bin zwar alles andere als ein Engel, aber es scheint mir nur normal, aufzustehen und ihr eine Decke zu holen. Ich wickele Emma in eine Wolldecke, schalte den Fernseher aus, lösche das Licht und lege mich ins Bett. In der Stille der Wohnung ist nur Beelzebubs Schnurren zu hören, der zusammengerollt vor diesem verletzlichen Mädchen liegt, das beschlossen hat, zu mir zu kommen und mich aus meiner Trägheit zu erwecken. Gerne würde ich dir beistehen, dir dabei helfen, dich zu retten, Emma, wirklich, doch ich fürchte, ich kann es nicht. Ein Leben hat nicht gereicht, damit ich lerne, wie man jemandem die Hand hinhält, ohne zu zittern.

# SUPERMAN IM ROCK

Zu meiner Zeit behandelte man seine Gäste mit Respekt, sie wurden bedient und hofiert. Heutzutage stellt man ihnen ein Buffet hin, eine der vielen Arten, das Leben armer Menschen zu verkomplizieren, die sich schon in den guten Anzug geworfen, ein Taxi genommen und sich mit dem üblichen Lächeln der Abendgesellschaft präsentiert haben. Bei mir allerdings war es nicht ganz so, da ich nicht speziell gekleidet bin, sondern meine normalen Sachen anhabe. Im dritten Lebensalter habe ich aufgehört, mir das Leben künstlich schwer zu machen; keiner käme auf die Idee, einem alten Menschen zu sagen, dass er unpassend gekleidet sei. Die Leute um mich herum sehen ziemlich elegant aus, sie schlendern durch den Raum und tun so, als bewunderten sie Perottis Bilder, sind aber in Wirklichkeit viel mehr an den Häppchen interessiert. Dummerweise ist es unmöglich, bis zum Buffet vorzudringen, da einige Gäste die erste Reihe in Beschlag genommen haben und sie nicht mehr freigeben. Zum Glück bin ich alt, und die Alten dürfen sich setzen und warten, dass ein Begleiter ihnen einen schönen vollen Teller bringt.

»Hier«, sagt Sveva und reicht mir mein Essen.

Dafür sind Töchter gut. Dante denkt überhaupt nicht ans Essen, er lässt sich von einem Bild zum nächsten treiben, lächelt, gibt Erläuterungen, schüttelt Hände, deutet den einen oder anderen Diener an.

»Warum biedert sich dein Bruder so bei diesen Leuten an?«, frage ich polemisch.

»Anbiedern? Finde ich gar nicht, er ist nur freundlich.«

»Ein subtiler Unterschied.«

»Ja, und dir offenbar fremd.«

Meine Tochter reagiert allergisch auf mich, das sollte ich zur Kenntnis nehmen und etwas dagegen tun. Doch allein schon die Vorstellung, dieses Problem anzugehen, langweilt mich.

»Dein Mann?«, frage ich, um das Thema zu wechseln.

»Arbeitet noch.«

Wie immer, wenn eine Ehe in die Brüche geht, beginnt man plötzlich, dauernd zu arbeiten, eine Konferenz reiht sich an die nächste, unerwartete Reisen häufen sich.

Wir stehen nebeneinander und schweigen, sie betrachtet die Leute, ich sie. Wer weiß, warum Sveva mich nicht ausstehen kann. Dabei habe ich mir, als sie klein war, wirklich Mühe gegeben. Vielleicht wäre es jetzt anders, wenn ich sie damals in der Obhut ihrer Mutter gelassen hätte. Wenn du versuchst, ein Kind zu erziehen, kannst du nur Fehler machen; wenn du es hingegen sich selbst entwickeln lässt, triffst du später vielleicht auf einen Erwachsenen, der dich nicht für seine Schwächen verantwortlich macht.

»Was ist los, habt ihr Probleme?«

Mit vor Staunen aufgerissenen Augen dreht sie sich zu mir. Und wirklich habe ich ihr noch nie so eine Frage gestellt. Dafür gab es immer Caterina.

»Warum? Wie kommst du darauf?«

»Na ja, man sieht ihn so selten, und wenn ich Fragen stelle, reagierst du gereizt.«

»Was denn für Fragen? Wann hättest du mich jemals etwas gefragt? Ist das jetzt dein neuer Stil, oder was?«

»Merkst du? Du bist aggressiv. Das machen Frauen, wenn sie sich in die Ecke gedrängt fühlen«, gebe ich scheinbar gleichgültig zurück und schnappe mir schnell ein Glas Prosecco, das ein freundlicher Kellner mir anbietet.

»Du erzählst mir, was Frauen machen, das ist wirklich ein guter Witz!«, meint sie und nimmt mir das Glas aus der Hand. »Hör auf zu trinken. Oder willst du dich umbringen?«

Ich schnaube. »Sveva, du bist langweilig.«

Sie lächelt und nimmt meine Hand. Ich will sie zurückziehen, um nicht wie ein vertrottelter Alter dazustehen, der von seiner geduldigen Tochter getröstet wird, doch ihr Griff ist zu fest.

»Bei mir ist jedenfalls alles okay. Und du, wie läuft es bei dir so?«

»Sehr gut, wie immer.«

»Klar«, erwidert sie mit bitterem Unterton, »stimmt ja.«

»Was?«

»Du bist perfekt darin, alleine zu sein. Nur in Gesellschaft hast du das eine oder andere Problem.«

Meine Tochter kennt mich gut. Was sehr bequem ist, da ich mich bei ihr nicht groß erklären muss. Ich mag Frauen, die keine Erklärungen verlangen.

»Menschen ziehen mich nicht gerade an, das muss ich zugeben.«

Wir folgen mit unseren Blicken wieder den Leuten, die mit ihren Häppchen von Bild zu Bild schlendern, bis Sveva irgendwann aufsteht und ruft: »Warum gehst du nicht mal zu Dante? Seit deiner Ankunft hast du dich noch nicht von diesem Stuhl wegbewegt.«

»Na ja, ist halt bequem. Und wenn ich aufstehe, ist der Platz weg.«

»Tu, was du willst. Er würde sich jedenfalls über einen Kommentar von dir freuen, oder auch nur über ein Lächeln.«

Dann verschwindet sie in der Menge. Ich bin aus dem Alter raus, den Vater zu spielen, zu viel Verantwortung. Pech für mich, wenn Caterina hier wäre, würde sie Dante gratulieren und den Berichten über Perottis Künstlerkarriere lauschen, während ich in aller Ruhe hier meinen Prosecco trinken und den Leuten zuschauen könnte. Wenn meine Frau noch leben würde, hätte sie neulich Federico von der Schule abgeholt, und ich hätte nicht die Hand des SUV-Fahrers auf dem Bein meiner Tochter gesehen. Doch meine Frau ist tot und fein raus. Ein Glück nur, dass ich der Egoist war.

Ich stehe auf, nehme mir noch einen Prosecco und trete vor ein Bild, offenbar ein am Computer bearbeitetes Foto: im Hintergrund die amerikanische Flagge und davor Superman mit dem großen S auf der Brust – im knallengen Minirock!

»Was sagen Sie, gefällt es Ihnen?«

Ich drehe mich um. Neben mir steht ein Mann um die vierzig in beigefarbenem Samtjackett mit einem Glas Rotwein in der Hand. Auf dem Kopf trägt er einen Zylinder.

»Na ja, sagen wir, es ist lustig.«

Er lächelt. »Ja, das finde ich auch.«

Ich wende mich wieder dem Bild zu, in der Hoffnung, ihn loszuwerden, doch nach einer Pause spricht er weiter. »Sie sind Dantes Vater, stimmt's?«

Uff, es gibt nichts Schlimmeres als einen kontaktfreudigen Menschen. Was ist denn so schrecklich amüsant daran, ein neues Individuum kennenzulernen? Wir sind doch eh alle gleich, eine Anhäufung von Defiziten, die durch die Straßen laufen und andere, ähnliche Anhäufungen treffen.

»Ja.«

»Dante spricht häufig von Ihnen.«

»Ach ja?«

»Ja«, bestätigt er.

Er freut sich, mein Interesse geweckt zu haben. Der Ärmste kann sich nicht vorstellen, dass mein Interesse ganz allein einer Frau hinter ihm gilt, die enorme Brüste hat, fast so groß wie die von Rossana. Wenn ich jünger wäre, würde ich vielleicht dieser Fixierung auf den Grund gehen und Freud lesen oder so, aber ich bin alt, deshalb kann es mir egal sein, und ich darf weitgehend unbeschwert auf Titten starren. Auf jeden Fall muss ich diesen Pseudokünstler abschütteln. Ich leere mein Glas und reiche es meinem Gesprächspartner, der mich erstaunt anschaut.

»Können Sie kurz halten? Ich müsste mal auf Toilette.«

Er schenkt mir ein verlegenes Lächeln und ergreift das Glas. Ich betrete die Toilette, schnäuze mich, betrachte mich im Spiegel, furze, betätige die Spülung und öffne die Tür. Im Vorraum steht die Frau mit den wohlgeformten, großen Brüsten und sieht mich streng an. Vielleicht hat sie was gehört. Sie will sich an mir vorbeidrängeln, aber ich versuche, ihr den Weg zu versperren, zumindest bis der Gestank meines Darms abgezogen ist. Die große Frau sieht mich ungeduldig an, während ich sie stumpfsinnig anlächle.

»Dürfte ich mal vorbei?«

»Aber sicher«, erwidere ich und gehe.

Auf jeden Fall hat die Peinlichkeit ihren Zweck erfüllt: Als ich in den Raum zurückkomme, ist der Mann mit dem Zylinder in der Menge verschwunden. Ich gehe zu Dante, der im Kreis von vier Leuten steht, die ihm aufmerksam zuhören. Manchmal dreht er sich zu dem Bild hinter ihm, um auf bestimmte Details hinzuweisen. Er ist schwul, keine Frage. Ich weiß nicht, warum einer, der Schwänze mag, sich wie ein Schwachsinniger aufführen und wild gestikulieren muss. Frauen tun das ja auch nicht. Das muss doch auch seinen Zuhörern auffallen. Vielleicht achten sie nicht darauf. Aber mir kommt es vor, als würde es von Tag zu Tag schlimmer.

Wo war ich stehen geblieben? Die Vaterrolle ist nichts für mich. Ich bin im Laufe der Jahre zu ehrlich geworden, mit mir und anderen. Wenn mein Sohn die Schwuchtel spielt, spreche ich es aus, wobei ich finde, dass er sich absolut so geben soll, wie er will. Ich würde mir nur wünschen, dass er den Mut hätte, es mir zu sagen. Was glaubt er denn, wie ich reagiere? Mir ist das doch völlig egal, ob er mit einem Klasseweib oder einem Glatzkopf mit Brustbehaarung ins Bett geht. Oh Gott, bei dieser Vorstellung wird mir doch ein wenig anders ...

Dante bemerkt mich und winkt mich zu sich, um mich seinen Gästen vorzustellen. Ich schüttle Hände, ohne auf die Namen zu achten, die ich ohnehin im nächsten Moment vergessen habe. Als wir allein sind, stellt er mir den Klassiker der Vernissage-Fragen: »Und, wie gefällt es dir?«

Ich sehe mich um und antworte: »Gut.«

»Ich dachte, die Bilder sind für deinen Geschmack vielleicht ein bisschen surreal.«

»Da kennst du mich schlecht. Ich mag das Surreale. Die Wirklichkeit langweilt mich.«

Dante scheint meine Antwort zu gefallen.

»Was ich dich fragen wollte: Wer ist die Dame da in Blau?«

»Welche?«

»Die mit dem Riesenbusen«, sage ich und deute mit dem Finger auf sie.

Raubtierschnell schnappt er meinen Finger.

»Was soll das, spinnst du? Das ist die Frau eines meiner besten Kunden!«

Ich versuche, mich nicht bei der plötzlichen Rosafärbung seiner Stimme aufzuhalten, und gebe zurück: »Na ja, ich vermute, das beste Stück seiner Sammlung besteht aus Fleisch und Blut.«

Dante lässt sich zu einem unterdrückten Lächeln hinreißen, doch ich sehe, dass er mit meinem Verhalten nicht einverstanden ist. Svevas Strafpredigt an seiner Stelle hätte ich nicht hören wollen!

»Beruhig dich«, sage ich schnell, »war ein Witz.«

Was nicht stimmt, aber ich möchte ihn nicht in Verlegenheit bringen. Im Gegenteil, ich würde mir wünschen, dass er einmal im Leben mich in Verlegenheit bringt. Doch ich sehe ein, dass das ein ziemlich kompliziertes Unterfangen ist.

»Komm«, sagt er und nimmt meinen Arm, »ich möchte dir den Künstler vorstellen, der auch ein sehr guter Freund von mir ist.« Er führt mich auf die andere Seite des Raumes bis zu dem Mann mit beigefarbenem Jackett und Zylinder. Ich sehe ihn an, dann meinen Sohn. Schließlich frage ich: »Ist das der Künstler?«

Dante nickt stolz und stellt mir Leo Perotti vor, den kontaktfreudigen Mann, vor dem ich eben unter fadenscheinigen Gründen geflohen bin. Seine Miene ist noch genauso gelassen und selbstsicher wie eben. Wenn es genügen würde zu malen, um mit dem Leben zufrieden zu sein, würde ich mich sofort zu einem Malkurs anmelden, aber ich fürchte, manch einer kann mit dem Schönen, dem er als Erwachsener begegnet, nicht all den Dreck wegwischen, den er seit der Kindheit mit sich herumschleppt.

Perotti gibt mir die Hand und sagt: »Zum Glück haben Sie nicht gesagt, dass Sie das Bild schrecklich finden!«

»Allerdings«, gebe ich zurück, »aber seien Sie beruhigt, wenn ich es gedacht hätte, hätte ich es auch gesagt.«

»Oh, daran habe ich keinen Zweifel! Man könnte sagen, mein Vater nimmt kein Blatt vor den Mund«, kommentiert Dante belustigt.

»Recht hat er«, erwidert Perotti, »ehrlich währt am längsten!«

Nur zu gern würde ich dieser fruchtlosen Unterhaltung entfliehen, doch Dante klammert sich übertrieben fest an meinen Arm, so als stünden wir in einer U-Bahn, in der es keine Haltestangen gibt. Er ist aufgeregt, das merke ich an seinem penetranten Augenblinzeln, ein Tick, den er schon seit Kinderzeiten hat. Sehr angenehm für die Eltern: Eine harmlose Lüge genügte, um ihn blinzeln zu machen. Ich weiß noch, dass Caterina mit ihm zum »Spezialisten« wollte, wie man das damals nannte, der Begriff Psychologe war noch nicht üblich oder als zu »hart« verpönt. Wenn du deinen Sohn zum Psychologen schlepptest, hieß das, er ist verrückt, da gab es nichts. Ganz anders sah die Sache aus, wenn du mit ihm zum Spezialisten gingst. Dante ging zu keinem von beiden. Und das ist das Ergebnis.

Ich weiß nicht, wie ich dieses Gespräch weiterführen soll, in das ich gegen meinen Willen hineingezogen wurde. Leider muss ich akzeptieren lernen, dass ich bei Dante nicht ich selbst sein kann, weil ich niemals weiß, was ich sagen oder tun soll.

Sveva kommt heran und hakt sich an meinem freien Arm unter. Ich weiß nicht, ob meine Kinder mich für so altersschwach halten, dass ich mich nicht auf den Beinen halten kann, oder ob ganz im Gegenteil sie es sind, die Halt brauchen.

»Papà, ich fahre nach Hause. Soll ich dich mitnehmen?«

Großartig, Sveva, du kommst genau im richtigen Moment.

Ich verabschiede mich von Dante und seinem überherzlichen Freund und steige ins Auto.

»Danke, dass du mich gerettet hast«, sage ich, als sie den Motor anlässt.

»Du bist so ein Miesepeter. Dante war so süß, die Ausstellung ist schön und der Künstler echt toll. Du solltest einfach nur stolz auf deinen Sohn sein!«

»Wer sagt denn, dass ich das nicht bin?«

»Zumindest zeigst du es nicht.«

»Das stimmt, ich zeige es nicht, weil ich das nicht kann.«

»Das redest du dir ein, weil es so schön bequem ist.«

Ich lasse den Hinterkopf an die Lehne sinken und schließe halb die Augen. Beim bloßen Gedanken an eine Diskussion mit meiner Tochter bekomme ich Kopfweh. Sie blickt zum Glück auf die Straße und schweigt, doch an ihren abrupten Bewegungen beim Blinkersetzen oder Schalten erkenne ich, dass die Wut in ihr brodelt. Ich habe viele Fehler, aber ich halte mich für einen friedfertigen Menschen, ich werde selten wütend oder gar ausfällig. Sveva ihrerseits wirkt immer, als kämpfe sie gegen die ganze Welt. Ich glaube, das gehört zu dem Thema Ehrlichkeit, das gerade mit dem netten, schwulen Künstler angerissen wurde. Ja, der ist auch schwul, wie ein Großteil der Vernissage-Besucher. Auf jeden Fall, wie gesagt, Sveva ist mit sich selbst nicht besonders ehrlich, und das führt zu Verdrängung und Wut. Und die Wut, das weiß man ja, ist für den Organismus wie Kot: ein Abfallprodukt, das zu nichts Nutze ist und abgestoßen werden muss. Für meine Tochter bin ich das ideale Abführmittel.

»Hör mal, warum suchst du dir nicht einen anderen Job?«, frage ich nach einer Weile.

Sie sieht mich an, ihre Miene ist jetzt noch angespannter. »Warum um Himmels willen sollte ich mir einen neuen Job suchen?«

»Um glücklicher zu sein.«

Ich hatte mit dem nächsten Wutausbruch gerechnet, doch Sveva lächelt. Immerhin kann sie einen alten Mann noch überraschen, der sich von nichts mehr überraschen lässt.

»Papà, für dich ist immer alles so einfach. Bist du unglücklich? Dann wechsle den Job, den Mann, die Kinder. Die Dinge liegen aber nicht so einfach, wie du sie immer darstellst.«

»Weil du jung bist. Wenn du alt wirst und begreifst, dass dir die Zeit davonrennt, wird der Wechsel plötzlich ganz einfach!«

Sie antwortet nicht. Ich blicke wieder auf die Straße und denke an Dante und wie schlecht ich mich fühle, nachdem ich ihn gesehen habe. Dante ist für mich wie der Spiegel in Rossanas Schlafzimmer, er zeigt mir gnadenlos meine Schwachstellen.

»Und dein Bruder«, fahre ich fort, »glaubst du, dass er glücklich ist?«

»Was soll diese ganze Fragerei über Glück und Unglück?«

»Ich möchte, dass es euch gut geht.«

»Nein, das stimmt nicht, es ist, weil du dich schuldig fühlst.«

Ja, da hat sie recht. Sveva ist ein harter Knochen, sie hat im Gegensatz zu ihrem Bruder keine Angst vor mir. Und außerdem ist sie Anwältin, Lügner zu entlarven, gehört zu ihrem Job.

»Auf jeden Fall musst du dir keine Sorgen machen, aus uns ist trotz deiner Unzulänglichkeiten etwas geworden.« Sie versetzt mir einen Klaps aufs Bein.

»Du bist immer so charmant.«

»Wenn du nichts hören willst, stell keine Fragen. Du warst immer stumm und bist gut damit gefahren, also mach ruhig so weiter ...«

Wir sind da, ich muss aussteigen.

»Im Übrigen glaube ich, dass er ganz guter Dinge ist«, fügt sie dann hinzu.

»Warum sagt er mir nicht, dass er schwul ist?«

»Fängst du schon wieder damit an? Zieh mich nicht in Sachen rein, die mich nichts angehen!«

Dann gibt sie mir einen Kuss auf die Wange. Das ist ihre Art zu sagen, dass es ihr jetzt reicht und ich aussteigen muss. Ich habe die Beifahrertür schon zugeschlagen, da klopfe ich noch einmal an die Fensterscheibe. Sie lässt das Fenster nach unten surren, und ich frage: »Sag mir die Wahrheit, ist der herzliche Künstler, der Superman im Minirock malt, sein Freund?«

»Ciao, Pà«, erwidert sie, die Scheibe fährt hoch. Dann gibt sie Gas.

Ja, er ist sein Freund. Ich stoße das Haustor auf und drücke auf den Fahrstuhlknopf. Zumindest ist Leo Perotti freundlich und lächelt gern. Diese Eigenschaften hätten Caterina genügt, um ihn zu mögen. Nur ich habe mir eine Schwiegertochter ziemlich anders vorgestellt. Gut, ich will mich nicht beklagen. Immerhin kein Glatzkopf mit Brustbehaarung.

# ICH HABE VERSAGT

Manche Leben verlaufen geradlinig, andere eher verschlungen. Meins gehört definitiv zu Letzteren. Selten wusste ich wirklich, was ich will und wie ich es bekommen konnte, meistens fuhr ich einfach nur auf Sicht. Schon als junger Mann hatte ich begriffen, dass man für jeden Traum, den man verfolgt, Opfer bringen muss, und sei es in Form von freier Zeit, und ich wollte mir eben nie etwas wegnehmen lassen, schon gar nicht meine Freizeit. Viele meiner Schulfreunde taten beruflich das, woran sie glaubten oder besser gesagt, was ihre Familie für sie vorgesehen hatte. Aber meine Eltern hegten keine großen Träume für mich. Ich glaube, es waren einfach nicht mehr viele Träume übrig, meine zwei älteren Brüder hatten sie schon weitgehend realisiert. Wenn ich also heute bedaure, kein Berufsleben gehabt zu haben, das den Namen wert war, muss ich es wenigstens nicht den Geistern der Verstorbenen vorwerfen. Auch wenn mir das entgegenkäme. Mein Versagen im Beruf beruht im Gegenteil einzig und allein auf meiner mangelnden Ausdauer. Mein Vater war sein Leben lang Arbeiter, und am Tag meiner Diplomfeier erschien er im schwarzen Jackett, das ihm eine Nummer zu groß war und wie das Umschlagtuch einer alten Frau um seine schmalen Schultern schlabberte. Nach dem Berufsabschluss verlangte er nichts mehr von mir, zufrieden mit dem wenigen, das ich ihm geschenkt hatte. Also war auch ich mit dem Buchhalterdiplom in meiner Tasche zufrieden und begab mich auf Arbeitssuche, was Mitte der Fünfzigerjahre nicht besonders schwierig war. Ein Onkel meiner Mutter war Steuerberater mit eigenem Büro in Mergellina; dort verdiente ich mir die Sporen, und dort merkte ich schnell, dass die Buchhalterei nicht meine Sache war. Ich verabschiedete mich von meinem Onkel und zog meiner Wege.

Auch dazu sagten meine Eltern nichts. Sie erhoben keine Einwände, als ich in einer Schuhfabrik anfing, wo ich zu Beginn Schuhe vom Depot ins Lager und zurück karren musste. Dann kam der Firmeneigentümer irgendwie dahinter, was ich gelernt hatte, und bat mich, die Firmenbilanzen zu übernehmen. Zehn Monate hielt ich durch, bis ich schließlich eines Abends in der Weihnachtszeit keine Luft mehr bekam und rot anlief wie eine Paprikaschote. Neben mir stand die Tochter des Inhabers, die seit Kurzem dem Vater half und mir schon in mein eng gesponnenes Balznetz gegangen war. Ich weiß nicht, ob die Panikattacke (die damals selbstverständlich als schlichtes Unwohlsein abgetan wurde) auf die Rückkehr der Nummern und Zahlenkolonnen zurückzuführen war oder auf die übermächtige Präsenz der jungen Frau, die gewillt schien, mich in ein vorgezeichnetes Leben hineinzupressen. Ich stand auf und floh ohne ein weiteres Wort.

Eine Weile verdingte ich mich als Privatdetektiv. Das war unterhaltsam, meist musste ich untreue Ehefrauen beschatten. Doch auch diese Beschäftigung währte nicht lange. Über dem Nachspionieren verliebte ich mich in eine der Frauen. Unsere Beziehung war so kurz wie heftig, genau wie die Kündigungsrede meines Chefs im Anschluss. Auf dem Gipfel unserer Leidenschaft hatte ich der Geliebten nämlich meine wahre Identität offenbart.

So wechselte ich also jahrelang von einem Job zum nächsten, ohne irgendwo Wurzeln zu schlagen und mich von der Vorstellung einer sicheren, aber durchschnittlichen Zukunft ins Joch spannen zu lassen. Dann lernte ich Caterina kennen. Sie war Sekretärin im Steuerberaterbüro Volpe, wo ich durch Vermittlung eines Bruders von mir gelandet war. Dieser Bruder war so glücklich darüber, mir helfen zu können, dass ich nicht den Mut hatte, das Angebot auszuschlagen, obwohl ich vom ersten Tag an wusste, dass in diesem Büro nicht meine Zukunft lag. Und dann blieb ich doch für den Rest meines Lebens. Ich eroberte Caterina, zeugte zwei Kinder und wandte meine Aufmerksamkeit sodann anderen Frauen zu.

Für mich war es im wahrsten Sinne des Wortes Liebe auf den ersten Blick. Sie war hübsch, zurückhaltend, aber willensstark, elegant, immer hilfsbereit und sehr offenherzig. Ja, so könnte man es ausdrücken: Caterina ging offen und herzlich auf einen zu, zumindest anfangs. Und ich habe mich schon immer von Menschen angezogen gefühlt, die mich an ihrer Liebe saugen ließen, ohne Gleiches von mir zu verlangen.

In jenen Jahren war ich also wieder Buchhalter, verbrachte meine Zeit über Abrechnungen, suchte die Wohnung, in der wir wohnen wollten, und die Möbel, um sie einzurichten. Irgendwann beschloss ich, alles hinzuschmeißen. Ich konnte nicht mehr, ich hasste die Anstellung, die Mathematik, die Zahlen und das Gefühl, hinter dem Schreibtisch zu versauern. Ich hasste mein Leben, das ich mir schon wieder nicht selbst ausgesucht hatte.

Mein Leben lang habe ich versucht, einer sitzenden Tätigkeit zu entkommen, und ich habe versagt. Mein Leben lang habe ich um mich getreten, um meinem Schicksal zu entfliehen, das mich scheinbar in die Falle locken wollte. Ich habe versagt. Mein Leben lang habe ich immer wieder andere Wege eingeschlagen, nur um kein Buchhalter zu sein. Ich habe versagt.

Jedenfalls war Caterina mir in dieser Zeit sehr nahe, sie hatte Verständnis für meinen Seelenzustand und ermutigte mich, meinen eigenen Weg zu gehen. Ich redete mir ein, sie sehr zu lieben, obwohl ich schon wusste, dass ich nichts mehr für sie empfand, und widmete mich ganz der Suche nach einer Tätigkeit, die meiner Seinsart mehr entspräche. Dann die Nachricht: Caterina war schwanger. Also musste sie im Steuerbüro aufhören und ich an ihrer Stelle dorthin zurückkehren. Die Buchhaltertätigkeit hatte mich mit ihren langen Tentakeln erneut eingeholt. Natürlich war es nicht Caterinas Schuld, doch unterbewusst machte ich sie und ihren Bauch dafür verantwortlich. Wegen der Schwangerschaft musste ich meinen Drang nach Rebellion ein für allemal unterdrücken, wegen meiner Frau würde ich ein Leben führen, das ich nicht wollte. Damals fing ich an, sie zu hassen. Sveva war noch in ihrem Bauch, und ich war schon ein schlechter Ehemann.

Vierzig Jahre lang habe ich als Buchhalter gearbeitet. Die Arbeit war für mich immer zweitrangig, eine Art Hintergrundmusik. Mein wahres Leben spielte woanders, bei meinen Kindern, meinen Affären, den unerreichbaren Liebschaften, den Freunden und den Träumen, die Träume blieben und verwandelten sich mit den Jahren in Bedauern. Heute weiß ich, dass man die Arbeit nicht einfach beiseiteschieben kann, denn dafür nimmt sie einen viel zu großen Teil des Tages in Anspruch. Viele Dummheiten, mit denen ich meiner Existenz einen Sinn zu geben versuchte, hätte ich nicht begangen, wenn ich mich mehr für meinen Job interessiert hätte.

Eine Affäre bringt dich nicht automatisch dazu, deine Frau zu lieben, und sie lehrt dich nicht, dein Vatersein zu genießen oder dir den Dreck von den Schultern zu schütteln, den du seit deiner Kindheit mit dir herumträgst, das ist alles richtig. Aber sie hilft dir zumindest, abends die Augen zu schließen und dich nicht in Qualen hin und her zu wälzen. Ich habe mich mein Leben lang über Caterina beklagt, über meine Arbeit, die wenige Freiheit, die Fehlentscheidungen, die Kinder, die mir die Kräfte raubten, die verstreichende Zeit – alles, um der einzigen Wahrheit nicht ins Auge blicken zu müssen: Ich war nicht in der Lage, irgendetwas zu ändern.

Vielleicht bin ich gar nicht so stark, wie ich immer glauben machen möchte.

# DER KOPF

Immer wenn ich an Marinos Tür klingle, muss ich zehn Minuten warten, bis er aufmacht. Mittlerweile strengt es ihn schon an, sich aus seinem verdammten Sessel zu erheben, dann schlurft er im Schneckentempo über den Flur, um sich endlich an der doppelt verschlossenen Tür zu schaffen zu machen. Denn neben vielen anderen Eigenheiten hat Marino auch die Phobie, Einbrecher könnten in seine Wohnung eindringen. Keine Ahnung, was sie da klauen sollten. Nur dass der alte Dickschädel bei dem Thema auf niemanden hört, also muss ich auch noch warten, bis der Schlüssel zweimal die Runde gemacht hat und das Schloss aufspringt. Wieder kostbare Sekunden verschenkt, wegen der Ticks anderer Leute. Bei nächster Gelegenheit werde ich ihm erklären müssen, dass man mit der ständigen Angst vor Gefahr diese nicht bannt, sondern nur einen weiteren Tag seines Lebens verschwendet. Aber, herrje, es wäre vergebene Liebesmüh.

»Marino, du musst aufhören, dich einzusperren wie in einen Tresor.« Seiner Miene entnehme ich, dass er den Witz nicht verstanden hat. Aber mit seinen Freunden darf man ab einem gewissen Alter nicht mehr allzu wählerisch sein, sondern muss sich mit denen zufriedengeben, die man noch hat. Ich gehe voraus ins Wohnzimmer und setze mich auf die Couch. Marino kommt mit schlurfenden Schritten hinterher und versinkt wieder in seinem Sessel. Sein Anblick erinnert mich an eine ängstliche Schnecke, die sich in ihr Schneckenhaus zurückzieht.

»Und?«, fragt er. »Wie geht's? Irgendwas Neues?«

Ich werde das Bild der Riesenschnecke nicht los, die jetzt zu mir spricht und Fragen stellt. Ich muss einmal fest die Augen zusammenkneifen.

»Viel«, antworte ich. »Ich habe Emma kennengelernt.«

»Ja, ich weiß.«

»Du weißt es?«

»Eleonora hält mich auf dem Laufenden.«

»Die Katzendame?«

»Die Katzendame.«

»Die alte Spionin«, antworte ich genervt.

Er lächelt amüsiert. Zwischen Marinos Organismus und seinem Geist klafft eine riesige Lücke. Er ist ein bisschen taub, das stimmt, aber immer noch intelligent. Es geschieht häufig, dass der Körper nicht dieselbe Entwicklung nimmt wie das Gehirn, sodass man eines Tages vor dem Spiegel steht und sich nicht mehr wiedererkennt.

»Was hat sie gesagt?«

»Dass man etwas für das Mädchen tun muss und du ein nachtragender alter Sack bist, der davon nichts wissen wollte.«

»Das hat sie gesagt? Dass ich ein nachtragender alter Sack bin?«

»Wortwörtlich. Was ist denn passiert?«

Keine Ahnung, ob es ihm mehr Freude macht, dass Eleonora mich nachtragend genannt hat oder alt. Ich neige zu Letzterem, unangenehme Wahrheiten sind weniger Furcht einflößend, wenn sie andere betreffen.

»Der Streit mit Emma ist Schnee von gestern. Vorletzte Nacht hat sie bei mir geschlafen.«

Marino reißt die Augen auf, umklammert die Armlehnen seines Sessels und stemmt sich hoch.

»Was denkst du denn jetzt?«

»Sag du es mir.«

Ich schwanke zwischen Verärgerung über seine obszöne Phantasie und Stolz auf seine Unterstellung, ich könnte eine Dreißigjährige verführen.

»Sie hat bei mir geklingelt und mir ihr Herz ausgeschüttet. Sie hat mir erzählt, dass das Arschloch sie seit drei Jahren schlägt und sie nicht den Mut hat abzuhauen. Und in der Stadt kennt sie niemanden. Ihr Mann war verreist, deshalb hat sie gefragt, ob sie bleiben darf. Diese Frau braucht Zuwendung und ein bisschen Menschlichkeit.«

Marino lockert seinen Krallengriff um die Sessellehnen und versinkt wieder in den Polstern.

»Und was hast du gesagt?«

»Was ich gesagt habe? Dass ich ihn anzeigen werde, wenn sie es nicht tut. Aber sie hat mich angefleht, es sein zu lassen.«

»Und nun? Schreiben wir doch keinen Drohbrief?«

Ich freue mich, dass Marino sich als Teil des Ermittlerteams versteht, doch dummerweise macht mir die Sache nicht mehr ganz so viel Spaß wie zu Beginn. Wenn der Schmerz des anderen zu nah herankommt, fängt er auch bei dir an zu pieksen.

»Natürlich schreiben wir den. Auch wenn sie das nicht retten wird, haben wir doch wenigstens etwas getan. Vielleicht überlegt es sich der Hundsfott dann beim nächsten Mal zweimal, bevor er sie schlägt.«

»Dann muss ich dir etwas zeigen«, antwortet er mit einem kleinen Lächeln. Ich warte, bis er aus seinem Schneckenhaus heraus ist, und folge ihm ins Nebenzimmer, wo der Computer auf uns wartet.

»Hast du mit Orazio gesprochen? Hilft er uns?«

»Helfen? Wir brauchen keine Hilfe! Halt den Mund und schau zu, Ungläubiger!«

Mit diesen Worten tritt er an den Computer und schaltet ihn mit langsamen Handgriffen ein. Dann setzt er sich vor den Bildschirm und wartet. Als das Gerät hochgefahren ist, sehe ich ihn einige Sekunden mit der Maus hantieren, bis wie von Zauberhand eine weiße Fläche vor uns erscheint, die nur darauf wartet, mit unseren ominösen Drohungen befleckt zu werden.

»Großartig, wie hast du das gemacht?«

»Ich habe einen ganzen Nachmittag mit meinem Enkel geübt«, antwortet er stolz.

»Sehr gut«, lobe ich und schlage ihm anerkennend auf die Schulter.

»Au, Cesare, sachte!«

Manchmal vergesse ich, dass ich von Menschen umgeben bin, die mit mindestens einem Bein im Jenseits stehen. Aber ich bin stolz auf ihn, er hat Stunden damit verbracht, in seinem bescheidenen Rahmen einer jungen Frau zu helfen, die er nicht einmal kennt. Eine kleine Geste, die ungesehen bleibt und dadurch noch wertvoller wird.

»Also los«, beginnt er, »diktiere!«

»Du schreibst?«, frage ich alarmiert.

»Warum, willst du?«

»Nein, es ist nur, ich habe noch gar nicht darüber nachgedacht, was wir schreiben sollen.«

»Du bist der Kopf«, erwidert Marino schnell und lädt mir damit die ganze Verantwortung für unser Projekt auf.

»Also gut ... los ...«

Der Alte lässt seine Hände über der Tastatur schweben, wie ein Pianist kurz vor dem ersten Ton, da klingelt es. Wir erstarren und wechseln einen besorgten Blick.

»Wir sind entdeckt!«, flüstert er.

»Spinnst du? Wir haben doch noch nicht einmal angefangen!«

»Aber wer kann das sein?«, fragt er kaum hörbar.

»Woher soll ich das wissen, geh und mach auf, das ist deine Wohnung!«

Marino gehorcht und entfernt sich ängstlich. Ein Glück, dass er während des Krieges noch zu klein war, um eingezogen zu werden, als Soldat hätte er kläglich versagt. Ich kann ihn mir gut in einer Ausgabe des Satire-Comics »Sturmtruppen« vorstellen.

Als er die Tür aufmacht, höre ich gleich die unverwechselbare Stimme von Signora Vitagliano. Nur wenige Sekunden später weht auch ihr typischer Geruch ins Zimmer. Bei der Katzendame denkt man immer, sie trüge eine Handvoll Tierkadaver in ihrer Manteltasche mit sich herum. Ich höre, wie sie auf dem Flur mit Marino tuschelt.

»Eleonora wollte mal hören, wie es läuft«, verkündet Marino, als sie ins Wohnzimmer treten.

Perfekt, jetzt sind wir wirklich ein Bataillon der Verzweifelten. Der Alte nimmt einen Stuhl und lässt den Gast Platz nehmen, dann setzt er sich wieder an den Computer.

»Also …«, versuche ich, den Faden aufzunehmen, »schreib: Hier-mit tei-len wie Ih-nen mit, dass wir Bescheid wis-sen, dass Sie Ih-re Frau miss-han-deln. Soll-te es zu wei-te-ren Ü-ber-grif-fen kom-men, füh-len wir uns be-dau-er-lich-er-wei-se ge-zwun-gen, die zu-stän-di-gen Be-hör-den zu in-for-mie-ren.«

Eine Viertelstunde und einen Liter Schweiß später setzen wir den letzten Punkt. Mir fällt nichts mehr ein, aber ich glaube, so könnte es gehen.

»Seid ihr schon fertig?«, schreit Eleonora.

»Tja, also ja, ich denke schon«, sage ich unsicher.

»So geht das nicht!«, ruft sie mit Nachdruck.

»Wieso geht das nicht?«

»Zu schlapp, da muss mehr Pep rein! Marino, schreib: ›Du Drecksau, wir wissen, dass du deine Frau verprügelst. Wenn das noch einmal vorkommt, kommen wir und brechen dir beide Beine. Du bist gewarnt!‹«

Ungläubig starre ich die Katzendame an. Marino aber kichert vor sich hin, während er die Drohung zu Ende tippt.

»Was wir brauchen, meine Herren, ist eine ernsthafte Einschüchterung. Der Bastard muss sich in die Hose machen, vergesst die ›zuständigen Behörden‹!«

Marino sieht mich an, ich bedeute ihm mit einer Kopfbewegung, er soll schon sagen, was er denkt.

»Ich glaube, Eleonora hat recht.«

Ich drehe mich zu der Alten und mustere sie neugierig, sie stützt das Kinn auf die Hände, in denen sie ihren treuen Stock hält. Die Jahre haben eine Hexe aus ihr gemacht, aber eine, die weiß, was sie will. Mir gefällt das. So wie ich Rossana und alle Frauen mag, die sich vom Leben nicht unterkriegen lassen.

»Gut, ihr seid in der Überzahl. Wir lassen den Text so.«

»Und nun?«, fragt Marino. »Was machen wir nun?«

»Druck ihn aus, dann stecken wir den Wisch in den Briefkasten und warten ab, was passiert.«

Marino sieht mich verblüfft an.

»Was ist?«

»Das habe ich mir nicht erklären lassen ...«

»Was?«

»Das Ausdrucken.«

»Scheiße«, fluche ich, bevor mir wieder einfällt, dass Damen anwesend sind. Doch glücklicherweise hat die Signora nicht das Geringste gehört und sieht uns mit idiotischem Lächeln an.

»Kennst du dich damit aus?«, fragt mich Marino.

»Nein, mein Kontakt zur modernen Technik beschränkt sich auf die Fernbedienung.«

»Also bleibt uns nichts anderes übrig, als auf meinen Enkel Orazio zu warten. Heute Abend rufe ich ihn an und bitte ihn, noch einmal zu kommen.«

Ich seufze. Wir brauchen Tage, um einen Brief aufzusetzen und abzuschicken, während die Dinge dort draußen sich innerhalb von Stunden verschlechtern. Ich verabschiede mich von dem Kränzchen und steige wieder eine Treppe höher. Am Türknauf meiner Wohnung hängt eine Tüte. Ich schaue hinein und entdecke eine Tischdecke. Ich betrete die Wohnung und lese den Zettel, der dem Geschenk beiliegt. Er ist von Emma. *So kannst du das nächste*

*Mal wenigstens zuhören, was ich dir erzähle, anstatt nach einer Tischdecke zu suchen! P.S.: Danke.*

Ich drehe den Zettel in meinen Händen und merke, wie gerührt ich bin. Es ist wie immer: Kaum tritt eine Frau auf den Plan, falle ich um.

# ADDÒ TALEBANO

Als ich das letzte Mal ein Rendezvous hatte, war ich noch im Besitz eines Führerscheins. Seit zwei Tagen suche ich nach einer glaubwürdigen Ausrede, doch mir kommt meine neu gewonnene Ehrlichkeit in die Quere. Ich glaube, es gibt keine Entschuldigung, die der enttäuschten Stimme meiner Geliebten standhalten würde. Außerdem scheint es mir keine gute Idee, Rossana zu belügen, denn wenn sie zu dem Entschluss käme, mich nicht mehr sehen zu wollen, wäre ich angeschmiert. Ich müsste eine neue Geliebte finden, und zwar eine, die sich nicht wie eine normale Geliebte verhält, sondern es toleriert, dass ich neben ihr einschlafe, oder mir ein Omelett in ihrer Küche brät. Und das wäre bestimmt alles andere als einfach.

Also stehe ich nun vor ihrem Haus und warte wie ein Gymnasiast bei seiner ersten Verabredung. Wobei sich der Gymnasiast vermutlich noch um einiges wohler fühlen würde. Mein Problem ist, dass ich Rossana noch nie außerhalb unserer unanständigen Stelldicheins getroffen habe. Ich weiß nicht, was sie normalerweise anzieht, ob sie Absätze trägt, einen Hut, einen Pelz, ob sie sich schminkt. Sie könnte mir im Trainingsanzug oder mit Leopardenfellmütze oder in Netzstrümpfen entgegentreten. Dann würde ich aber so tun, als kennte ich sie nicht, und in die erstbeste dunkle Gasse verschwinden.

Ich hätte sie nicht einladen sollen, unsere Beziehung hat zwei Jahre lang gut funktioniert, und jetzt mache ich sie kompliziert. In Wahrheit kenne ich ihren Körper in- und auswendig, ihren Charakter aber gar nicht. Oder zumindest nur eine Spielart. Und ich habe Angst herauszufinden, dass ich die anderen Varianten nicht mag.

Ich versuche also, mich abzulenken, indem ich auf die leere Straße blicke, die sich den Hügel hinaufzieht. Ich stöhne und zünde mir eine Zigarette an. Noch so eine Sache im Zusammenhang mit Frauen, die ich vergessen hatte: das Warten. Geduld gehört leider nicht zu meinen zahlreichen Tugenden. Ich hasse es zu warten, ich werde nervös, rauche eine nach der anderen, und meine Beine beginnen zu schmerzen. Mit Caterina war das einer unserer vielen Streitpunkte. Ich war schon fertig, während sie noch den Rock anziehen musste, also ging ich schon mal runter und rauchte eine Zigarette, aus der dann zwei oder drei wurden, je nachdem, wie lange das Ganze sich hinzog. Wenn sie dann endlich kam, war meine gute Laune dahin, und ich fand schnell einen Grund, sie zu provozieren. Oft antwortete sie gar nicht, doch wenn sie beschloss dagegenzuhalten, stritten wir, und der Abend war gelaufen. Ich habe meiner Frau einige Abende verdorben. Wenn ich ehrlich bin, mir auch. Einmal, in dem Jahr vor ihrem Tod, wollte sie mit mir zu Starita gehen, einer bekannten Pizzeria im Viertel Materdei. Dummerweise warteten schon ein Dutzend Leute davor und unterhielten sich; um einen Platz zu bekommen, hätte man mindestens fünfundvierzig Minuten ausharren müssen, zu lange für mich. Also sagte ich, hier würde ich niemals bleiben, und entfernte mich ärgerlich. Sie kam wortlos hinter mir her, machte ein langes Gesicht und sprach den ganzen Abend (den wir in einem nahe gelegenen Abklatsch von Lokal mit einem schlechten Abklatsch von Pizza verbrachten) kein Wort mit mir.

Ich sehe auf die Uhr: Seit einer Viertelstunde warte ich hier auf der Straße, bald lässt sich mein aufwallender Zorn nicht mehr kontrollieren.

Aber was soll ich tun? Nur selten gehe ich als Gewinner im Kampf gegen mich selbst hervor, wenn ich weniger stoffelig sein will. Ich bin so gut wie sicher, wenn Rossana auftaucht, werde ich meinen Zorn nicht verbergen können und den Abend ruinieren. Doch dann tritt sie aus dem Haustor und sieht einfach schön aus, um nicht zu sagen blendend, mit langem Mantel, der ihre Beine bedeckt, und nicht zu hohen Schuhen. Verzaubert sehe ich sie an, als sähe ich sie zum ersten Mal. Das ist eine neue Rossana, anders als die, die ich kennengelernt habe. Mit dem Hauch eines Lächelns gehe ich ihr entgegen und merke, dass nicht nur ich verlegen bin. Dabei sind wir beide erwachsene Menschen, wir sollten doch halbwegs locker mit der Situation umgehen. Fakt ist, dass wir es andersherum gemacht haben: Wir waren zuerst im Bett und gehen dann essen. In unserem Alter mag man es nicht besonders, wenn die Dinge nicht ihre Ordnung haben. Und obwohl ich sonst, warum auch immer, nicht daran denke, was Rossana beruflich macht, kommt es mir vor, als könnte ich es heute Abend nicht vergessen.

»Wie geht es dir?«, fragt sie.

»Gut, danke. Wollen wir ein Taxi nehmen?«

»Ist es weit?«

»Zu Fuß zwanzig Minuten.«

»Dann lass uns laufen, dann kannst du mir ein bisschen von dir erzählen.«

Trotz der neuen Rolle hat sie ihre gewohnte Offenherzigkeit nicht verloren. Ein Punkt für sie.

»Warum, kennst du mich nicht gut genug? Immerhin weißt du mehr von mir als meine eigenen Kinder.«

Sie blickt mich zufrieden an und hakt sich bei mir unter. Jetzt sehen wir wirklich aus wie ein altes Ehepaar, das beschlossen hat, mal wieder auszugehen und seiner erlahmten Ehe ein wenig Schwung zu geben.

»Du kennst mich auch am besten von allen.«

»Ich bin dein bester Kunde«, berichtige ich mit einem Lächeln.

Sie wird ernst. »Nein, mit Kunden gehe ich nicht essen«, erwidert sie dann.

Aber was bin ich dann, möchte ich sie fragen, doch ich fürchte mich vor der Antwort.

»Ich habe den Namen des Arbeitgebers meines Sohnes herausgefunden und seine Geschäftsadresse«, sagt sie nach kurzem Schweigen.

»Sehr gut, nachher notierst du mir beides, dann werden wir mal ein paar Worte mit dem Herrn wechseln.«

Ihre Miene hellt sich auf. Sie macht keinen Hehl daraus, dass sie sich freut. Wenn es doch reichen würde, eine Frau zum Essen auszuführen, um sich so grundlegend richtig an seinem Platz zu fühlen. Aber sie täuscht mich nicht, da kann sie noch so viel lächeln, Späße machen, einwandfrei Italienisch reden, brillant den Abend beschließen – nichts löscht das Gefühl aus ihrem Blick, unzulänglich zu sein.

Rossana gehört zu den vielen Menschen, die sich dafür entschuldigen zu leben, als wäre ihre Existenz ein Störfaktor.

Wir gehen langsam, während sie hin und wieder einen Blick in die Schaufenster der geschlossenen Läden wirft. Ich finde, wir hätten ein Taxi nehmen sollen, auch weil hinter uns plötzlich das Hupen eines Mofas ertönt. Ich drehe mich um und sehe zwei Jungs mit Irokesenschnitt, Zigarette im Mundwinkel und die Hälse tätowiert. Sie blicken mich an, und ihr rüder Gesichtsausdruck will nicht recht zu den Milchgesichtern passen. Sie wollen freie Fahrt auf dem Bürgersteig. Dummerweise habe ich keine Lust, ihnen Platz zu machen, deshalb gehe ich ruhig weiter. Da ruft einer der beiden: »Mach Platz, Opa! Wir wollen vorbei!«

Rossana zerrt vergeblich an meinem Arm, um mich zu besänftigen.

»Abgesehen davon, dass ich nicht dein Opa bin, ist das hier ein Bürgersteig, falls du das nicht weißt.«

Ohne zu antworten, lenken sie ihr Moped in die einzige Lücke zwischen mir und meiner Begleiterin. Einen Augenblick später sind sie im Gassengewirr der Quartieri Spagnoli verschwunden. Schade, ich hätte zu gern ihre erstaunten Mienen am Ende meines Vortrags gesehen. Ich wollte gerade auf Carabiniere umschalten.

»Willst du unbedingt zusammengeschlagen werden?«, fragt Rossana.

»Das hätten die nie getan. Außerdem kann ich nicht den Mund halten.«

»In dieser Stadt spielt man lieber nicht den Helden, hast du das noch nicht begriffen?«

»Ganz im Gegenteil, gerade hier muss man den Helden spielen, nicht in Mailand oder Turin.«

»Außerdem haben sie dich gar nicht ernst genommen.«

»Das stimmt, aber wenn ich nur noch den Mund aufmache, wenn ich sicher bin, ernst genommen zu werden, würde ich für den Rest meines Lebens schweigen.«

Rossana muss lachen und hakt sich wieder bei mir unter. »Wie war die Vernissage deines Sohnes?«, fragt sie.

»Sehr gut, er war zufrieden.«

»Und du? Hast du dich wohlgefühlt?«

»Die Häppchen waren jedenfalls köstlich.«

»Dummkopf, ich meine, ob du etwas Zeit mit deinen Kindern verbringen konntest?«

»Mit Sveva. Dante war vollauf damit beschäftigt, vor seinen geliebten Sammlern im Staub zu kriechen.«

»Red doch nicht so.«

»So war es aber.«

»Wie ist deine Tochter?«, fragt sie.

»Neurotisch.«

Sie bleibt stehen und sieht mich an. »Cesare, könntest du auch mal etwas Nettes über deine Familie sagen?«

Tja, ich muss zugeben, das fällt mir schwer. Normalerweise sehen Eltern die Fehler ihrer Kinder nicht, ich hingegen sehe nur sie.

»Um die Wahrheit zu sagen, meine Tochter bringt mich auf die Palme. Sie ist eine unglückliche Frau und hält keinen Moment inne, um es sich einzugestehen.«

»Das ist ja auch nicht leicht. Vielleicht braucht sie ein bisschen Hilfe.«

»Aber nein! Wie meine Nachbarin, die sich von ihrem Mann verprügeln lässt.«

Rossana betrachtet mich aus Augen, die ein geschickter Mascaraeinsatz noch größer macht. »Woher willst du das wissen?«

»Weil ich es mitbekommen habe, und erzählt hat sie es mir auch. Ich habe ihr gesagt, dass ich ihr helfen will. Sie hat abgelehnt.«

»Und was hat das mit Sveva zu tun, wenn ich fragen darf?«

»Viel. Man kann niemanden retten, der sich nicht retten lassen will. Und Sveva will nicht.«

Rossana schnaubt. »Du bist zu viel allein«, meint sie nach einer Weile.

»Wieso, wie kommst du darauf?«

»Weil du starrsinnig bist.«

Witzig, ungefähr das Gleiche hat Caterina auch gesagt.

»Hier arbeitet übrigens meine Tochter.« Ich zeige auf den Hauseingang von Svevas Kanzlei.

Rossana sieht die Fassade hinauf und meint: »Sie muss eine wichtige Anwältin sein, wenn sie ihre Kanzlei mitten im Zentrum hat. Du solltest stolz auf sie sein.«

»Das bin ich auch«, erwidere ich, während ich aus den Augenwinkeln etwas sehe, das mich irritiert. »Aber nicht wegen ihrer Arbeit, sondern weil sie sich Respekt verschaffen kann. In gewisser Weise ist sie mir ähnlich.«

»Also ein übler Charakter«, witzelt Rossana, aber ich bin durch das Gesehene abgelenkt und höre nicht hin.

Ich überlege, ob wir noch einmal zurückgehen sollen, doch dann beschließe ich, dass ich meiner Begleiterin nicht den Abend verderben möchte, und wechsle das Thema.

»Sag mal, warum bist du eigentlich mit mir hier?«, frage ich.

»Wie meinst du das?«

»Was denkst du wirklich über mich? Das hast du mir nie gesagt.« Ich fordere sie heraus.

Rossana lässt sich Zeit mit der Antwort. »Ich denke, du bist ein netter Mensch, der aber alles dafür tut, damit das niemand merkt.«

Das ist der Grund, warum ich mit Rossana ausgehe, warum ich sie zum Essen einlade und mehr Zeit mit ihr verbringe als mit meinem Enkel: Sie schleudert mir ohne langes Zögern die Wahrheit ins Gesicht.

»Tja, sagen wir mal so: So sehen es Leute, die mich mögen.«

»Wer sagt dir denn, dass ich dich mag?«, fragt sie mit ironischem Unterton.

»Muss doch so sein, sonst gingst du nicht mit mir ins Bett«, raune ich. »An meinem tollen Aussehen kann es jedenfalls nicht liegen.«

Sie lacht, während ich überlege, dass mir trotz des Gesprächs diese eine Sache nicht aus dem Kopf geht, die mir vor Svevas Kanzlei aufgefallen ist.

»Hör mal«, sage ich schließlich, »ich muss noch einmal zurück und etwas überprüfen, wenn es dir nichts ausmacht. Das kostet uns fünf Minuten.«

»Was denn?«, meint sie.

»Nichts, eine Kleinigkeit. Aber wenn ich nicht zurückgehe, muss ich ständig daran denken.«

Rossana lässt sich ohne Widerrede zurückführen. Als wir wieder vor der Kanzlei meiner Tochter stehen, ist die Kleinigkeit noch dort.

»Siehst du das Auto da?«, frage ich Rossana und zeige auf einen SUV.

»Welches?«

»Das große, dunkle, das unter Svevas Büro parkt.«

»Ja«, gibt sie zögernd zurück.

»Ich kann mich irren, aber das sieht mir nach eben dem Auto aus, in dem ich sie vor ein paar Tagen mit einem fremden Mann gesehen habe.«

Rossana starrt mich einige Sekunden an, während ich den SUV nicht aus den Augen lasse, gleich einem Raubtier mit gerecktem Hals und aufgestellten Ohren, zumindest die Winzigkeit, die Menschenohren sich bewegen können. Ich fand es immer kurios, wie Tiere endlose Minuten lang hoch konzentriert verharren können, nur in Erwartung einer minimalen, unbedeutenden Regung. Um die Aufmerksamkeit eines Menschen auf sich zu ziehen, reicht dagegen häufig nicht einmal eine Ohrfeige ins Gesicht.

»Und guck mal da oben, wo das Licht brennt. Das ist Svevas Büro.«

»Und?«, fragt sie nach einer gefühlten Ewigkeit.

»Es könnte derselbe Wagen sein, und sie könnte mit ihm da oben sein.«

Rossana lacht. Ich finde diese Möglichkeit alles andere als lustig.

»Das wiederum kannte ich noch nicht an dir. Du bist paranoid.«

Weißt du, wie vieles du an mir noch nicht kennst? Im Bett bleiben die größeren Fehler des Mannes verborgen.

»Ich würde es lieber so formulieren: Ich bin weitsichtig. Meine Tochter hat ein außereheliches Verhältnis.«

»Warum saß sie mit dem Typ im Auto?«

»Es war genau genommen so, dass dieser geheimnisvolle Typ zum Abschied seine Hand auf ihrem Schenkel platziert hat. Ich glaube nicht, dass jeder, der eine Kollegin oder Bekannte im Auto mitnimmt, ihr zum Lohn ans Bein fasst. Sonst wäre diese Stadt voll mit Leuten, die wie besessen Mitfahrgelegenheiten anbieten würden.«

Rossana amüsiert sich, meine Worte scheinen ihr gute Laune zu bereiten. Dabei bin ich todernst, ich nehme mein Handy und rufe Sveva an.

»Was machst du?«

Ich antworte nicht, auf der anderen Seite klingelt bereits das Telefon.

»Papà.«

»Hallo, Sveva, wie geht's?«

»Gut, warum?«

Sie klingt atemlos. Rossana nähert sich meinem Ohr, um mitzuhören.

»Nur so, ich wollte mal hören, ob alles okay ist …«

Sie schweigt eine Weile, dann sagt sie mit wackeliger Stimme: »Klar, alles bestens.«

»Du hörst dich so komisch an, aufgeregt.«

»Was redest du da? Ich bin nur deine ständigen Anrufe und Verhöre der letzten Tage nicht gewohnt.«

Tatsächlich benehme ich mich wie ein alter Schwachkopf, der kein eigenes Leben hat und sich deshalb um das seiner Kinder kümmern muss.

»Ich wollte nur mal Hallo sagen. Wo bist du, zu Hause?«

»Was? Ja, ich bin zu Hause.«

Aus ihrer Stimme spricht Unsicherheit. Ich kenne meine Tochter, sie lässt sich nur selten aus dem Konzept bringen, doch wenn es passiert, dann weiß sie nicht mehr, wie sie sich verteidigen soll, und ergibt sich dem Feind wie ein wehrloses Tierbaby dem Leitwolf. Doch ich empfinde kein Mitleid, ich will das durchziehen.

»Gib mir doch mal Federico, ich möchte ihn gerne kurz sprechen.«

Erneutes Schweigen.

»Pà, das passt gerade nicht, er soll noch baden und dann ins Bett. Ich ruf dich morgen an, wenn du willst, entschuldige mich jetzt«, und sie legt auf, bevor ich noch etwas sagen kann.

Ich wende mich zu Rossana, die mich neugierig anschaut.

»Meine Tochter tischt mir einen Berg Lügen auf«, kommentiere ich das Gespräch und stecke das Telefon in die Tasche.

»Das ist normal, das tun alle Kinder«, versucht sie, den Schlag abzufedern.

»Ich bin mir sicher, sie ist da oben mit ihrem Geliebten.«

»Und wenn schon? Was willst du machen, es ist ihr Leben.«

Dasselbe hätte ich einem Freund gesagt, Marino zum Beispiel, wenn der die schlechte Angewohnheit hätte, seine Nase in das Leben seiner Tochter zu stecken. Wie ich es gerade tue.

Das Licht im Zimmer geht aus. Ich packe Rossana, die immer noch ungefragt Ratschläge von sich gibt, und bringe uns hinter einem Lieferwagen in Deckung. Sie sieht mich an, als sei ich verrückt geworden. Ich bin nicht verrückt, liebe Rossana, ich bin ein Verwandlungskünstler, ich sagte es dir bereits. Das hier ist meine Rolle als Privatdetektiv.

»Cesare, ich mach da nicht mit, ich finde es absolut nicht korrekt, deine Tochter auszuspionieren!«

Wenn du wüsstest, wie viele nicht korrekte Dinge ich tagtäglich tue, liebe Rossana. Unter anderem kommt es mir bei uns beiden irgendwie nicht korrekt vor, dass ich dir immer noch Geld auf deinen Nachttisch lege, aber in dem Fall hast du keine Einwände.

»Nur kurz, dann gehen wir«, erwidere ich, ohne den Blick von dem Haustor abzuwenden.

»Es wird spät ...«, versucht sie es noch einmal.

Das Summen des elektrischen Türöffners kündigt Svevas Kommen an. Ich reiße die Augen auf, neben ihr geht ein distinguierter Herr um die sechzig, mit weißen Haaren und Bauchansatz, der gegen sein Hemd drückt. Die beiden sehen sich vorsichtig um, bevor sie in den SUV einsteigen, der mit einem Piepen aufgeht. Ich höre, wie Rossana neben mir raunt: »Du hattest recht.«

Das Auto setzt zurück und fährt weg. Plötzlich ist mir das Abendessen egal, und auch Rossana und jeglicher Sex, den ich für den Rest meiner Tage nicht mehr haben werde, ich packe meine Begleiterin am Arm und laufe zur nächsten Querstraße, wo ein Taxistand ist.

»Was hast du vor?«, ruft sie und presst ihre Handtasche an sich.

»Wir müssen ihnen folgen!«

»Du spinnst!«

Ja, ich spinne, aber das hättest du schon vorher wissen können. Immerhin hattest du zwei Jahre Zeit, meine Kleine, jetzt ist es zu spät, wenn du deinen Hintern nicht bewegst, verlieren wir den Jeep, und dann ist Feierabend.

Ich halte schnell ein Taxi an und befehle dem Fahrer,

dem Wagen zu folgen. Ich keuche und kann kaum reden, dennoch will ich mich bei Rossana entschuldigen: »Tut mir leid für den verdorbenen Abend, aber ich muss herausfinden, was meine Tochter da treibt.«

Sie sagt nichts, ich wende mich an den Fahrer und fordere ihn auf, Gas zu geben. Der Mann brummelt etwas vor sich hin und fährt nur unmerklich schneller: Ihn interessiert nichts weniger als eine Verfolgungsjagd. An einer roten Ampel hält er einen Moment zu früh an, während der Jeep uns davonfährt. Ich beuge mich vor und rufe: »Was machen Sie denn da? Los, fahren Sie weiter!«

Er dreht sich um und erwidert barsch: »Hört mal zu, ich habe mit euren Problemen nichts am Hut und will mir keine Knolle fangen!«

Wenn das so ist, bin ich gezwungen, die übliche Verwandlung vorzunehmen. »Mag sein, dass Sie das nicht wissen, aber ich bin der Polizeipräsident und verfolge gerade einen Straftäter. Ich befehle Ihnen hiermit, über Rot zu fahren, sonst sind Sie morgen Ihre Lizenz los!«

Er wird blass und zieht seine Kappe: »Entschuldigung, Herr Polizeipräsident, ich hatte Sie nicht erkannt.«

Dann schaut er wieder nach vorn, legt den ersten Gang ein und gibt mit quietschenden Reifen Gas. Wenige Sekunden später haben wir unsere Beute wieder eingeholt. Rossana lächelt endlich, ich lächle zurück. Lag ich also doch richtig mit ihr, sie verkauft ihren Körper, um leben zu können, aber sie ist auch die Einzige, der meine Dummheiten Spaß machen. Und in meinem Alter braucht man eine Frau, die einem das Gefühl gibt, ein angenehmer Mensch zu sein und kein alter Knacker, der in seinem Fernsehsessel vermodert.

Der Wagen hält ein paar Ecken vor Svevas Haus. Die beiden reden, küssen sich, schließlich steigt sie aus und geht. Ich kann nicht anders: Ich muss mir vorstellen, wie sie in wenigen Minuten Diego und Federico gegenübertritt, wie sie den Betrug verbergen wird. Ich bilde mir ein, genau darin selbst immer gut gewesen zu sein, doch vielleicht stimmt das gar nicht, vielleicht haben die Kinder übernatürliche Fähigkeiten und vermögen durch die Maske, mit der wir nach Hause kommen, hindurchzublicken. So bilden wir uns ein, geschützt zu sein, sind aber in Wirklichkeit nackt. In Sveva erkenne ich mich wieder. Ich habe ihre Mutter betrogen, sie betrügt ihren Mann.

Der Taxifahrer sieht mich an, wahrscheinlich will er wissen, was er tun soll. Ich bin schließlich der Polizeipräsident, und er hat viel zu viel Respekt vor meiner Rolle, um Fragen zu stellen.

»Folgen Sie dem Wagen«, sage ich schließlich mit würdevollem Tonfall, wie man ihn von einem Repräsentanten der Macht erwartet.

Rossana wirft mir erneut einen Blick zu, keine Ahnung, den wievielten heute Abend, ich bedeute ihr, alles im Griff zu haben. Der Fahrer schwitzt, er ist offenkundig nervös, vielleicht glaubt er, einen mächtigen Camorra-Boss zu beschatten statt einen angegrauten Typen mit Bauch und Angeberkarre. Zu meiner Zeit fuhr man Cinquecento, und wer zu groß dafür war, faltete sich eben hinein, heute hingegen haben alle diese Ozeandampfer, von denen keiner weiß, wofür sie gut sind. Die Welt wird mit jedem Tag enger, doch wir hören nicht auf, unentwegt immer größere Dinge zu produzieren.

Gerade bedrängen mich freilich andere Probleme. Zum

Beispiel frage ich mich seit zehn Minuten, warum Sveva ihre kostbare Zeit lieber in den Armen eines alten Schweins verbringt als zu Hause bei Ehemann und Kind. Dann fällt der Groschen. Eine Frau sucht außerhalb der Ehe das, was sie in ihr nicht findet; Diego ist ein tüchtiger Kerl, aber zu nett, wie Marino. Und ich sagte ja schon, was ich über die Netten denke. Was im Umkehrschluss bedeutet, dass die Besonderheit der Person, die wir verfolgen, ihre Boshaftigkeit ist. Ich kann nicht zulassen, dass meine Tochter in die Fänge eines Fieslings gerät, und sei er noch so sympathisch, selbstsicher, gut gelaunt und jovial. Für diese Eigenschaften hat sie ja mich.

»Was hast du vor?«, fragt Rossana leise.

»Keine Ahnung.«

In Wirklichkeit weiß ich es, aber ich bin mir noch nicht ganz sicher. Wer gibt mir letztlich das Recht, für meine Tochter zu entscheiden? Habe ich nicht das Gleiche getan? Außerdem schießt mir noch eine andere Frage durch den Kopf: Bin ich mir wirklich sicher, dass es besser ist, sein Leben neben einem netten, aber langweiligen Mann zu verbringen, als neben einem sympathischen Egoisten? Das Böse verbirgt sich manchmal auch hinter einer liebenswürdigen Miene. Doch jetzt stecke ich schon mittendrin und muss unbedingt mehr über den alten Typen erfahren, mit dem Sveva ins Bett geht. Und ich habe mir Sorgen um Dantes sexuelle Vorlieben gemacht! Gegen den hier ist der kontaktfreudige Künstler ein wahres Topmodel.

Der SUV hält an der Uferpromenade an. Der Mann macht die Warnblinker an, steigt aus und betritt eine Tabaccheria. Als er herauskommt, hat er eine Zigarre im

Mund und in der Hand eine Tüte mit buntem Kleinkram. Als ich mich vorbeuge, kann ich erkennen, dass es sich um diese kleinen Plastiktierchen handelt, die Kinder so lieben, mein Enkel eingeschlossen. Einmal habe ich ihm eine Packung mit einem Gehege, ein paar Schweinen, scheckigen Kühen und Schafen gekauft. Federico spielte genau so lange damit, bis er das Gatter aufgebaut und die Tiere zum Weiden aufgestellt hatte. Ein paar Tage später landete der lustige Bauernhof in dem Sack mit den tausend anderen Spielsachen, die keine Funktion mehr haben, ähnlich den Autos, die am Straßenrand verrotten.

Der Mann steigt wieder ins Auto und fährt weiter. Ich sehe mich um, wir sind Meilen von unserem Restaurant entfernt und verfolgen eine Person, die nicht nur ein Verhältnis mit meiner Tochter hat, sondern auch einen Enkel irgendwo in der Stadt. Vielleicht ist er gar kein Fiesling. Vielleicht geht die Rechnung nicht immer auf, dass man außerhalb der Ehe etwas anderes sucht. Vielleicht brauchen manche Menschen nur das Gefühl, sich neu zu erleben dank eines neuen Gesichts, eines neuen Geruchs oder Augenpaars, das dich neugierig betrachtet.

»Gut, lassen Sie uns hier raus«, rufe ich zum Zeichen der Kapitulation.

Der Taxifahrer seufzt erleichtert auf, als sei er einer großen Gefahr entronnen, und schenkt mir die Fahrt. Eine weitere der ungezählten Freifahrten meines Lebens.

»Du weißt schon, dass du eine echte Knalltüte bist, oder?«, kommentiert Rossana.

Das romantische Dinner ist geplatzt. Mit meinem pubertären Eifersuchtsanfall habe ich ihr den Abend versaut, und jetzt wird sie mich zum Teufel jagen.

»Aber so viel Spaß hatte ich noch nie bei der ersten Verabredung!« Sie sieht ganz fröhlich aus.

Was für eine Frau, Rossana, wenn ich zehn Jahre jünger wäre, würde ich sie glatt heiraten! Wir umarmen uns, und wieder sind unsere Münder ganz nah beieinander, nur wenige Zentimeter voneinander entfernt. Ich richte mich auf und ziehe den Kopf zurück, ich kann sie doch nicht küssen, hier und jetzt, vor all den Leuten. Wenn jemand die Polizei ruft wegen Erregung öffentlichen Ärgernisses, würde ich ihm das nicht übel nehmen.

»Tut mir leid, aber meine Tochter mit so einem Mann zu sehen – da sind mir einfach die Nerven durchgegangen.«

»Keine Sorge, ich verstehe das. Ich weiß ja auch nicht, was sie an dem Alten findet.«

»Danke für das Kompliment!«

»Spinner, ich meine alt für sie.«

Ich blicke mich um. Ein Stück weiter steht ein Imbisswagen, der Panini anbietet. Mir kommt eine Idee.

»Hör mal, wie wäre es, wenn ich dich zu einem köstlichen Panino bei *Addò Talebano* da vorn einlade?«

Sie dreht sich um und beginnt zu lachen, dann nimmt sie meine Hand und verschränkt ihre Finger darin. Und da fährt mir tatsächlich ein Schauer den Arm entlang bis in den Rücken. Die letzte Frau, mit der ich eine solche Intimität erlebt habe, war vermutlich meine Ehefrau. Meine faltigen, altersgefleckten Hände sind mittlerweile eher daran gewöhnt, eine fremde Pobacke zu berühren als eine andere Hand. Das fortschreitende Alter verschlingt unvermeidlich selbst das letzte Stück Poesie, das mir noch durch den Bauch flackert.

So kaufe ich für sie ein Panino mit Frikadelle und Provola-Käse, für mich selbst einen Hot Dog mit Krautsalat, nicht gerade ideal für das erste romantische Dinner. Doch viel Romantik ist heute Abend nicht mehr übrig, nur der Mantel, den Rossana sich ein bisschen hochzieht, bevor sie sich auf das Mäuerchen am Straßenrand setzt. Ich tue es ihr gleich, dann nehme ich einen tiefen Schluck aus der eiskalten Peroni-Flasche und reiche sie ihr. Hinter uns ruht still das Meer, in dem sich die Lichter des Villenviertels Posillipo spiegeln, wo Menschen meines Alters mit Silberbesteck und Dienerschaft im Rücken zu Abend speisen. Meine Wenigkeit hingegen hängt an der Flasche und würde am liebsten einen klangvollen Rülpser von sich geben, um meinen armen, aufgewühlten Magen zu erleichtern.

»Immerhin habe ich heute Abend begriffen, dass mein Sohn in guten Händen ist«, sagt sie nach einer Weile. »Wenn es stimmt, dass Sveva so ist wie du, dann wird sie im Gerichtssaal wie eine Löwin auftreten!«

Wir sitzen eine Weile auf dem Mäuerchen, lachen über uns und das Leben, bis sie mich daran erinnert, dass es spät ist und sie morgen arbeiten muss. In dieser Umgebung, das Meer und das Castel dell'Ovo hinter uns, mit flanierenden Familien und dem Vesuv, der auf uns herabschaut, hatte ich Rossanas Beruf ganz vergessen. Ich hatte vergessen, dass ich nur ein alter, klappriger Kunde von ihr bin. Ich hatte vergessen, dass das Leben wie diese Stadt ist, eine Blendung. All die Lichter, das Lachen der Leute, die Verkaufsbuden, die Karren mit Zuckerwatte, die klingelnden Fahrräder, der Mond, der sich im Wasser spiegelt und in der Ferne Capri erleuchtet, zählen wenig angesichts des Schweigens der zahllosen dreckigen, vergessenen Straßen, angesichts der Anklage der Gassen, aus denen Gewalt aufsteigt, angesichts der verängstigten Blicke derer, die noch nicht wissen, wie sie dem anderen Gesicht der Stadt begegnen sollen.

Wir stehen auf und gehen zum Taxistand, die Komödie ist zu Ende, es geht zurück in die Realität. Dennoch bin ich zufrieden, am Anfang des Abends hatte ich Sorge, eine andere Frau kennenzulernen, die mir nicht gefallen würde; nun habe ich gesehen, dass es keine anderen Versionen von Rossana gibt, dass sie immer dieselbe ist, ob in Dessous oder in Bluse und Rock, auf einer Matratze oder einem Mäuerchen. Wer weiß, ob sie auch meine Kinder für sich erobern könnte.

Ich bin schon zu Hause, als ich eine SMS bekomme. Von ihr. Nach unzähligen Versuchen gelingt es mir endlich, den Text zu entziffern. Dort steht: *Danke für den wunderschönen Abend, ich werde ihn nie vergessen!*

Meine Augen werden feucht, ich werfe das Handy aufs Sofa und gehe ins Bad. Schau mal einer an, in meinem Alter lasse ich mich noch von dem Satz einer Frau anrühren. Als ich auf der Toilette sitze, entschließen sich meine Lippen, die Stille der Wohnung zu durchbrechen: »Ich wollte dir nur sagen, dass heute Abend eine Frau meine Hand gedrückt hat und mich berührt hat wie schon lange nicht mehr. Ich weiß, das ist nicht nett, dass ich das ausgerechnet dir erzähle. Aber du bist die Einzige, der ich das anvertrauen möchte. Gute Nacht.«

Dann ziehe ich ab und lege mich schlafen.

Von Sveva erzähle ich ihr lieber nichts.

# WIR ZWEI

Auf der Anzeigetafel steht, dass der Fahrstuhl sich wie immer im siebten Stock befindet. Das muss irgendein kosmischer Magnetismus sein, ein umgekehrtes Gesetz der Schwerkraft, welches die Aufzüge in die oberste Etage zieht. Ich drücke den Knopf und warte, dass der alte Kasten kommt und mich abholt. Irgendwo oben wird wild eine Tür zugeschlagen, dann kommt jemand die Stufen herunter. Ich beuge mich in den Treppenschacht und sehe, dass er es ist, der zu Handgreiflichkeiten neigende Nachbar, der wie ein Irrsinniger herabstürmt. Mein Herz hämmert in der Brust, denn dieser Mann ist nicht in Eile, er ist auf der Flucht. Und wenn er flieht, hat er Emma etwas angetan.

Ich beschließe, ihm in den Weg zu treten.

Als er mich bemerkt, bremst er ab und kneift die Augen zusammen. Offenbar hat er die Lektion vom letzten Mal nicht vergessen. Einen Meter vor mir bleibt er stehen, damit ich ihm Platz machen kann. Ich rühre mich keinen Zentimeter. Ich habe Herzrasen, Schwindel, und auf der Stirn perlt mir ein Schweißtropfen. Trotz allem weiche ich nicht zurück, auch ein General würde nicht weichen.

»Kann ich mal vorbei?«, fragt er.

Ich sehe ihn an. Er ist verschwitzt, seine Haare stehen in wilden Büscheln ab, und die Pupillen sind geweitet.

»Was ist passiert?«, presse ich heraus.

»Was soll passiert sein?«, meint er.

»Warum rennen Sie so?«

»Was denn, darf man jetzt nicht mal mehr rennen in diesem Haus?«

Tatsächlich fällt mir darauf keine sinnvolle Antwort ein.

»Wo ist Ihre Frau?«, frage ich.

Er weicht nur ganz kurz zurück, bevor er sich zum Angriff entscheidet.

»Was geht Sie das bitte an?«

Ich merke, wie der Schweiß an meinem Unterhemd klebt und mein Blick sich trübt. Das hier ist längst kein unschuldiger Spaß mehr, hier riskiere ich echte Prügel. Und ich glaube nicht, dass ich in meinem Alter mit ein paar Prellungen davonkomme.

»Das geht mich dann etwas an, wenn Sie sie noch einmal schlecht behandeln!«

Endlich ist es raus. Er sieht mich mit wildem Blick an, bevor er die Kontrolle verliert. »Zieh bloß Leine, alter Schwachkopf!«, und stößt mich beiseite. Einen Moment später ist er draußen verschwunden.

An der Wand finde ich glücklicherweise Halt, sodass ich nicht zu Boden stürze, während sich der Inhalt meiner Einkaufstüte in den Hauseingang ergießt. Blöder Mistkerl, das wirst du mir büßen, das schwöre ich! Schon klar, aber wie?

Ich schiebe mir den Brillenbügel zurecht, der durch den Stoß in Schläfenhöhe gerutscht ist, dann versuche ich, meine Einkäufe wieder einzusammeln. Sonst herrscht im Haus immer ein ständiges Kommen und Gehen, nicht einmal den Aufzug kann man in Ruhe rufen, ohne dass gleich jemand neben dir steht, mit dem du dich in die Kabine quetschen und übers Wetter reden musst. Aber wenn ich mal Hilfe brauche, ist weit und breit keiner zu sehen.

Schließlich schaffe ich es bis in meine Wohnung. Ich gehe in die Küche, stelle die Tüten auf den Tisch, nehme die zwei Tiefkühlpackungen und lege sie ins Eisfach, dann laufe ich, ohne die Jacke auszuziehen, hinüber und klingle bei Emma, die nach einer gefühlten Ewigkeit die Tür öffnet. Ihre Lippe ist aufgeplatzt, und sie hält sich den Arm. Entsetzt starre ich sie an, am liebsten würde ich sofort losgehen und den Dreckskerl suchen. Dann denke ich, dass zuerst ihr geholfen werden muss, für ihn bleibt immer noch Zeit.

»Lässt du mich rein?«, frage ich.

»Wenn er zurückkommt, bringt er zuerst dich um und dann mich.«

Zum ersten Mal halte ich diese Voraussage für nicht übertrieben, dieser Mann ist ein gefährlicher Irrer. Also packe ich sie am Handgelenk und ziehe sie in meine Wohnung. Sie folgt mir. Ich mache Licht im Bad, und mit Watte und Alkohol säubere ich ihre Wunden, dann versuche ich, ihren Arm zu bewegen. Emma schreit auf vor Schmerz.

»Hat er dich auch in den Bauch geschlagen?«

Sie schüttelt stumm den Kopf. Als ich sie weiter besorgt anstarre, fügt sie hinzu: »Nein, nein, wirklich nicht, ich habe aufgepasst, dass er nicht drankommt.«

Himmel hilf, wie kann man sich das anhören, ohne etwas zu unternehmen? Ich kann es nicht.

»Wir müssen ins Krankenhaus und der Polizei die Wahrheit sagen. Dieses Stück Scheiße anzeigen!«

»Nein, bitte nicht«, sie bricht in Tränen aus, »tu mir das nicht an!«

»Warum? Warum willst nicht, dass ich dir helfe? Warum nimmst du ihn in Schutz?«

»Ich schwöre dir, ich werde ihn verlassen, sobald es geht. Aber bitte, bitte, zeig ihn nicht an, das würde alles nur noch schlimmer machen …«

»Ich verstehe dich nicht«, murmele ich.

Ich rufe ein Taxi. Wenn wir da sind, werde ich die Wahrheit sagen, egal, was danach passiert. Selbst wenn Emma mich dann hasst und mir vorwirft, es sei ihr Leben, werde ich tun, was zu tun ist.

In der Notaufnahme warten wir zusammen mit anderen Leuten in einem Raum mit wenigen Stühlen und vielen Tragen, auf denen stumme Kranke liegen. Wir reden nicht, sehen uns nur benebelt um. Irgendwann drehe ich mich zu ihr und frage: »Wie konntest du dich überhaupt in so einen Mann verlieben?«

Emma seufzt, während sie sich immer noch den Arm hält. »Ich weiß nicht, ich kann mich nicht mehr erinnern.«

»Und warum darf ich dir nicht helfen?«

»Cesare, das verstehst du nicht. Wenn wir ihn heute Abend anzeigen, müssen wir sofort fliehen. Du und ich!«

Nein, das verstehe ich nicht. Und werde es auch nie verstehen.

»Warum hat er dich denn diesmal geschlagen?«

Sie dreht sich zur anderen Seite.

»Willst du es mir nicht sagen?«

Sie antwortet, ohne mich anzuschauen. »Ich wollte nicht mit ihm schlafen, ich hatte Angst um das Kleine. Da ist er völlig ausgerastet!«

Ich erwidere nichts, mir fällt nichts ein.

»Tut mir leid, dass ich dich da hineingezogen habe«, flüstert sie nach ein paar Sekunden.

»Was redest du da?«

»Ich hätte nicht zu dir kommen dürfen, neulich abends.«

»Zu mir zu kommen, war das einzig Richtige.«

»Willst du die Wahrheit wissen?« Sie blickt mir jetzt direkt in die Augen.

Ich nicke.

»Er hat schon eine Anzeige am Hals, von seiner Ex wegen Misshandlung. Der Prozess läuft.«

Ich schüttle seufzend den Kopf, und sie fährt fort: »Wenn du ihn anzeigst, wandert er direkt in den Knast!«

»Und das willst du nicht?«, frage ich mit etwas zu hoher Stimme.

»Ich will ihm nichts Böses, nur dass es für mich besser wird.«

Selbst mit geschwollenem Gesicht und blutverschmiert finde ich sie wunderschön. Wenn ich in ihrem Alter wäre, würde ich gegen die ganze Welt antreten, um sie zu bekommen und zu beschützen.

»Wie kannst du so reden? Er hat dir vielleicht den Arm gebrochen.«

Eine Träne rollt ihr über die Wange, die sie mit der heilen Hand schnell wegwischt. Das Leben hat sie gelehrt, keinen Schmerz zu zeigen.

»Ich will ihn nicht zerstören, ich will ihn nur verlassen.«

»Und an die anderen, die nach dir kommen, denkst du gar nicht? Die durch deine Anzeige vor ihm geschützt werden könnten?«

Sie dreht sich um und blickt mich frustriert an. »Glaubst du, das weiß ich nicht selbst? Ich bitte jede Nacht um Vergebung für meinen fehlenden Mut.«

Ihre Verzweiflung entlädt sich in Tränen, die ihr sachte in den Mund rollen. Ich weiß nicht, was ich darauf erwidern soll, und versuche, den Wunsch zu unterdrücken, sie in den Arm zu nehmen.

Nach einer Weile versiegen die Tränen, und Emma sackt mit einem Stöhnen in sich zusammen, wie ein altersschwacher Bus, der sein Ziel erreicht hat. So bleibt sie sitzen, ins Leere starrend und mit aufgerissenen Lippen nach Luft ringend. Ich beobachte sie und bleibe an dem Makel hängen, der sie so einzigartig macht, der mich von der ersten Minute an angezogen hat.

»Den kaputten Zahn hast du von ihm?«

Sie fährt sich mit der Zunge über den Schneidezahn. »Den?«

»Ja.«

Sie lächelt zum ersten Mal heute Abend und erwidert: »Nein, den habe ich mir als Kind ausgeschlagen. Ich bin vom Rad gefallen.«

»Er gefällt mir«, meine ich.

»Er gefällt dir? Der kaputte Zahn?«

»Ja, der kaputte Zahn.«

»Du bist echt ein komischer Kauz«, gibt sie zurück, dann wird sie hereingerufen.

Im Behandlungszimmer sitzt ein Arzt am Schreibtisch, neben ihm ein Mann im grünen Kittel mit einem Stapel Papieren zum Unterschreiben in der Hand. Emma und ich bleiben abwartend stehen. Der Arzt würdigt uns keines Blickes und arbeitet stoisch seine Unterschriften ab.

Der Pfleger hingegen mustert uns aus den Augenwinkeln. Erst, als der letzte Zettel ausgefüllt ist, steht der Doktor auf, nimmt Emmas Arm, versucht, ihn zu drehen, und hält bei ihrem Schmerzensschrei inne. Dann begutachtet er die Blutergüsse und Kratzer an ihrem Körper. Schließlich wendet er sich zu mir. Ich halte seinem forschenden Blick stand, bis er fragt: »Und wer sind Sie, der Vater?«

»Ein Freund«, sage ich geheimnisvoll.

Der Mann wird misstrauisch und setzt an Emma gewandt seine Befragung fort: »Was ist denn passiert, Signorina?«

»Ich bin vom Fahrrad gefallen.«

Das Fahrrad, schon wieder. Ich frage mich, ob sie mir vorhin die Wahrheit gesagt hat oder ob das ihre Standardlüge ist, die zu jeder Gelegenheit passt. Nicht einmal der Arzt scheint ihr zu glauben, doch er fragt nicht weiter, sondern wendet sich stattdessen an mich.

»Ist das so? Ist die Signorina gefallen?«

Emma starrt mich an. Das ist also der Moment, die Wahrheit zu sagen und ihren Mann ins Gefängnis zu bringen. Doch ihre Augen flehen mich an, nichts zu verraten. Ich senke den Kopf, ich kann nicht gegen ihren Willen agieren, dazu habe ich nicht das Recht. Ich schweige, und der Arzt stellt seine Frage noch einmal.

»Ja, das stimmt«, sage ich schließlich.

Der Mann verliert die Geduld. Wer weiß, wie oft er solche Szenen schon erlebt hat. Man sieht ihm an, dass er Bescheid weiß und nur noch überlegt, wie weit er sich einmischen soll.

»Ich erwarte ein Kind!«, ruft Emma plötzlich.

Der Blick des Arztes wandert zum Körper der jungen

Frau, dann sagt er zum Pfleger neben sich: »In Ordnung, wir machen nur eine Echografie vom Unterleib und versorgen den Arm.«

Der Pfleger führt Emma hinaus. Ich will mich wieder ins Wartezimmer setzen, doch der Weißkittel hält mich auf.

»Wissen Sie, wie viele Frauen ich schon in so einem und in noch schlechterem Zustand gesehen habe? Und wissen Sie, dass fast alle vom Rad gefallen sind, vom Stuhl, von der Schaukel oder vom Mofa?«

Ich senke den Kopf, kann seinem Blick nicht standhalten.

»Was wollen Sie von mir?«

»Nichts, wenn Sie können, überzeugen Sie die junge Frau zu reden!«

»Ich habe getan, was ich konnte. Warum stellen Sie diese Fragen nicht dem Mädchen selbst?«

»Mir würde sie niemals die Wahrheit sagen.«

»Das stimmt nicht, das möchten Sie nur glauben«, erwidere ich, bevor ich hinausgehe und mich wieder auf meinen Platz setze.

Aus den Augenwinkeln sehe ich, wie der Mann missbilligend den Kopf schüttelt. Brauchst mich gar nicht für einen feigen Mummelgreis zu halten, wir zwei sind gar nicht so verschieden, wir haben beide aus verschiedenen Gründen entschieden, nicht einzugreifen und wegzusehen. Da können wir nur hoffen, dass wir nicht eines Tages auch die Reue teilen werden.

Eine halbe Stunde später kommt Emma mit verbundenem Arm wieder heraus. Sie geht mir entgegen und sieht mich tränenerfüllt an. Sie wartet, bis ich rede.

»Keine Sorge, ich habe nichts gesagt.«

Sie lächelt, dann legt sie den gesunden Arm um meine Schultern. Mühsam erwidere ich die Umarmung. Das Lächeln aber will mir beim besten Willen nicht gelingen.

# ICH MÖCHTE EIN GORMITI-KÄMPFER SEIN

Es gibt Tage, da will man die schreckliche Realität nicht wahrhaben. Die Jahre, die man mit sich herumschleppt, sind offensichtlich und lasten wie Mühlsteine auf einem. Der Tag fing schon schlecht an. Im Bus fühlte sich ein pickeliger Halbwüchsiger mit Kopfhörern bei meinem Anblick verpflichtet aufzuspringen, als sei er Soldat und ich sein Obergefreiter. Hasserfüllt sah ich ihn an, doch er sagte nur: »Bitte schön.« Da konnte ich nicht anders, als mich zu setzen, um keine strengen Blicke der Leute zu riskieren. Ja, ich weiß, ich hätte ihm für seine Freundlichkeit danken sollen, stattdessen setzte ich mich und starrte mit düsterer Miene aus dem Fenster. Es war mein Fehler, ich hätte nicht den Bus nehmen dürfen, diese Ansammlung menschlicher Problemfälle im stillen Wettkampf miteinander, wer das meiste Mitleid erregt. Ich würde mir ja lieber einen Bruch zuziehen, als bei anderen ein solches Gefühl wachzurufen. Und das war noch nicht alles. Eigentlich fast nicht möglich, aber es wurde noch schlimmer. Ich saß auf einer Bank vor der Schule und wartete auf meinen Enkel Federico. Wieder mal hatte ich es nicht geschafft, mir eine glaubwürdige Ausrede einfallen zu lassen, um mich der Sache zu entziehen. So saß ich also dort in meine Gedanken versunken, als ich merkte, wie ein

Grüppchen von drei Kindern auf mich zeigte und lachte. Ich schaute weg, schließlich waren es nur Kinder, und betrachtete lieber die wartenden Mütter, was lohnender war. Doch die drei Schlingel hörten nicht auf, sich über mich lustig zu machen. Ist ja schön, wenn ihr Spaß habt, dachte ich, bis das Leben die Rollen tauscht und ihr selbst auf dieser verfluchten Bank sitzt und auf irgendein Balg wartet. Dann schaute ich nach unten und merkte, dass mein Hosenstall offen stand, was für achtjährige Armleuchter natürlich das Größte ist. Also behob ich das schnell, wandte mich freundlich meinen drei Quälgeistern zu und bedeutete ihnen, näher zu kommen. Die Knaben gaben sich verschüchtert, nur der Älteste schlich zögernd heran.

»Hallo«, begann ich.

Er erwiderte meinen Gruß, ohne aufzuschauen.

»Weißt du, wer ich bin?«

Der Kleine hatte die Hände unter die Schulterriemen seines Ranzens geklemmt. Er sah mich an und schüttelte den Kopf.

»Ich bin Polizist«, sagte ich immer noch lächelnd mit fester, sanfter Stimme.

Er riss die Augen auf.

»Du weißt, dass es nicht schön ist, sich über einen Polizisten lustig zu machen? So etwas tut man nicht, das hätte deine Mutter dir eigentlich beibringen müssen!«

Er senkte den Kopf. Wenn ich es drauf anlege, bin ich wirklich furchterregend.

»Was soll ich denn jetzt tun? Dich mit aufs Polizeipräsidium nehmen?«

Da fing der Junge an zu weinen und hätte fast eine Frau auf uns aufmerksam gemacht. Vielleicht habe ich es doch übertrieben mit dem kleinen Idioten, also stand ich auf und versuchte zurückzurudern. »Aber nein, keine Sorge«, meinte ich, »Polizisten sind ja nett. Komm, ich kaufe dir ein Eis!«

Doch der Kleine rannte zu seinen Freunden, die nach einer kurzen Besprechung schnellstens flohen. Zu meinem Glück hatte niemand den Zwischenfall bemerkt. Doch das Beste kam erst noch. Ich holte meinen Enkel ab und ging mit ihm zur Kanzlei seiner Mutter. Nun sind aber ein alter Mann und ein Kind bekanntermaßen nicht lange unterwegs, ohne irgendwann das Bedürfnis zu verspüren, die Blase zu leeren. Also betraten wir ein Kaufhaus und gingen Richtung WC. Immer wenn ich eine öffentliche Toilette aufsuche, danke ich dem Himmel für das Gehänge zwischen meinen Beinen. Wenn ich eine Frau wäre, würde ich mir eher in die Hose machen, als mich in der Schlange vor den Klos anzustellen. Jedenfalls habe ich Federico geholfen und ihm dann befohlen, vor der Tür auf mich zu warten. Wenn er sähe, wie ich im Sitzen pinkle, wären viele seiner Gewissheiten auf einen Schlag perdu.

Als ich rauskam, war er dummerweise weg. Ich dachte, vielleicht steht er am Ausgang der Toiletten, aber Fehlanzeige. Also ging ich wieder rein und fragte die Frauen in der Schlange. Keine hatte ein Kind gesehen. Kalter Schweiß brach mir aus. In Wahrheit, das sagte ich schon, bin ich nicht in der Lage, auf ein Kind aufzupassen, in meinem Alter sollten sich andere um mich kümmern, nicht umgekehrt. Kurz, ich habe den ganzen Laden abgesucht, bevor ich den Knirps entdeckte, wie er in aller Seelenruhe einen Labradorwelpen streichelte. Ich lief zu ihm und schrie atemlos: »Federico, was machst du nur für einen

Mist? Ich hatte dir gesagt, dich nicht vom Fleck zu rühren!«

Er versuchte ein paar Sekunden, nicht zu weinen, doch sein kleiner Mund zitterte vor Anstrengung, bis er schließlich beschämt in Tränen ausbrach. Da kam die Hundebesitzerin gelaufen, sah mich drohend an und fragte: »Was ist denn das für eine Art?«

»Halten Sie gefälligst den Mund«, gab ich zurück. »Haben Sie denn nicht gesehen, dass das Kind alleine war? Ist Ihnen denn nicht in den Sinn gekommen, dass vielleicht jemand nach ihm sucht?«

Sie wich zurück und stotterte: »Was erlauben Sie sich ...«

»Doch, ich erlaube mir das«, feuerte ich zurück, »und Sie können froh sein, dass ich heute gute Laune habe!«

Dann packte ich Federico am Kragen und zerrte ihn hinaus. Etwa zehn Minuten sagte keiner ein Wort, er kämpfte mit den Tränen, ich mit dem schlechten Gewissen. Ich kann eine Hure unterhalten, mich als Heeresgeneral ausgeben, einen Mann zum Schweigen bringen, der seine Frau schlägt, ich kann einen festgewachsenen Alten aus seinem Sessel loseisen und einer Bedürftigen Zuflucht bieten. Doch den liebevollen Großvater kriege ich nicht hin, ich bin nicht in der Lage, demjenigen Liebe zu schenken, der ein Recht darauf hat.

Das dachte ich, während wir schweigend in Richtung Kanzlei liefen, das denke ich jetzt noch, während ich neben dem schlafenden Federico auf dem Sofa im Büro meiner Tochter sitze, während sie eine Berufung schreibt. Ich sehe sie an und habe das Gefühl, sie nicht wiederzuerkennen. Ich weiß nicht, woher sie diesen Groll nimmt, hinter dem sie sich verschanzt. Sie ist eine eher spröde Person mit kantiger Erscheinung. Ich würde niemals so einer Frau nachschauen, ich mag breite Kurven, die man mit niedrigtourigem Motor nimmt. Serpentinen hingegen nerven mich, weil man immer einen Gang zurückschalten muss. Meine Tochter ist wie ein Alpenpass, eine Aufeinanderfolge von Haarnadelkurven.

»Hör zu, ich geh dann mal«, sage ich, damit sie kurz von den Drohungen aufschaut, die sie in ihre Tastatur hämmert.

»Warte, ich bin gleich fertig. Wollen wir zusammen zu Mittag essen?«

Vom Regen in die Traufe. »Gut.«

Sie setzt ihre Einschüchterungen fort, ich meine Überlegungen. Ich frage mich, wie man den ganzen Tag damit verbringen kann, seinen Nächsten dafür zahlen zu lassen, was ein Dritter verbockt hat. Allerdings ist es so vielleicht besser für mich. Besser, Sveva lebt ihre Bedürfnisse im Gerichtssaal aus, als dass sie von mir Rechenschaft verlangt.

Ich sehe zu meinem Enkel. Am Ende habe ich mich entschuldigt und ihm einen Gormiti-Kämpfer gekauft, ein etwa zehn Zentimeter kleines Monster, das mir dankenswerterweise die Schau gestohlen hat. Denn Federico hat sich ganz seinem neuen Freund gewidmet und den blöden Großvater recht schnell vergessen. Soweit ich mich erinnere, habe ich mich bei Sveva oder Dante nie entschuldigt, ich fürchte, nicht einmal bei ihrer Mutter. Ich habe immer geglaubt, mit Entschuldigungen würde man nur die Position des anderen stärkeren, statt die Sache zu den Akten zu legen. Aber jetzt im Alter verrinnt mir die Zeit zwischen den Fingern, und ich habe keine Veranlassung mehr zu abstrusen Vorwürfen. Deshalb entschuldige ich mich jetzt, und weiter im Text.

»Okay, ich bin fertig. Wir können«, sagt Sveva plötzlich und bietet mir ihren Arm. Und lächelt sogar dabei. Ich stehe vorsichtig auf, um Federico nicht zu wecken. Am liebsten würde ich ihren Schmeicheleien widerstehen und die Hände in die Manteltaschen stecken, doch dann wäre sie beleidigt. Woher soll sie wissen, dass ein alter Mann, der alles tut, um sich nicht alt zu fühlen, sich noch älter fühlt, wenn er sich bei seiner Tochter einhakt. Wie auch immer, das Leid währt kurz, nämlich nur den Weg durch den Flur, an dessen Ende Sveva vor mir den Versammlungsraum betritt. Ich sehe mich erstaunt um und frage: »Wollten wir nicht zu Mittag essen?«

»Sicher«, erwidert sie mit dem gleichen Lächeln wie vor zwei Minuten, »wir essen hier.«

»Hier?«

»Hier«, lautet die trockene Antwort.

Schon kommen zwei Handlangerinnen mit DIN-A4-Blättern herein, die sie auf den Glastisch legen, dann decken sie den Tisch, als wären es Tischsets. Ich betrachte die Szene schaudernd, bis Sveva mich auffordert, Platz zu nehmen. Wenige Sekunden später kommt die heiß ersehnte Mahlzeit: grüner Salat mit Thunfisch und Mais und eine Scheibe Körnerbrot.

Die Frauen verabschieden sich in die Mittagspause. In der Kanzlei bleiben nur Sveva, ich und Federico zurück, der selig im anderen Zimmer schlummert, die Gormiti-Figur neben sich. Der Glückliche, würde ich fast sagen, lieber in Gesellschaft eines ekligen Monsters als einer völlig überdrehten Sveva. Ich glaube, mein Fehler ist, dass ich meine Tochter immer nur an ihrem Arbeitsplatz besuche, vielleicht ist sie außerhalb umgänglicher.

»Und«, beginnt sie, »was gibt's Neues?«

Ich höre gar nicht hin, ein Mittagessen auf DIN-A4-Papier fehlte mir noch in meinen fast achtzig Lebensjahren.

»Warum isst du so?«, frage ich.

»Wie denn?« Sie wirkt überrascht.

»So unkultiviert!«

»Was ist denn an einem Salat unkultiviert?«

»Nicht am Salat, sondern an einem Blatt Papier als Tischset im Konferenzraum!«

»Du wirst immer anstrengender, je älter du wirst«, mosert sie und führt die Gabel zum Mund.

Jetzt würde ich ihr gerne eine Ohrfeige geben, ihre besserwisserische Art bringt mich in Rage. »Sveva, du musst endlich damit aufhören, dein Leben zu vergeuden! Hör auf, nur an die Arbeit zu denken, geh auf Reisen, entsorg die schrecklichen Kostüme aus deinem Kleiderschrank, zieh dich jünger an und sorg dafür, dass deine Ehe wieder in Ordnung kommt!«

So, jetzt ist es raus. Sie blickt mich an, die Gabel stoppt auf halbem Weg, Salatöl tropft auf den Teller. Sie ist stinksauer, das sehe ich an ihrem Blick. Wenn sie wütend ist, werden ihre Pupillen wie ein Schlitz in der Iris, wie bei einer Katze. Und wie eine Katze fährt sie die Krallen aus, wenn sie angegriffen wird.

»Was fällt dir ein, mir in mein Leben reinzureden, in meine Arbeit und meine Ehe? Wie kommst du dazu, mir vorzuschreiben, was ich zu tun und zu lassen habe?«

Ihre schrille Stimme lässt die Glasplatte unter unseren Ellbogen erbeben. Ich habe mir mutwillig das Mittagessen versaut, ich hätte scheinheilig lächeln können, ein paar dumme Kommentare machen und verschwinden, ich hätte einfach in mein Leben zurückkehren können, auf mein Sofa, zu Marino, Rossana und den anderen Sinnlosigkeiten, mit denen ich die Leere zu füllen versuche. Stattdessen bin ich zum Angriff übergegangen, und nun muss ich das Visier runterklappen und aufs Schlachtfeld ziehen.

»Wie ich dazu komme? Bis zum Beweis des Gegenteils bin ich immer noch dein Vater!«

»Oh nein, mein Lieber, das machst du dir jetzt zu einfach, daran hättest du früher denken sollen, wenn du den Vorzeigevater spielen und Ratschläge erteilen willst!«

Wenn du weißt, dass du im Unrecht bist, hast du zwei Möglichkeiten: dich so schnell wie möglich zurückzuziehen oder weiter vorzupreschen. Ich neige zu Letzterem. Dann kann ich mich wenigstens abreagieren.

»Was hat dir denn gefehlt? Los, sag es mir! Dein Bruder hätte mehr Grund, sich über mangelnde Aufmerksamkeit zu beklagen, aber du ganz sicher nicht. Dabei wirft er mir noch nicht mal etwas vor, du bist die Einzige, die ständig jammert!«

Sie versucht, sich zu beruhigen. Sie setzt sich aufrecht hin, nimmt die Serviette und wischt sich über den Mund.

»Glaubst du wirklich, dass du ein guter Vater warst?«, fragt sie dann.

»Nein, ich war kein guter Vater. Ich habe eine Menge Fehler gemacht, aber weißt du, ich habe nicht den Eindruck, dass du bei Federico keine machst. Du bist immer in deinem verdammten Büro. Ich habe trotz meiner Fehler immerhin versucht, bei euch zu sein.«

Ihre Wut scheint ein wenig herunterzukochen, doch als sie sich Wasser einschenkt, zittern ihr die Hände.

»Pà, du hast eine Menge Dummheiten gemacht, aber ich habe keine Lust, jetzt nach vierzig Jahren in der Vergangenheit zu wühlen. Mir wäre lieber, du bleibst so, wie du immer warst. Denn was ich dir immer hoch angerechnet habe, ist genau das: Du hast uns nie gesagt, welchen Weg wir einschlagen sollen, hast uns bei keiner Entscheidung geholfen, hast uns nicht erklärt, wie das Leben läuft, aber dafür hast du auch nichts von uns verlangt. Du warst ehrlich, hast zwar nichts gegeben, aber auch nichts erwartet.«

Ich senke den Kopf. Damit hat sie recht, ich fand nie, dass meine Kinder mir etwas schuldig seien. Caterina schon. Mütter glauben oft, dass die Liebe, die sie gegeben haben, irgendwie zu ihnen zurückkommen muss. Was ja in gewisser Weise Erpressung ist.

»In letzter Zeit hast du dich verändert, du gibst zu allem Möglichen deinen Senf dazu, du kommentierst, wie wir leben, sprichst Urteile, erteilst Ratschläge.«

Das Alter lässt dich glauben, du wüsstest, wie die Welt funktioniert, nur weil du das Glück hattest, länger als die anderen auf der Welt zu sein. Obwohl ich das sagen sollte, antworte ich: »Als ich jung war, habe ich eben noch nicht gesehen, wie unglücklich ihr seid. Und es war ja auch lange nicht so schlimm wie heute.«

»Wer sagt dir denn, dass wir unglücklich sind? Woher kommt bloß diese fixe Idee?«

Ich sehe ihr in die Augen: Ihre Pupillen sind wieder rund. Umso besser, das bedeutet, sie hat die Krallen wieder eingefahren.

»Bist du glücklich, Sveva?«, frage ich also. »Kannst du aus vollem Herzen sagen, dass du mit deinem Leben zufrieden bist?«

Sie blickt auf den Teller. »Wieso, gibt es denn überhaupt jemanden, der das aus vollem Herzen sagen kann? Bist du glücklich?«

»Ja, ich bin glücklich, wie ein alter Mann glücklich sein kann, der beschlossen hat, dem Leben alles abzuringen, solange er noch kann.«

»Vielleicht ist das in deinem Alter leichter.«

Ja, das stimmt, erst wenn man die Alternativlosigkeit sieht, wirft man sich die Piste hinab. Ohne Rücksicht darauf, wie man unten ankommt.

»Ich habe dich neulich Abend gesehen«, sage ich dann leise.

Ich weiß, dass ich mal wieder einen Fehler mache, wie schon so oft in meinem Leben: Ich lasse meinen Instinkt entscheiden. So war es immer, in schwierigen Situationen schubst er mich beiseite und übernimmt das Kommando. Und ich lasse ihn machen, es ist viel bequemer, die Szene schön von außen zu beobachten.

»Wo?«

»Mit diesem Mann, als ihr aus der Kanzlei kamt.«

Sie wird rot, packt ihr Glas und kippt das Wasser in sich hinein. Sie überlegt, was sie antworten soll.

»Ja und, wo ist das Problem?«

»Das Problem ist, dass du mir gesagt hast, du wärst zu Hause.«

Sie starrt mich schweigend an. Doch ich sehe, dass sie nur zu gern etwas erwidern würde, um mich zum Schweigen zu bringen, stattdessen aber mit dem Gefühl der

Machtlosigkeit leben muss, weil sie dem nichts entgegnen kann. Ihr Beruf hat sie so geformt, ich habe ihr nicht beigebracht, immer eine Antwort parat zu haben. Ich weiß, dass es häufig keine gute Antwort gibt und man dann besser schweigt.

»Es ist nicht so sehr, dass du mich belogen hast, aber ich hätte nicht gedacht, dass du es mit so einem alten Kerl tun würdest. Wenn du mit einem strahlenden, hübschen jungen Burschen aus dem Haustor gekommen wärst, hätte ich mich umgedreht, vielleicht hätte ich dich bei Bedarf sogar gedeckt. Aber so nicht, ich muss wissen, was du an diesem verstaubten Exemplar findest.«

Endlich kratzt eine Träne an ihrer Schale. Tut mir leid, mein Schatz, aber um eine Schlacht zu gewinnen, muss man gemein sein. Und darin bin ich, wie du weißt, Experte.

»Was willst du von mir? Warum machst du mir immer wieder mein Leben kaputt? Immer wieder und wieder und wieder!«, schreit sie. Dann steht sie auf, wirft das Glas an die Wand und flieht aus dem Zimmer.

Ich bin allein und schaue mich um. Ich mag Konferenzräume nicht. Steril, perfekt, erstarrt. Genau wie Konferenzen. Vielleicht habe ich es übertrieben, ich sollte zu ihr gehen und mich entschuldigen. Sie umarmen. Wann habe ich das zuletzt getan? Ich möchte zu dem Moment zurückgehen, als ich sie losgelassen habe, nach der letzten Umarmung. Ich könnte diesen Schwachkopf von Vater darauf aufmerksam machen, dass Sveva groß werden wird und er selbst alt und randvoll mit Gewissensbissen. Zum Glück kommt sie nach einer Weile in den Raum zurück und setzt sich wieder. Äußerlich ist sie ruhig, doch die roten Augen verraten, dass sie Tränen vergossen hat, irgendwo allein, vielleicht in einer Toilette, die ebenso steril ist wie dieser Ort hier. Dieser Ort, an dem ein Vater und eine Tochter beschlossen haben, zum ersten Mal wirklich miteinander zu reden.

»Du willst wissen, was ich an dem verstaubten Exemplar finde?«

Ich nicke. Meine Zunge fühlt sich belegt an.

»Also gut, lieber Papà, bei diesem alten Kerl, der im Übrigen auch einen Namen hat und Enrico heißt, finde ich all das, was ich immer gesucht habe. Das, was weder du noch Diego mir geben konntet!«

Das also ist es, ich hab's gewusst. Ich habe es selbst heraufbeschworen, habe es ihr sozusagen auf dem Silbertablett serviert. Ich beschließe, ihr nicht ins Wort zu fallen, der Weg zur Seligkeit ist voller Dornen.

»Bei ihm finde ich Zuneigung, Leidenschaft, Verständnis, Geborgenheit, Kraft, Sicherheit. Seit er in meinem Leben ist, fühle ich mich stärker und kann allem und jedem besser entgegentreten. Und ich weiß, wenn ich falle, ist er da und fängt mich auf.«

»Fertig?«, frage ich.

Sie sieht mich nicht an, aber ich weiß, dass sie mich innerlich schon wieder verflucht. Keine Antwort. Ich bin dran.

»Meinetwegen, das mit der Geborgenheit mag noch angehen. Ich gebe zu, dass ich nicht zu den Vätern gehöre, die immer parat standen, die Probleme ihrer Kinder zu lösen, wenngleich ich mir die wenigen Male, die ich es versucht habe, Vorwürfe aller Art anhören musste. Das mit der Leidenschaft glaube ich dir auch gern, ich weiß aus eigener Erfahrung, dass ein alter Kerl in dieser Hinsicht noch viel geben kann. Und Kraft gibt er dir sicher auch. Ja, ich war tatsächlich nie ein besonders starker Mann, oder zumindest sehe ich mich nicht so. Aber Zuneigung, Verständnis und Sicherheit, nein, das kann ich dir nicht durchgehen lassen!«

»Wie kannst du selbst jetzt noch so schlaumeierisch tun?«

»Das ist so meine Art«, lächle ich sie an. Im Gegensatz zu Umarmungen verschenke ich Lächeln ohne zu zögern. Sveva bekommt oft eins, aber ich bekomme fast nie eins zurück. Da könnte ich ja auch mal jammern, aber vielleicht nicht gerade jetzt.

»Schön, dann bleib einfach immer der gleiche Idiot. Ein alter Mann von fast achtzig Jahren, der immer noch den kleinen Jungen spielt. Du bist sentimental!«

»Was für ein großes Wort!«

»Du fühlst dich wohl unantastbar, was?«, fragt sie. »An dir prallt doch alles ab, was ich sage!«

Hätte ich vorhin, als ich vom Sofa aufgestanden bin, Federico geweckt, befände ich mich jetzt nicht in dieser Lage, er würde es zu verhindern wissen, dass wir uns gegenseitig unsere Misserfolge vorwerfen. Wie gern wäre ich jetzt das Kind, das im Nachbarzimmer schläft. Und am allerliebsten wäre ich, wenn ich die Wahl hätte, einer der Gormiti, ein Monster, das keine andere Aufgabe im Leben hat, als permanent zu spielen.

»Nein, ich denke nur, dass du gerne in die Opferrolle schlüpfst. Ich habe meine Fehler gemacht, dein Mann wird seine Fehler gemacht haben, auch wenn ich mir, wie ich ihn kenne, nicht vorstellen kann, was er Schlimmes angestellt haben soll, aber du kannst nicht sagen, dass du weder Zuneigung noch Verständnis bekommen hast. Die Zuneigung hattest du, da musst du nur ein bisschen in deinem Hass kramen, um dich daran zu erinnern. Und Verständnis … tja, du wirst es nicht glauben, aber das hast du sogar jetzt.«

Sie putzt sich die Nase, die Diskussion nimmt sie sehr mit. Kinder kostet es übermenschliche Anstrengung, ihren Eltern eine Wahrheit zu offenbaren, ohne zu ahnen, dass diese längst alles wissen. Und nur so tun, als sähen sie nichts.

»Du bildest dir ein, uns in- und auswendig zu kennen, mich, Dante und sogar Mamma!«, ruft sie nach einer Weile aus. In der Hand zerknautscht sie das wut- und frustgetränkte Taschentuch.

Der Salat auf den Tellern wird langsam schlapp, und bald werden sicher unsere zwei Kellnerinnen wieder auftauchen.

»Ich versuche mein Bestes.«

»Dabei weißt du einen Dreck über uns, hast noch nie etwas gewusst, kapierst du das endlich? Du weißt nichts über mich, nichts über Dante, der mir und Mamma schon vor zehn Jahren gesagt hat, dass er homosexuell ist, und von ihr wusstest du auch einen Scheißdreck!«

Meine Lippen kleben zusammen, und ich spüre mein Herz schneller schlagen. Caterina wusste, dass unser Sohn schwul ist, und hat es mir nie anvertraut, nicht mal auf dem Sterbebett. Ich hätte das getan, und sei es beim letzten Atemzug. Ich betrachte meinen Arm und die vielen kleinen Erhebungen auf meiner Haut. Keine Ahnung, warum, aber mein Gefühl sagt mir, dass etwas Wichtiges bevorsteht.

»Was hätte ich denn von deiner Mutter wissen müssen?«, frage ich mit dünner Stimme und balle die Hände zu Fäusten.

»Vergiss es ...«, sagt sie und steht auf, um abzuräumen.

Ohne nachzudenken, packe ich ihr Handgelenk und sehe ihr direkt in die Augen. Sie setzt sich wieder, das Gesicht über den Teller gesenkt. »Mamma hatte einen anderen. Sie war fünf Jahre mit ihm zusammen«, erklärt sie schließlich mit frostiger Stimme.

Wenn du eins auf die Nase bekommst, fährst du dir sofort mit den Händen ans Gesicht. Eine instinktive Geste, der Körper will prüfen, ob alles in Ordnung ist, ob der Kiefer Schaden genommen hat, ob ein Zahn fehlt. Und so fasse ich mir als erste Reaktion auf Svevas Worte ins Gesicht, reibe mir den Unterkiefer, als hätte mir tatsächlich jemand eine Ohrfeige gegeben. Das Gefühl ist dasselbe, ich bin wie betäubt, und wenn eine Flasche Wein auf dieser zweihundert Kilogramm schweren Glasplatte stünde, würde ich sie mir direkt an die Lippen setzen.

Angesichts meines Schweigens fragt Sveva: »Du sagst gar nichts?«

Mein Mund ist wie ausgetrocknet.

»Hast du gehört, was ich gesagt habe?«

»Wusstest du es von Anfang an?«, presse ich schließlich mit rauer Stimme hervor.

»Ja.«

»Und hast mir nie etwas erzählt ...«

»Tja, was das betrifft, ich habe auch Mamma nichts von deinen Seitensprüngen erzählt!«

»Genau, sehr gut, Seitensprünge. Hier sprechen wir von einer Affäre von fünf Jahren!«

»Sie hatte nicht den Mut, dich zu verlassen. Sie mochte dich ...«

»Verdammt noch mal!«, schreie ich und springe auf.

Zum ersten Mal im Leben nehme ich meiner Familie etwas abgrundtief übel. Caterina, die mich mehr betrogen hat als ich sie, aber vor allem Sveva. Und Dante.

»Weiß Dante es auch?«

»Mamma hat es ihm nie gesagt, aber ich glaube, irgendwann hat er es von selbst begriffen.«

»Wie lange ist das her?«

»Sie hat ihn verlassen, kurz bevor sie krank geworden ist. Eines Abends hat sie mir gesagt, sie hätte sich entschieden, ihren Lebensabend mit dir zu verbringen.«

»Na toll! Die besten Jahre für den Geliebten, und für mich das Alter!«

»Wage es nicht, schlecht über sie zu reden, sie hat zumindest versucht, dich ein Leben lang zu lieben! Was hätte sie denn tun sollen? Ihre Zeit mit einem Mann verbringen, der sie nicht einmal mehr anschaut? Außerdem hatte sie im Unterschied zu dir nicht mehr viel Zeit vor sich. Wenn du wütend auf sie sein willst, dann nicht in meinem Beisein!«

Mir fällt nichts mehr ein, ich bin verwirrt und habe das Gefühl, keine Luft mehr zu bekommen. Ich gehe in Richtung Ausgang. Auf dem Flur kommt mir mein Enkel entgegen, der vielleicht von unserem Wutanfall aufgewacht ist, in der Hand den berühmten Plastikkrieger, den ich so beneide. Er sieht mich mit schlaftrunkenem Gesicht an und will auf den Arm genommen werden. Ich packe ihn und gebe ihm einen Kuss. In diesem Moment scheint er mir das einzige Familienmitglied zu sein, das nicht ohne

Falsch ist. Als ich mich umdrehe, sitzt Sveva noch auf ihrem Stuhl.

»Wo ist er jetzt?«, frage ich hart.

»Er ist letztes Jahr gestorben.«

Ich fühle mein Blut durch die Schläfen pulsieren und die Hitze in meine Wangen steigen. Ich verabschiede mich von Federico, mache die Tür auf und rufe den Fahrstuhl. Sveva kommt mit ihrem Sohn auf dem Arm und glänzenden Augen nach und stellt sich in den Türrahmen. Während ich auf den rettenden Lift warte, lege ich mir intuitiv die Hände an den Hals und versuche verzweifelt, ein bisschen Luft zu bekommen. Ich muss weg hier, ich muss durchatmen, laufen, nachdenken, verzeihen.

»Warum habe ich nichts davon mitbekommen?«

»Papà, du hast sie doch gar nicht mehr gesehen. Wir waren doch Luft für dich ...«

Einen endlosen Moment lang schauen wir uns an, dann, bevor ihre Tränen zu meinen werden, schlüpfe ich in den Aufzug und drücke den Knopf. Als ich auf der Straße stehe, habe ich eins verstanden: Wenn du Fehler säst, kannst du keine großartige Ernte erwarten.

# DIE ZWEITE DER DREI UNERREICHBAREN FRAUEN

Wir leben in dem Glauben, dass wir niemals sterben und hinter jeder Ecke etwas Neues auf uns wartet, das alles verändert. Es ist eine Art Selbstbetrug, dem wir unterliegen, um einen Misserfolg, eine verpasste Chance oder einen abgefahrenen Zug nicht zu schwerzunehmen. Ich zum Beispiel habe vierzig Jahre darauf gewartet, erneut mit Daria zusammenzukommen, meiner großen Jugendliebe, für die ich eines Abends nach einer politischen Diskussion entflammte. Wir waren ein Kreis von Freunden, die sich in einem dunklen Kellerloch trafen in dem verstiegenen Wunsch, die Welt zu verändern. Das Treffen veränderte die Welt kein Stück, aber unser beider Leben schon. Damals war ich ein junger Mann voller Ideen und mit ausgeprägtem Selbstbewusstsein (das ich übrigens mit zunehmendem Alter nicht eingebüßt habe), womit ich Daria erobern konnte, eine Frau mit Köpfchen und leicht versnobtem Familienhintergrund. Sie war mir kulturell überlegen und eleganter als ich, doch ihr fehlte etwas Grundlegendes, das ich besaß: Selbstsicherheit. Sie schrieb Erzählungen und beendete gerade einen Roman, in dem es um ein paar Jugendliche ging, die darum kämpften, Italien zu einem besseren Ort zu machen. Eine Art Autobiografie. Das war weder besonders originell, noch war es toll geschrieben, trotzdem ermutigte ich sie, an sich zu glauben und den Roman baldmöglichst zu beenden.

Es heißt, nur wahre Liebe habe die Kraft, den Lebensweg eines Menschen zu verändern. Meiner erfuhr nach der Begegnung mit Daria ganz bemerkenswerte Veränderungen. Sie war es, die mich dazu brachte, den Job in der Kanzlei Volpe anzunehmen, wo ich später Caterina begegnen sollte. Ihr habe ich alles zu verdanken, was danach geschah. Oder vorzuwerfen, je nachdem. Jedenfalls gab Daria mir von ihrem gesunden Menschenverstand ab, während ich meinen unermüdlichen Optimismus und Enthusiasmus einbrachte, zwei Eigenschaften, die ich anders als mein Selbstbewusstsein im weiteren Lauf meines Lebens eingebüßt habe. Von diesen gemeinsamen Monaten bleiben mir ihr tiefes, ansteckendes Lachen in Erinnerung, die kalten, kleinen Finger, die man so leicht umfassen konnte, ihr leichter Mandarinenduft, der abends in meinen Kleidern hing. Wir waren glücklich, obwohl wir uns nie geküsst haben, wer weiß, warum. Vielleicht weil wir dachten, es jederzeit tun zu können, oder weil wir die süße Erwartung immer weiter auskosten wollten. Letztlich genossen wir die beste Zeit einer Liebesbeziehung, wenn jede kleinste Berührung noch ein Herzklopfen auslöst.

Innerhalb kurzer Zeit schrieb Daria den Roman zu Ende und machte sich auf die Suche nach einem Verleger. Ich erinnere mich noch, wie sie mir nach den ersten Absagen anvertraute, aufgeben zu wollen, und wie ich tagelang auf sie einredete, ihren Weg weiterzugehen und sich nicht unterkriegen zu lassen. Heute mag man darüber lachen, doch ich wiederholte ihr lediglich das, was ich mir jeden Abend im Bett selbst vorbetete, nämlich nicht aufzuhören, sich nach einem anderen Leben zu sehnen, weiter den eigenen Träumen zu folgen, nicht an der ersten Haltestelle auszusteigen, auch wenn es bequem erscheinen mochte. Der Unterschied zwischen ihr und mir bestand leider darin, dass nur Daria an meine Worte glaubte und es ernsthaft versuchte.

Innerhalb weniger Monate hatte sie einen Verleger gefunden, der ihren Roman veröffentlichen wollte. Die Ironie des Schicksals wollte es, dass wir uns schon voneinander entfernt hatten, als das Werk erschien. Ich weiß noch, dass ich das Buch kaufte und in einer Nacht verschlang. Am Morgen war ich davon überzeugt, dass es nichts taugte. Genauso wenig wie unsere Geschichte. Die folgendermaßen zu Ende ging: Eines Abends blieb sie auf ein Bier bei ihrem Ex. Obwohl ich immer noch nur ein Freund war, konnte ich meine Enttäuschung nicht verbergen, und dies zu einer Zeit, da es als rückständig, wenn nicht gar faschistisch galt, sich eifersüchtig und besitzergreifend zu verhalten. Ich war leider äußerst rückständig und ging auf Distanz zu Daria. Ich hoffte, dass sie mir nachkommen würde. Was sie bedauerlicherweise nicht tat, sodass ich zwei Wochen später mit einer Frau zusammen war, an deren Namen ich mich nicht einmal mehr erinnern kann, nur dass sie Kette rauchte und Comics zeichnete. Daria litt unter meiner plötzlichen und unerklärlichen Distanz und konnte sie mir nicht verzeihen, auch nicht, als ich die Kettenraucherin mit den gelben Fingern verließ und es mir anders überlegte. An diesem Punkt verbot es mir ein anderes altmodisches Gefühl, nämlich die Ehre, zu insistieren. Ich sagte ihr Lebewohl, kehrte zu meinem Leben zurück und umwarb weiterhin unverdrossen Caterina, obwohl ich nachts nicht schlafen konnte, weil ich an Daria dachte. In den Monaten danach kreuzten sich unsere Wege mehrfach, doch keiner von uns hatte den Mut für den entscheidenden Schritt, bis sie sich eines Tages mit dem Mann verlobte, den sie später heiraten sollte.

Tja, wenn ich damals geahnt hätte, dass dieser Typ mit der Elvis-Tolle der letzte Mann ihres Lebens werden würde, hätte ich meine altmodischen Gefühle beiseitegeschoben und alles getan, um sie an mich zu binden. Stattdessen dachte ich insgeheim, dass wir zwei irgendwann zusammenkommen würden. Das glaubte ich vierzig Jahre lang. Nicht einmal unsere beiden Hochzeiten, nicht meine und nicht ihre Kinder konnten mir diese Grundüberzeugung nehmen: Unsere Körper würden sich vereinigen, und sei es nur für eine Nacht.

Immer wenn ich sie im Park traf, in der Metro, im Kino, in einem Café, bei einer ihrer Lesungen, nach drei Monaten oder zwei Jahren, begrüßte ich sie voller Zuneigung und dachte beim Abschied, dass sie eines Tages mein sein würde. Sicher, ich würde lügen zu behaupten, dass ich immer noch in sie verliebt war. Die Liebe verblasst mit der Zeit wie die Farben eines Fotos, doch die Konturen bleiben erhalten und erinnern dich an das, was war. Vierzig Jahre lang habe ich nicht Daria geliebt, sondern die Vorstellung, sie wieder lieben zu können. Sie verschaffte mir die schöne Illusion, es gebe immer eine Chance, dass das Ersehnte irgendwann eintritt, wenn man nur lange genug warten kann.

Vor sieben Jahren erschien ihr letztes Buch. Ich wusste

nichts davon, als ich sie zufällig in der Apotheke traf. Caterina war schon krank, und ich hatte jahrelang nicht an Daria gedacht. Sie deutete an, in ihrem Roman würde etwas stehen, das mich betreffe. Am nächsten Tag ging ich in die Buchhandlung und kaufte es. Auf Seite zwei fand ich die Widmung: *»Für Cesare, meine unerreichbare Liebe, für seinen Mut und seine Leidenschaft fürs Leben. In Dankbarkeit.«*

Ich musste mich auf die Toilette des Ladens flüchten, um meine Tränen zu verbergen. Ich verbrachte die Nacht in den Roman vertieft, in die Geschichte zweier Verliebter, die sich ein Leben lang aus der Ferne betrachten. Am Ende legte ich das Buch in die Schreibtischschublade und starrte zwei Stunden auf den dunklen Fernsehbildschirm. Ich brauchte Tage, um meinen Alltag wiederaufzunehmen, der aus Caterinas Krankheit und meinen letzten Arbeitstagen bestand. Auf diesen Seiten hatte ich einen anderen Cesare kennengelernt, quasi einen Unbekannten. Dank Daria hatte ich mich aus einer neuen Perspektive gesehen, aus ihrer. Auch das vermögen Bücher.

Ich musste sie unbedingt treffen. Ich nahm mir vor, ihr zu schreiben oder ihre Telefonnummer herauszufinden und sie anzurufen, sie zum Abendessen einzuladen, ihr Blumen zu schicken. Doch wieder tappte ich in dieselbe Falle, nämlich zu glauben, ich hätte alle Zeit der Welt. Nicht einmal ihre große Liebeserklärung versetzte mir den nötigen Stoß, das zu tun, was zu tun war. Selbst nach vierzig Jahren hatte ich es noch nicht begriffen. Als ich endlich handelte, war es zu spät.

Von einem gemeinsamen Freund bekam ich schließlich ihre Nummer und trug den Zettel mit der anonymen Zahlenreihe einen Monat lang mit mir herum. Ich fand nicht den nötigen Mut. Bis ich eines Morgens die Zeitung aufschlug und las, dass sie an einem Schlaganfall gestorben war.

Du lebst dein Leben in dem Glauben, dass eines Tages das geschieht, worauf du hoffst, um dann festzustellen, dass die Realität viel weniger romantisch ist, als du dachtest. Es stimmt, manchmal klopfen die Träume an deine Tür, aber nur wenn du dir die Mühe gemacht hast, sie einzuladen. Sonst kannst du sicher sein, dass du den Abend allein verbringst.

# EINE KAMMER VOLL ERINNERUNGEN

Seit einer Minute klingelt das Telefon. Ich liege auf dem Sofa und habe keine Lust aufzustehen und abzuheben. Wenn Caterina noch da wäre, würde sie jetzt rangehen, nachdem sie geseufzt und über mein schlitzohriges Lächeln geschimpft hätte. Aber sie ist nicht hier, ich bin allein, wirklich allein, vielleicht zum ersten Mal in meinem Leben. Ich will ehrlich sein: Ich hatte mir eingebildet, besser mit den Tiefschlägen des Lebens zurechtzukommen. Im Alter begreift man, dass es nur wenige Sachen gibt, für die es sich aufzuregen lohnt. Verrat und Missachtung seitens deiner Familie zählen mit Fug und Recht dazu.

Seit zwei Tagen hüte ich das Haus, ein absoluter Rekord für mich. Ich möchte raus, ich bekomme allmählich keine Luft mehr. Keine Ahnung, wie Marino das schafft, die Tage aus der Perspektive seines Wohnzimmers an sich vorüberziehen zu lassen. Und doch hält mich etwas zurück, ein feines Stimmchen, das mich seit der netten Plauderei mit meiner Tochter ständig begleitet und mir wie in einer Schleife Svevas letzten, heiklen Satz wiederholt: »Wir waren doch Luft für dich.«

Ich hätte nicht davonlaufen, sondern den Tag mit ihr verbringen sollen, in diesem verfluchten Konferenzraum, wenn nötig auch noch die Nacht, und sei es auf dem

Teppich mit DIN-A4-Blättern als Bettdecke. Ich hätte mir alles genau erklären lassen sollen, jedes kleinste Detail von Caterinas Affäre und ihrem geheimen Leben. Dieses eine Mal hätte ich Sveva bis zum Ende anhören können. Doch mit siebenundsiebzig Jahren ändert man sich nicht mehr, und wenn ich das je ernsthaft gewollt hätte, hätte ich sicher nicht bis zum uninteressantesten Abschnitt meines Lebens gewartet.

Als ich die Kanzlei meiner Tochter verließ, war ich rasend vor Zorn, fühlte mich gedemütigt und hintergangen. Ich versuchte, meine Tage um diese Wut herumzubauen – das Leben nach dem Schlag ins Gesicht. Doch irgendwann hat mir die Wut dann den Rücken gekehrt und wollte ihre Zeit nicht mehr mit einem alten Sack verbringen, der sich zwischen Sofa und Küche hin- und herschleppt; beim ersten Fensteröffnen hat sie sich davongemacht. Ich blieb allein zurück, und nicht einmal das heuchlerische Katzentier leistete mir noch Gesellschaft.

Man glaubt, niemanden zu brauchen, bis man merkt, dass man niemanden mehr hat. Und wenn es so weit ist, ist ganz schön was los. Ich habe meine Kinder, doch es ist, als hätte ich sie nicht. Und das ist weder ihre Schuld noch die von Caterina. Eifersüchtig wegen eines Menschen zu sein, der nicht mehr da ist, ist etwas für Dummköpfe. Trotzdem bin ich es. Seltsam, plötzlich interessiert mich meine Frau, obwohl sie tot ist, mehr, als sie es zu Lebzeiten tat.

Ich erinnere mich, wie sie mich einmal abends im Bett fragte: »Was würdest du tun, wenn ich dich morgen verließe?« Ich war zu sehr in mein Buch vertieft, um eine Diskussion über unsere seit jeher kriselnde Beziehung zu beginnen, deshalb erwiderte ich: »Ohne Ohrstöpsel schlafen.« Sie schnarchte nämlich, und das nicht zu knapp. Als junger Mensch glaubt man, schnarchen würden nur die Großeltern und die eigene Frau werde ewig wie ein Engel zwischen duftenden Rosenblüten schlummern. Dann merkst du, dass auch sie ab einem gewissen Alter zu grunzen beginnt, und genau da kapierst du, dass die Jugend für immer vorbei ist. Jedenfalls drehte sie sich zur anderen Seite und löschte das Licht. Das war das einzige Mal, dass wir über unsere Krise sprachen. Besser gesagt, dass sie darüber sprach. Besser gesagt, es versuchte.

Ich stehe auf und gehe zu meiner Besenkammer, einem ein Quadratmeter großen Raum, voll mit Sachen, die niemand mehr braucht. Solche Kabuffs sind unwirtliche Orte, überschattet von einer eigenartigen Melancholie. Denn die aussortierten Sachen sind nichts anderes als aussortierte Erinnerungen, die man zwar aufbewahren, aber nicht ständig um sich haben will. Und wenn du dann an einem x-beliebigen Nachmittag die Tür zur Besenkammer aufmachst, scheinen die ganzen Erinnerungen über dir zusammenzubrechen, einen solchen Schmerz verspürst du.

Ich schaue in einen Karton und wühle in alten Fotos: Reisen, Hochzeiten, Examensfeiern, Geburtstagsfeste, Abendessen, Silvester und Weihnachten. Wenn doch auch mal das Bild eines ganz normalen Tages darunter wäre. Nichts. Meine Erinnerung sieht anders aus – da gibt es einzig aufstehen, rasieren, anziehen, frühstücken, dann Sveva zur Schule bringen und nach einem Arbeitstag nach Hause kommen, meiner Frau einen Kuss geben, zu Abend essen, meine Kinder ins Bett bringen und mit Caterina im Sofa versinken. Von den zahlreichen Festen ist mir nichts geblieben außer vergilbten Fotos. Auf einem sieht man eine lachende Sveva, mit einer Zahnlücke im Kindermund. Ich muss lächeln, und in der Stille der Wohnung scheint plötzlich ihr Gelächter nachzuhallen wie das Rascheln der Fotos zwischen meinen Fingern.

Caterina war wirklich schön, und immer fröhlich. Doch im Laufe der Jahre verschwindet das Lächeln aus den Bildern. Ihr Blick wird zuerst ernst, dann traurig, schließlich resigniert. Caterina wäre nicht gut gealtert, schätze ich. Wenn das Erwachsenenalter ihr das Lächeln geraubt hat, hätte das Greisenalter ihr das Leuchten aus den Augen genommen. Bei mir hingegen scheint die unaufhaltsam voranschreitende Zeit keine Furchen zu hinterlassen. Ich habe eben eine harte Schale, meine Frau hingegen war weich und aufnahmefähig, ein bisschen wie Marinos Sessel, der seinen Abdruck konserviert. Caterina sog die Tiefschläge des Lebens in sich auf und ließ sich davon formen.

Ich lege mir eine zitternde Hand ans Gesicht, während ich versuche, an einer verblichenen Fotografie von vor vielen Jahren abzulesen, was ich damals nicht sah: ob sie mit ihrem geheimen Leben zufrieden war, verliebt und naiv wie ein kleines Mädchen. Ob sie dachte, dass er besser sei als ich. Doch das Foto offenbart mir all das nicht, also lasse ich es fallen und blicke mich um. Aus einer Schachtel lugen lange blonde Haare. Ich packe sie und ziehe eine Barbie hervor, Svevas Lieblingspuppe. Und tatsächlich liegt sie hier in meiner Abstellkammer, nicht in ihrer. Wenn die Kinder älter werden, wachsen ihre geliebten Spielzeuge den Eltern ans Herz. Von Dante finde ich nichts, vielleicht weil ich nicht weiß, womit er am liebsten spielte. Ich weiß nichts über meinen Sohn, nur dass er auf Männer steht. Und trotzdem hat er mir nie Vorhaltungen gemacht.

»Du warst eine tolle Schauspielerin«, höre ich mich sagen. »Wenn du nicht glücklich warst mit mir, hättest du es nur sagen müssen!«

Klar, ich hab ja eh nie zugehört.

»Ich weiß, aber du hättest mich dazu zwingen müssen, mich am Arm packen, mir auf die Wange schlagen, den Teller Suppe auf den Boden werfen! Du hättest mich zwingen müssen zuzuhören!«

Keine Antwort. Aber wenn die Gegenstände reden könnten, würden sie mich vielleicht einen Lügner nennen.

»Warum zum Teufel hast du mir nie eine gescheuert?«, schreie ich die Kammer an. »Warum hast du mich nicht gekratzt, beschimpft? Warum?«

Tränen laufen mir über die Wangen und in den Mund, doch das Salz auf der Zunge kann dem Moment die Bitterkeit nicht nehmen.

»Das ist nicht fair«, fahre ich fort, »du hast mir nicht mal gegönnt, dir meine Wut ins Gesicht zu schreien! Du hättest es mir sagen müssen, selbst in der letzten Sekunde, du hättest es sagen müssen!«

Nein, du musstest überhaupt nichts für mich tun. Ich habe dir auch nie irgendetwas gesagt.

»Du hättest mir die Stirn bieten können, stattdessen hast du dich damit abgefunden, mir aus dem Weg zu gehen«, flüstere ich, »und das Gleiche hast du unseren Kindern beigebracht.«

Wieder klingelt das Telefon. Ich wische mir die Nase ab und nehme den Hörer ab. Es ist Dante. Ich habe keine

Lust zu reden, dennoch bemühe ich mich um eine feste Stimme, um meine Gefühle zu überspielen.

»Hallo?«

»Papà, was ist los mit dir?«

»Was soll los sein?«

»Seit zwei Stunden versuche ich, dich anzurufen, ich dachte schon, dir wäre was passiert.«

Mein Sohn hat eine Neigung zum Dramatisieren.

»Ach was, ich habe nur ein bisschen die Besenkammer aufgeräumt.«

»Also wenn du weiter allein leben willst, musst du das Telefon mit dir herumtragen, sonst kriegen wir wegen dir noch einen Herzkasper.«

»Mach dir keine Sorgen, ich glaube nicht, dass Sveva sich darüber den Kopf zerbricht.«

»Wieso sagst du das?«

Seine Stimme ist so schrill, dass ich den Hörer vom Ohr weghalten muss. Auch am Telefon scheint er mit einem dieser Friseure zu sprechen, die sich am liebsten selbst auf den Kundensessel niederlassen würden.

»Wir hatten eine kleine Auseinandersetzung.«

»Schon wieder? Wollt ihr nicht mal mit der Streiterei aufhören? Immer geratet ihr aneinander und seid trotzdem dauernd zusammen.«

»Ja, aber diesmal hatte das Wortgefecht weitergehende Folgen.«

»Ach komm. Übrigens rufe ich an, weil ich dich für Samstag zum Abendessen einladen wollte, ich möchte dir jemand ganz Besonderen vorstellen. Vielleicht sage ich auch Sveva Bescheid, dann könnt ihr Frieden schließen und aufhören, euch wie Kinder aufzuführen.«

»Eine wichtige Person?«

»Ja, aber frag jetzt nicht weiter. Ich erklär es dir dann.«

Mist, jetzt will Dante sich also endlich outen. Vielleicht will er mir seinen Freund vorstellen? Ich weiß nicht, ob ich mir wünschen soll, dass es der Maler ist oder jemand anderes. Auf jeden Fall habe ich immer gehofft, dass er die Kraft findet, mir die Wahrheit zu sagen, und nun, wo er es tun will, stelle ich fest, dass ich noch nicht so weit bin.

»Bist du erkältet?«, fragt er.

»Nein, warum?«

»Deine Stimme klingt so komisch.«

»Vielleicht eine Störung in der Leitung ...«

»Gut. Dann bis Samstag.« Ich lege auf, kehre in die Kammer zurück und hebe das Foto vom Boden auf, um es wieder in die Schachtel zu legen. Gerade als ich die Barbie nehme, klingelt es an der Tür. Zwei Tage lang sehe ich keine Menschenseele, und plötzlich scheinen sich alle gleichzeitig an mich zu erinnern. Ich mache auf und erblicke Emma, die mir lächelnd eine Tragetasche entgegenhält.

»Hallo, Cesare«, beginnt sie, »ich habe gerade ein Grillhähnchen gekauft mit Kartoffeln und einer Flasche Wein. Darf ich reinkommen?«

Wenn sie keinen Wein dabei hätte, würde ich mir vielleicht eine Ausrede einfallen lassen, denn vermutlich ist dies nicht der ideale Abend, jemanden zu unterstützen, der noch mehr Probleme hat als ich. Doch ich merke, dass ich hungrig bin, und auch der Bratenduft überzeugt mich, meine Nachbarin willkommen zu heißen. Ich trete zur Seite und bitte sie herein. Das lässt sie sich nicht zweimal sagen. Sie geht durch den Flur, eine angenehme Essensduftwolke hinter sich herziehend. Dieser folge ich bis in die Küche, wo Emma schon das Hähnchen auspackt. »Was ist das denn für eine Gruft hier?«, fragt sie, ohne mich anzusehen. »Warum machst du kein Licht?«

Sie scheint guter Dinge zu sein. Neulich habe ich sie in gute Laune versetzt, dieses Mal könnte es umgekehrt laufen. Gerade habe ich meinen Auftrag erledigt, da kommt sie schon mit der nächsten Frage: »Was machst du mit der Barbie?« Ich blicke auf meine Hand und sehe die Puppe, die ich ganz vergessen hatte.

»Das war die Lieblingspuppe meiner Tochter«, erwidere ich und lege das Spielzeug auf den Küchenschrank neben mir.

»Die hast du aufgehoben? Das ist aber schön von dir.«

Ich sollte die Wahrheit sagen, dass Caterina die Puppe beiseitegelegt hat. Ich bin nicht der Typ, der sein Herz an Dinge hängt, wo mir das schon mit Menschen schwerfällt. Ich verhalte mich still, ein bisschen weil ich die Gelegenheit nutzen und endlich mal als fürsorglicher Vater dastehen möchte, ein bisschen weil beim Anblick der Mini-Bohnenstange mit Platinhaaren so etwas wie warme Gefühle in mir aufsteigen.

»Was ist los, hast du geweint?«, unterbricht Emma meine Gedankengänge. Diesem guten Mädchen bleibt aber auch nichts verborgen, in gewisser Hinsicht ist sie schlimmer als Sveva. Sie sollte Anwältin werden, ich könnte bei meiner Tochter ein gutes Wort für sie einlegen.

»Aber nein, wieso sollte ich. Ich bin erkältet.«

Sie sieht mich kurz an und lächelt dann breit und ansteckend, sodass ich mich umdrehen und zwei Gläser aus dem Schrank holen muss, um mich nicht zu verraten.

»Ich habe mich noch gar nicht für die Tischdecke bedankt«, sage ich dann, »das war nett von dir.«

»Nichts zu danken«, gibt sie zurück, »ich habe zu danken.«

Ich drehe mich um und sehe in ihre tiefen Augen.

»Ich weiß, dass es neulich im Krankenhaus nicht leicht für dich war. Aber ich danke dir, dass du meine Entscheidung respektiert hast.«

Für mich ist es befremdlich zu hören, wie jemand mir seine Dankbarkeit ausdrückt. Ich bin das nicht gewohnt. Wenn dir ständig gesagt wird, was für ein großer Nichtsnutz du bist, glaubst du am Ende selbst, dass du nichts anderes sein kannst als ein großer Nichtsnutz.

»Der Wangenknochen ist ja abgeschwollen!«, rufe ich erfreut.

»Ja, zum Glück.«

»Und wie geht's dem Arm?«

»Besser«, antwortet sie und hebt ihn hoch, um mir den Verband zu zeigen, »ich kann ihn schon wieder bewegen.«

Emma kommt mir heute noch schöner vor, vielleicht weil ihre Miene so fröhlich ist, wie ich es noch nicht gesehen habe an ihr. Nur bei wenigen Menschen dürfen wir auf dem Gesicht Freude, Verzweiflung, Wut, Leid, Genuss oder Euphorie erblicken, bei allen anderen müssen wir uns mit einer einzigen Maske zufriedengeben. Vielleicht hat Emma beschlossen, sich diesem alten, stoffeligen Einzelgänger anzuvertrauen und ihm den Funken Freude zu zeigen, der noch hin und wieder in ihren Augen aufblitzt.

Also lächle ich zufrieden und decke den Tisch, während sie das Hähnchen zerlegt. Die ganze Küche duftet nach

Kartoffeln und Fleisch, und plötzlich fällt mir auf, dass ich in den letzten achtundvierzig Stunden nichts anderes zu mir genommen habe als eine kleine Dose Corned Beef, eine Apfelsine, ein paar Cracker und eine Flasche Wein. Ein bisschen wenig für meinen geplagten Organismus.

»Ist er weg?«, frage ich spontan.

Sofort wird sie ernst. »Zum Glück, ja.«

Ich gebe mir Mühe beim Tischdecken und reiche ihr dann die Teller. Als wir uns setzen, sehen wir aus wie Vater und Tochter, die ganz normal zu Abend essen, und nicht wie zwei verlorene Seelen, die sich der Flut entgegenstemmen, so gut es geht.

Keine Ahnung, warum, plötzlich erzähle ich von Caterina.

»Meine Frau hatte einen Geliebten.«

Sie sieht vom Teller auf und blickt mich an.

»Ich weiß es erst seit Kurzem, meine Tochter hat es mir gesagt«, füge ich hinzu.

»Und du hast nichts gemerkt?«

»Nein. Oder vielleicht doch, und ich wollte es nicht sehen.«

Ich weiß nicht, was das ist zwischen uns, aus welchem geheimnisvollen Grund ich Lust habe, einer Frau, die ich kaum kenne, privateste Dinge anzuvertrauen. So wie ich nicht begreife, aus welchem Grund sie gern Zeit mit mir verbringt.

»Von außen betrachtet hast du einen ganz glücklichen Eindruck gemacht«, meint sie.

Sicher, die Attraktivität eines Menschen ist rein äußerlich, innen drin findet man nur Eingeweide, Blut und Reue. Nicht gerade anziehend.

»Ich bin glücklich. Oder zumindest bemühe ich mich jeden Tag, es zu sein.«

»Du hast es gut, bei mir scheint es genau umgekehrt zu sein.«

Ich bin gerade dabei, einen Hähnchenflügel abzunagen, als Beelzebub auftaucht, der sich wie immer durch den Spalt des angelehnten Fensters gezwängt hat.

»Ach, wen haben wir denn da, der kleine Schmarotzer«, rufe ich aus, als sein Schnäuzchen sich in der Küchentür zeigt.

Zwei Tage lang war er verschwunden, wer weiß, welche Spur er verfolgt hat, doch nun, wo es ein Brathähnchen zu verspeisen gibt, ist er prompt zur Stelle. Emma hält ihm ein Stück Fleisch hin, das er mit einer schnellen Kopfbewegung packt und im nächsten Moment verschlungen hat. Um dann schmeichlerisch um die Beine seiner neuen Gönnerin zu streichen. Zu mir traut er sich nicht, er weiß, dass er in meiner Schuld steht, und will die Situation nicht ausreizen.

»Ich habe beschlossen zu fliehen«, sagt Emma schließlich.

»Dann tust du ja doch nicht alles dafür, unglücklich zu sein! Und wo willst du hin?«

»Weg von hier, vielleicht nach Norditalien, zu einer Freundin von früher. Jedenfalls weit weg von ihm.«

»Und das Kind?«

»Von dem erfährt er erst, wenn ich weg bin.«

Ich leere mein Glas Wein in einem Zug. Ich glaube, das Leben ist eine Frau: Wenn es dir einen Fehler aufzeigt, braucht es nicht viele Worte. Der Umstand, dass meine Frau mich lange Zeit belogen hat und Sveva bis heute nicht mit mir im Reinen ist, erscheint mir jetzt ein Nichts im Vergleich zu Emmas unüberwindlichem Problem. Man sollte früh lernen, das Leben der anderen zu beobachten, um nicht undankbar gegen sein eigenes zu sein.

Wenn es dieses Kind nicht gäbe, wäre alles einfacher. So hingegen wird er einer Trennung niemals zustimmen. Ich beschließe, meine Gedanken auszusprechen. »Wenn du wirklich von ihm loskommen willst, solltest du ernsthaft über eine Abtreibung nachdenken.«

Sie starrt mich an, ich halte ihrem Blick stand. Tut mir leid, Emma, der alte Halunke hier vor dir hat sich gegen scheinheiliges Lächeln und Weggucken entschieden.

»Mit dem Kind wird er dich nie in Ruhe lassen«, setze ich hinzu.

Sie senkt den Kopf. Ich rechne mit einem Wutanfall, dass sie aufspringt und geht, doch nichts dergleichen, sie packt Beelzebub im Nacken und zieht ihn zu sich auf den Schoß. »Du hast recht«, sagt sie und krault das Tier am Hals, »das wäre richtig.«

»Na ja, vielleicht nicht gerade richtig, ich würde es eher vernünftig nennen. Nur wenn du auf das Kind verzichtest, kannst du darauf hoffen, wirklich von ihm loszukommen.«

Beelzebub beginnt zu schnurren, und ich sehe ihn an. Seit einer Weile schon ertappe ich mich immer wieder dabei, die absurdesten Wesen zu beneiden, Plastikmonster und Katzen, praktisch jede Kreatur, deren Verantwortung gegen null tendiert.

»Ich weiß. Aber ich werde nicht das einzig Gute in meinem Leben zerstören!«

»Damit hast du recht, aber ich musste es dir sagen.«

Wenn ihr im Leben von anderen bohrt und dort nach Reue, Versäumnissen und Bedauern sucht – auf eines werdet ihr dabei niemals stoßen: Kinder.

»Ich würde gerne deine Familie kennenlernen«, sagt sie.

Sie kann blitzschnell das Thema wechseln.

»Die kommen nicht hierher«, erwidere ich hastig.

»Warum nicht?«

»Tja, das war die Wohnung ihrer Mutter, zu viele Erinnerungen.«

»Und du?«

»Ich kann mit Erinnerungen umgehen, man muss sie nur in einer Kammer wegschließen.«

Emma lacht herzlich, und erneut trifft mich ihre Schönheit, während ich mich frage, warum sie ihre Zeit in der schmucklosen Wohnung eines alten Mannes verbringen muss anstatt in der Welt dort draußen. Weil es leider Menschen gibt, die sich einbilden, andere Menschen ihr Eigentum nennen zu können.

»Du bist zu schön, um den Rest deines Lebens mit so einem Typen zu verbringen.«

Sie wird ernst und läuft rot an, dann sagt sie: »Er glaubt, dass ich ihm gehöre. Und davon ist er so überzeugt, dass er mich auch schon überzeugt hat.«

Ich schüttle den Kopf. »Keiner gehört keinem, Emma.«

»Ja, das habe ich jetzt begriffen.«

Beelzebub springt leise von ihrem Schoß und tappt ins Wohnzimmer. Vielleicht kehrt er zu seiner Katzendame zurück, er hat ja bekommen, was er wollte. Emma steht auf. »Ich muss dich um einen Gefallen bitten.«

»Was denn?«

Sie nimmt ihre Handtasche, die sie neben sich gelegt hat, und zieht den Reißverschluss auf. »Du musst mir aber versprechen, dass du mich nicht für verrückt erklärst. Ich weiß, es ist unlogisch, aber als ich sie sah, musste ich einfach zugreifen.« Und sie zieht zwei Strampelanzüge hervor, einen in rosa, den anderen in hellblau. Mit einem zufriedenen Lächeln hält sie sie in die Höhe. Ich muss auch lächeln und will etwas erwidern, doch sie kommt mir zuvor. »Nein, sag nichts, bitte. Kannst du sie aufbewahren? Ich wüsste nicht, wo ich sie verstecken soll. Dann kannst du sie mir im passenden Augenblick geben.«

Wenn Marino hier wäre, würde er mir einen langen Vortrag halten, dass ich mich viel zu sehr hineinziehen lasse, dass ich letztlich nichts für sie tun kann und mein Verhalten mehr als riskant ist. Aber ich habe noch nie im Leben auf Marino gehört, warum sollte ich jetzt damit anfangen? Ich nicke und nehme die Strampler. Ich müsste kurz zurückrechnen, aber wahrscheinlich ist es fast ein halbes Jahrhundert her, dass ich zuletzt solche Dinger in der Hand hatte. Wenn die Frage im Raum stand, wer Federico wickelt oder in den Schlaf singt, habe ich mich nämlich immer geschickt gedrückt.

»Gut, ich hebe sie für dich auf«, antworte ich und hänge die Strampler über die Stuhllehne neben mir.

»Danke«, sagt sie zufrieden und streckt mir ihre Hand entgegen, damit ich sie drücke. Doch ich halte inne, zögernd wie ein Mann vor dem Kopfsprung ins Wasser. Liebe Emma, wenn es für mich so einfach wäre, ein Zeichen der Zuneigung zu erwidern, würde meine Tochter mich nicht hassen und mein Sohn mich nicht fürchten. Vor allem hätte ich nicht entdeckt, dass meine Frau ein zweites Leben hatte. Nur dass das alles viel zu schwierig zu erklären ist. Zum Glück ist sie hartnäckig, macht einen Schritt auf mich zu und umarmt mich. Hätte ich doch nur ihre Hand genommen, dann wäre ich leichter davongekommen. Jetzt muss ich dieses liebe Mädchen in die Arme schließen, das sich unter tausend Orten, an denen man wohnen kann, ausgerechnet die Wohnung neben meiner ausgesucht hat. Umarmungen muss man als Kind lernen, später wird es verdammt schwierig.

Als wir uns voneinander lösen, scheint Emma zufrieden zu sein, ich hingegen bin nass geschwitzt. Wer hätte das gedacht, dass ich in meinem Alter noch jemand neuen auf die erbärmlich kurze Liste derer schreibe, die mich interessieren. Ich habe immer versucht, die Liste unter Kontrolle zu halten, sie nicht unmäßig anwachsen zu lassen. Je mehr Menschen du liebst, desto mehr Schmerz riskierst du. Auch deshalb wollte ich nie einen Hund, ich bin mir sicher, dass er sofort auf Platz eins gerückt wäre.

»Ich sollte jetzt lieber nach Hause gehen«, meint sie.

Ich folge ihr mit Blicken durch den Flur. Als sie weg ist, kehrt die Stille zurück, die Wohnung erscheint mir noch leerer als zuvor. Ich nehme die Strampelanzüge von der Stuhllehne und gehe zu der Abstellkammer, die noch offen steht.

»Du hebst so viele Erinnerungen auf, dann kannst du auch auf den Traum einer jungen Frau aufpassen, die keinen Ort für ihre Träume hat!«, rufe ich und lege die Kleider in eine alte Schachtel.

Dann schließe ich die Tür und gehe zum Telefon, um Rossana anzurufen.

# EIN LEISES KLINGELN AM OHR

Es gibt immer mehrere Arten, etwas anzugehen. Ich zum Beispiel habe beschlossen, Rossana zu der Einladung meines Sohnes mitzunehmen. Dante hat eine Überraschung für mich, ich habe eine für ihn. Sie hat eingewilligt, alles andere hätte mich auch gewundert: Vorgestern habe ich ihr gesagt, es gebe reale Chancen, dass ihr Sohn seinen Job zurückbekommt. In Wahrheit ist das nicht mein Verdienst, ich bin lediglich zu Sveva gegangen und habe ihr das Problem geschildert, als sei nie etwas zwischen uns passiert. Sie hat mitgespielt und mich angehört wie einen normalen Klienten, um dann wortwörtlich zu sagen: »Mach dir keine Sorgen, dieser Verbrecher wird alles rausrücken bis auf den letzten Centesimo!«

Ich habe also Rossana zum Vorwand genommen, wieder an meine Tochter heranzutreten. Ich brauchte irgendeinen Anlass, mit ihr zu reden, ohne automatisch bei unserem Streit zu landen. Und ich habe mich nicht verrechnet, Sveva hat sich sofort dermaßen in Rage geredet, dass sie sogar vergessen hat, mich nach Rossana auszufragen. Das wird sie heute Abend nachholen.

»Nervös?«, fragt meine Begleiterin, als wir an der Haustür klingeln.

»Ein bisschen.«

In Wirklichkeit bin ich äußerst angespannt, und nicht weil mein Sohn mich heute Abend aller Wahrscheinlichkeit nach über etwas aufklären wird, was der Rest der Familie seit einem satten Jahrzehnt weiß, sondern weil ich mich für jemanden ausgeben muss, der ich nicht bin, einen herzlichen, freundlichen Mann. Freundlichkeit wird allgemein überbewertet und manchmal dazu benutzt, einen modernden Haufen Dreck zu verbergen, aber so ist die Welt nun mal, und wenn du zwei Kinder hast, musst du schnell lernen, in ihrem Beisein Langeweile, Schmerz und Niedergeschlagenheit zu verstecken. Zumindest wenn du sie nicht unglücklich machen willst.

Dante hat eine Wohnung in einem zentral gelegenen Viertel, Chiaia, gekauft, an einem kleinen Platz am Ende einer engen, gewundenen Gasse. Es ist eine elegante Altbauwohnung mit dicken Mauern, die dich tatsächlich vor den Nachbarn abschirmen. Leider befindet sich die Wohnung im vierten Stock, ohne Aufzug. In vielen dieser schmalen Häuser fehlt es an Platz für einen Lift. Also muss ich im sprichwörtlichen Schweiße meines Angesichts die Treppen hinaufsteigen, um mir dann in selbigen Mauern sagen zu lassen, dass mein Sohn schwul ist.

Er empfängt uns mit einem breiten Lächeln auf dem Treppenabsatz. Während ich mich noch frage, von wem er diese übertrieben gute Laune hat und ob es sein kann, dass es sich dabei um die gesammelten Restbestände aus meinem Besitz handelt, hat er sich schon mit großer Geste Rossana vorgestellt. Und das, obwohl er mich seit Caterinas Tod zum ersten Mal mit einer Frau sieht, wie im Übrigen auch Sveva. Ich habe lange darüber nachgedacht, ob ich diesen Schritt tun soll, doch am Ende interessiert mich in letzter Zeit ohnehin nicht mehr, was andere Leute über mich denken. Ich will nicht zulassen, dass die Welt mir meine letzten Urlaubstage verdirbt.

Da sind wir also, in der Wohnung meines Sohnes, die mir mindestens so fremd vorkommt wie er, in einem geschmackvoll eingerichteten Wohnzimmer, wo alles seinen Platz hat und es ein Sofa gibt, das so niedrig ist wie ein Dackelrücken; wenn ich den Fehler mache, mich dort niederzulassen, brauche ich zum Aufstehen einen Kran. Das reicht schon, um zu veranschaulichen, wie wenig Dante von mir hat. Ich hatte nie eine Wohnung, wo alles an seinem Platz stand, vielleicht nicht einmal ein geschmackvoll eingerichtetes Wohnzimmer. Das habe ich immer anderen überlassen, bis schließlich meine Frau darüber entschied, was mir gefiel.

Aus der Anlage ertönt Jazz, und es riecht nach Weihrauch, und wenn mitten durch die Wohnung ein Flüsschen plätscherte, würde mich das nicht im Geringsten wundern. An den Wänden Bilder, Drucke, Digitalkunst, außerdem Skulpturen und Installationen. Eine davon steht mitten im Raum: unzählige von der Decke bis zum Boden gespannte Aluminiumfäden. Jedes Kabel trägt ein Männlein aus Pappmachee. Ich verheddere mich in dem Gewirr, bis mein Sohn mich am Arm packt und in die Küche führt, in der es nach Ingwer und Mandeln riecht und wo Sveva und Leo Perotti stehen, der gesellige Künstler, der mich begrüßt, als seien wir beste Freunde, die sich nach langen Jahren endlich wiedersehen.

Rossana lächelt freundlich und offen, schüttelt Hände, sieht sich entzückt um, scheint sich zu amüsieren. Und wirklich kommt sie dann irgendwann mit diesem Satz heraus: »Das ist aber eine schöne Wohnung, das ist ja wie in einem Hotel!«

Ich schaue mich verstohlen um und sehe Sveva mit gefalteten Händen am Kühlschrank lehnen und erstaunt meine Begleiterin taxieren. Ich konzentriere mich wieder auf das Abendessen, das genau so ist, wie ich es mir vorgestellt habe: Dinkelgrütze mit Safran und Möhren, Tempura-Sardinen, Erbsen-Sardellen-Crostata mit Lachskaviar. Ich suche eine normale Scheibe Brot, finde aber nur Reiswaffeln. Zum Glück steht auf dem Tisch eine Flasche Rotwein. Ich schenke nur einen Fingerbreit ein, um mir keinen Verweis einzuhandeln, und werfe dabei Rossana einen kurzen Blick zu, die Svevas wenig freundliche Musterung nicht zu bemerken scheint und aufmerksam dem schwulen Künstler lauscht, der aus seinem Koch-Nähkästchen plaudert. Dante kommt heran und flüstert mir ins Ohr: »Nett, diese Rossana.«

»Ja«, erwidere ich knapp, bevor der wackere Leo auch mich in ein Gespräch über makrobiotische Küche und die mediterrane Diät verwickelt, zwei Themen, zu denen ich herzlich wenig beitragen kann. Alles, was Gesundheit und Wellness betrifft, langweilt mich erheblich, weswegen ich mich bei Perottis Reden zu einem Gähnen hinreißen lasse. Ich habe meine guten Manieren verlernt, habe keine Übung mehr in Anstandslächeln und Small Talk. Diese letzten Jahre hier auf Erden haben mich gezeichnet, ich kann mit einer Prostituierten parlieren, aber keine geistreiche Unterhaltung führen. Manchmal denke ich, niemand kann als ein anderer sterben, als der er geboren wurde. Wir glauben ein Leben lang, die Richtung gewechselt zu haben, doch am Ende führt uns die Abkürzung geradewegs in die Straße zurück, aus der wir kommen.

Zum Glück mischt sich Rossana in die Diskussion ein mit ihrer ganzen weiblichen Energie, und ich kann mich entfernen, ohne dass es allzu sehr auffällt. Ich trete auf den Balkon und schaue auf die Straßen zu meinen Füßen. Eigentlich braucht man in Neapel mehr die Ohren als die Augen, diese Stadt offenbart sich komplett über ihre Geräuschkulisse. In den Gassen von Chiaia zum Beispiel hört man im Sommer nachts Frauenabsätze sicheren Schrittes über das Pflaster klappern, Gelächter in der Ferne und hinter der Ecke ein leises Pling von anstoßenden Gläsern. Das Reichenviertel Posillipo hingegen ist geradezu stumm, mit breiten, leeren Straßen, die sich schweigend über den Hügel ziehen, während die Stadt darunter wie in Watte gepackt ist. Wenn man die besseren Viertel verstehen will, muss man sehr genau auf die leisen Töne hören. Und in der Altstadt muss man lernen, nur auf das zu achten, was einen interessiert, man muss Klänge auseinanderhalten, als wolle man die Spuren eines Liedes abmischen. Dann kann man das Stimmengewirr der durch die alten Gassen schlendernden Studenten genießen, das Getöse des in den Lokalen klirrenden Bestecks, das vielstimmige Glockengeläut am Sonntagmorgen, die Rufe der Straßenhändler, den rauen und brüchigen Gesang des Alten, der vor einer verfallenen, in Vergessenheit geratenen Kirche Akkordeon spielt. Um all das zu genießen, muss man allerdings das Knattern der Motorroller ausblenden, das die Straßen verseucht, das Gezeter der Frauen, die wegen irgendwelcher Nichtigkeiten miteinander streiten, die neumodische Musik, die aus den Autoboxen durch die Straßen hallt.

»Kommen Sie, ich habe etwas für Sie«, verkündet Perotti, der auf den Balkon getreten ist und meinen Arm nimmt.

Ich möchte mich wehren und ihm mit einer abrupten Bewegung den Arm entziehen, da bemerke ich Sveva, die immer noch am Kühlschrank lehnt und mich mit strenger Miene ansieht. Seit ich gekommen bin, lässt sie mich und Rossana nicht aus den Augen. Ich glaube nicht, dass sie sonderlich begeistert ist von meiner Begleiterin, aber letztlich habe ich auch nichts anderes erwartet. Sveva ist zu wütend auf das Leben, um seine tausend Facetten auszukosten. Für sie ist immer alles nur schwarz oder weiß, niemals würde sie sich mit einer Person einlassen, die nicht ihrer sozialen Schicht angehört.

Zum Glück reißt mich mein alter Künstlerfreund aus diesen Gedanken und zerrt mich ins Wohnzimmer. Ich lasse Rossana in der Obhut meiner zwei Kinder, was nicht gerade nett ist. Aber sie wird sich schon zu helfen wissen, eine Frau, die mit einem alten Profiteur wie mir umzugehen weiß, kann auch einen Hai wie Sveva nehmen.

»Neulich abends hatte ich den Eindruck, es gefällt Ihnen«, sagt der Künstler und zeigt auf das Bild mit Superman, das auf dem Boden an der Wand lehnt, »deshalb wollte ich es Ihnen schenken!«

Ich betrachte zuerst das Bild, dann ihn. Superman und Leo Perotti haben dasselbe blasierte Lächeln im Gesicht. Das ist mir zu viel. »Hören Sie, ich verstehe ja, dass Sie einen guten Eindruck auf mich machen wollen, aber das hier kommt mir doch alles ein bisschen übertrieben vor!«

Sein Lächeln fällt ganz wunderbar in sich zusammen, und nur der Superheld genießt noch amüsiert die Szene.

»Außerdem brauchen Sie meinen Segen gar nicht, und Sie müssen auch nicht auf Teufel komm raus sympathisch rüberkommen. Dante ist alt genug, und zum Glück hängen seine Entscheidungen nicht von mir ab.«

»Ich wollte nur freundlich sein«, gibt er etwas weniger herzlich als noch eben zurück, »und nicht, weil ich Ihren Segen brauche, sondern weil ich Dante mag und mich freue, wenn er sich freut.«

Vielleicht habe ich den Maler unterschätzt. Jetzt, wo ich an seiner Würde gekratzt habe, kommt er mir doch dickfelliger vor.

»Und er freut sich, wenn Sie und ich uns verstehen, nicht wahr?«

Nun sieht er mich mit einer Prise Hochmut an. »Nein, Dante würde sich freuen, wenn Sie seine Lebensweise akzeptieren könnten, aufrichtig.«

»Und wer sagt, dass ich das nicht tue?«

»Tja, es wird wohl einen Grund haben, dass er Ihnen bis heute nicht von mir erzählt hat.«

Der gute Perotti fängt an, mir sympathisch zu werden.

»Er hat mir nie von Ihnen erzählt, weil er keine Lust hatte. Ich habe immer seinen Willen respektiert und habe ihn nie gedrängt, mir etwas zu offenbaren.«

»Aber Sie haben ihn auch nie dazu ermuntert«, gibt er überzeugt zurück. »Vielleicht hätte das Dante schon gereicht ...«

Jetzt sag mir einer, ob ich mich in meinem Alter vom Freund meines Sohnes als Idioten hinstellen lassen muss. Nach den ganzen Anschuldigungen der letzten Tage hat mir gerade noch gefehlt zu hören, ich hätte Dante nicht ermutigt, mir von seinen sexuellen Vorlieben zu berichten. Ich will ihm gerade die Meinung sagen, als Sveva mit einem vollen Teller in der Hand ins Wohnzimmer kommt. Leo nutzt die Gelegenheit, um in die Küche zu gehen, und plötzlich bin ich mit meiner Tochter allein im Raum. Verflucht noch mal, vom Regen in die Traufe! Ich kneife die Augen zusammen und denke kurz daran, nach nebenan zu gehen und mich bei Perotti zu entschuldigen, nicht, weil ich glaube, etwas falsch gemacht zu haben, sondern um Svevas vorwurfsvollem Blick zu entfliehen. Ich tue einen Schritt nach vorn, da packt sie mich am Arm. Heute Abend scheinen sich alle brennend für meinen Arm zu interessieren. Ich drehe mich lächelnd um, doch Sveva erwidert mein Lächeln nicht einmal ansatzweise. Im Gegenteil, sie guckt besorgt.

»Was ist?«, frage ich.

Sie entreißt mir das Weinglas und setzt leise, aber energisch an: »Wenn du mir neulich nicht deine Meinung zu Enrico gesagt hättest, würde ich jetzt auch nichts zu dieser Rossana sagen, mit der du hier auftauchst.« Ein leicht unanständiges Lachen meiner Freundin dringt aus der Küche bis ins Wohnzimmer. Sveva kneift die Augen zusammen und runzelt die Stirn, als hätte sie gerade das quietschende Geräusch von Fingernägeln auf einer Tafel gehört. Ich lächle weiter.

»Woher hast du die?«, fragt sie dann.

»Warum, gefällt sie dir nicht?«, frage ich belustigt zurück.

»Tja, ich finde sie irgendwie folkloristisch …«

»Ja, da hast du recht, der Ausdruck trifft es genau, nach dem habe ich gesucht. Folkloristisch, extravagant, bizarr.«

Sie sieht mich erstaunt an, ohne etwas zu erwidern.

»Weißt du, liebe Tochter, dieser alte Mann hier vor dir braucht, um nicht zu ersticken, gerade dieses Quäntchen Extravaganz und Bizarrheit. Würde dir auch guttun.«

»Warum musst du bloß über alles Witze machen? Hast du denn gar nicht an uns gedacht? Wie demütigend das für deine Kinder sein könnte, wenn sie dich in Begleitung dieser Frau sehen?«

»Was stimmt denn nicht mit ihr?«, frage ich dann doch und höre zu lächeln auf.

Sie senkt ganz kurz den Blick, bevor sie hart erwidert: »Sie ist nicht die Richtige für dich, und auch nicht für diese Familie. Und ich glaube, dass ihre Anwesenheit hier auch für unsere Mutter eine Beleidigung ist.«

Nun platzt es doch aus mir heraus, und ich zwinge mich, nicht loszuschreien: »Erzähl du mir nichts über Beleidigungen. Eine Beleidigung ist, dass niemand mir gesagt hat, dass mein Sohn schwul ist. Das ist eine Beleidigung! Es ist eine Beleidigung, dass meine Frau fünf Jahre eine Affäre mit einem anderen hatte. Und es ist eine Beleidigung, was du deinem Mann antust, wenn du es wissen willst. Jeder beleidigt hier irgendwen. Du bist da nicht viel anders als ich.«

Sie starrt mich schweigend an, in den Augen Zorn und Demütigung.

»Und jetzt lass mich die Zeit, die mir bleibt, auf meine Weise leben. Bizarr. Ich habe mein ganzes Leben in Normalität verbracht, und mittlerweile dreht sich mir schon beim vagen Anflug dieses Modergeruchs der Magen um!«

Im nächsten Moment kommen die anderen mit lächelnden Mienen und neuen Gerichten auf ihren Tellern ins Wohnzimmer. Ich sehe sie erstaunt an und setze mich ans Kopfende der Tafel. Meine Begleitung hat fünf Minuten gebraucht, um von Dante und seinem Partner akzeptiert zu werden, dieselben Minuten, in denen ich mich bei meiner Tochter noch unbeliebter gemacht habe. Komisch, je älter ich werde, desto schneller gelingt es mir, mich zu exponieren. Wie ein Marathonläufer, der gegen sich selbst antritt, versuche auch ich, immer besser zu werden. Auf dem Sterbebett wird mir ein Blick genügen, damit man mich hasst.

Leo Perotti sucht sich seinen Platz nicht möglichst weit weg, sondern direkt neben mir. Ich schenke ihm einen respektvollen Blick, er scheint im Grunde kein Feigling zu sein.

»Gefällt dir dein Geschenk?«, fragt mich Dante, kaum dass er sich gesetzt hat. »Stell dir vor, Leo war sich zuerst nicht sicher, ob du es annehmen würdest. Aber ich kenne dich gut, wenn dir etwas gefällt, fackelst du nicht lange.«

Oh ja, du kennst mich wirklich gut, lieber Dante, fast so gut wie ich dich. Merkwürdig, mir kommt es vor, als wäre in dieser Runde die Einzige, die mich wirklich kennt, Rossana. Ich schenke Perotti ein Lächeln, das er wenig überzeugt erwidert. Schade, er ist des Kämpfens schon müde. Also wende ich mich meiner Dauerwidersacherin zu, der härtesten.

»Warum ist Diego denn nicht da? Wieder mal ein spontanes Arbeitsmeeting?«, rufe ich, während ich die Serviette auf meinem Schoß ausbreite.

Sveva würdigt mich keines Blickes und tut Rossana Essen auf den Teller, die gleich darauf den nächsten Fauxpas von sich gibt: »Hmmm, das Risotto ist aber lecker!«

Dante und Leo sehen sich amüsiert an, ich drehe mich

zu meiner Tochter in Erwartung des nächsten genervten Blickes, der aber nicht kommt. Stattdessen überrascht sie mich mit der freundlichen Erwiderung: »Das ist Dinkel, ähnlich wie Reis, aber nicht das Gleiche.«

Keine Ahnung, ob meine deutlichen Worte das bewirkt haben, jedenfalls ist Sveva jetzt ruhiger und zugewandter. Alle geben sich heiter und bemühen sich um ein angenehmes Klima. Alle außer mir.

»Also, dann erzählt mal«, beginnt Dante. »Wie habt ihr euch denn kennengelernt?«

Ich wusste es, in Sachen Tratsch ist mein Sohn schlimmer als das größte Waschweib.

»Rossana war meine Krankenschwester, vor einigen Jahren«, erkläre ich.

»Ach ja, das war es, wo wir uns schon einmal gesehen haben«, fällt mir meine Tochter ins Wort, und ich durchschaue nicht, ob hinter ihrer Einmischung ein verborgenes Interesse steckt oder die Absicht, mir das Abendessen zu verderben. Doch es ist Dantes Abend, wir sind für ihn hier, und das würde sie ihrem Bruder nicht antun. Dennoch fühle ich mich verpflichtet, einzugreifen und meiner Begleiterin aus der Verlegenheit zu helfen. Ich beschließe, direkt auf den Punkt zu kommen.

»Also, was wolltest du mir denn so Wichtiges sagen?«, frage ich meinen Sohn.

Dante sieht mich erstaunt an. Vielleicht dachte er, es würde zu meiner Information reichen, mir den Künstler vor die Nase zu setzen. Nein, lieber Dante, nun bring einmal in deinem Leben ein bisschen Mut auf und stell dich deinem alten Herrn, der heute ohnehin reichlich angespannt ist.

Doch er spricht nicht. Und wie immer ist es Sveva, die sich einmischt und ihrem Bruder aus der Verlegenheit hilft. »Na ja, er kann es dir doch auch später sagen, unter vier Augen.«

»Nein, wir machen es noch anders«, gebe ich mit festem Blick auf Dante zurück, »ich nehme dir die Aufgabe ab. Ich rede!«

Ich trinke einen großen Schluck Wein und lege die Serviette auf den Tisch, ohne auf den nächsten vorwurfsvollen Blick meiner Tochter zu achten. Rossana versetzt mir unter dem Tisch einen Tritt, doch ich lege schon los. »Dante, du bist homosexuell! Alle wissen es, du hast es allen gesagt, sogar deiner Mutter. Nur ich war außen vor, vielleicht wolltest du meinen Tod abwarten. Nun gut, ich habe heute Abend zwei wichtige Botschaften für dich: Erstens denke ich gar nicht daran zu sterben, und zweitens sind mir deine sexuellen Vorlieben herzlich egal. Ich habe dich lieb und werde dich immer lieb haben, auch wenn ich es dir nie gesagt habe, auch wenn ich dir gegenüber vieles falsch gemacht habe und es manchmal so aussehen mag, als wärst du mir völlig gleichgültig. Ich bewundere dich, als Mann und als Sohn. Ich bewundere und liebe dich und Sveva gleichermaßen, da kannst du dir sicher sein. Tja, das wollte ich dir sagen, euch beiden«, ich werfe einen Blick auf meine Tochter, »und endlich habe ich den Mut dazu gefunden. Wenn ihr wollt, können wir uns jetzt den Rest des Abends die Bäuche vollschlagen, andernfalls stehe ich auf, hake meine Dame unter und gehe.«

Ich senke den Kopf und beginne zu essen, auch wenn meine zitternde Hand kaum die Gabel halten kann. Manchmal kostet es mich eine immense Kraft, den Stoffel zu spielen. Als ich den Kopf hebe, sehe ich Dantes glänzende Augen, Sveva, die sich eine Träne von der Wange wischt, Rossana, die auf ihren Teller starrt, und Leo auf mich. Als ich ihn anlächle, reicht er mir die Hand und ruft aus: »Wissen Sie, bis eben hielt ich Sie für einen kompletten Mistkerl! Innerhalb von zwei Minuten haben Sie mich vom Gegenteil überzeugt.«

Dieser Perotti gefällt mir. Ich drücke seine Hand und gebe zurück: »Tja, was das angeht, habe ich auch schon meine Meinung über Sie geändert. Jetzt sind wir gleichauf.«

Dann brechen wir in Gelächter aus. Rossana stimmt ein, und auch Sveva und Dante bleibt nichts anderes übrig. Das Essen geht friedlich weiter, Perottis Makrobiotik scheint allen zu schmecken. Ich entspanne mich auch dank des Weines und lausche den Erzählungen der anderen, was mir selten passiert. Als ich zur Toilette will, zeigt Dante mir den Weg. Er macht Licht im Bad, bleibt in der Tür stehen und sieht mich an.

»Was ist, willst du ihn mir auch noch aus der Hose holen?«

Er lächelt und antwortet: »Ich wollte dir für deine Worte danken, ich weiß, wie schwer dir das gefallen ist!«

»Du musst dich nicht bedanken, im Gegenteil, ich stehe noch in deiner Schuld!«

»Nun sei mal nicht zu streng mit dir selbst, so schlecht warst du gar nicht als Vater.«

»Da denkt Sveva aber anders drüber ...«

»Du kennst Sveva, sie jammert nun mal gerne und gibt den anderen die Schuld an ihrem Leben.«

Plötzlich geht mir auf, dass ich die letzten Jahre alles

falsch gemacht habe. Anstatt derart hartnäckig meine Tochter zu treffen, hätte ich mich lieber an ihren Bruder halten sollen.

»Du wirst deiner Mutter immer ähnlicher«, sage ich seufzend.

Er kommt nach Caterina, Sveva nach mir. Man muss kein Genie sein, um zu begreifen, wer mehr taugt, ich oder meine Frau.

»Warum hat nicht wenigstens Caterina es mir gesagt?«, frage ich.

Er wirkt gelassen und froh. »Weil ich sie darum gebeten habe.«

Fast zu einfach. Hat man die Wahl zwischen Sohn oder Ehemann, beschützt man den Ersteren. Immer. Wer weiß, wie viele Wahrheiten ich noch über Caterina herausfinden werde, sollte ich noch eine Weile leben.

Ich schließe die Tür und setze mich auf die Klobrille. Das Bad steht voll mit Cremes und Lotionen, in der Luft hängt der Duft nach Vanille. Vielleicht von den Kerzen, die in allen Größen und an jeder freien Stelle herumstehen. Wie ich Menschen beneide, die sich die Orte, an denen sie leben, einzurichten verstehen. Rossana hat recht, diese Wohnung ähnelt einem Fünf-Sterne-Hotel, ich komme mir wie in einer Hotellobby vor, gar nicht wie auf einem Klo. Zum Glück gehört zu den weiseren Entscheidungen der letzten Jahre die, im Sitzen zu pinkeln; bestimmt träfe den armen Perotti der Schlag, wenn das schöne WC seines Geliebten vollgepinkelt wäre.

Als ich zurückkomme, sitzt Sveva allein am Tisch, die Arme über der Brust verschränkt und den Blick gedankenverloren auf dem Weinglas ruhend. Ich glaube, sie wartet auf mich. Dante und sein Partner sind mit Rossana in der Küche. Unglaublich, zwischen den dreien scheint die Chemie mehr als zu stimmen. Gerade denke ich, dass ich jetzt gehen sollte, bevor meine Tochter wieder ihr Unglück über mir ausschüttet, da sagt sie: »Tut mir leid wegen eben.«

»Vergiss es«, erwidere ich knapp.

Sveva sieht mich kurz an. »Das hätte ich dir nie zugetraut, eine solche Rede, und dann noch vor Fremden. Du hast mich überrascht!«

»Du unterschätzt mich eben.«

»Kann sein«, erwidert sie und lächelt schwach.

Im Hintergrund die Küchengeräusche. Ich setze mich neben sie, den Ellbogen auf den Nachbarstuhl gestützt. »Um auf vorhin zurückzukommen, vielleicht ist ja auch deine Wahl für Enrico so ähnlich. Ein bisschen bizarr, meine ich. Deshalb habe ich nicht weitergeforscht, weil ich verstanden habe, dass du dich an einem Punkt befindest, wo du etwas Extravaganz in deinem Leben gebrauchen kannst. Und vielleicht hast du ja nur Angst, der Tatsache ins Gesicht zu schauen, dass du dich verändert hast.«

Sie senkt den Kopf, ohne zu antworten. Also fahre ich fort: »Ich weiß, Angst ist eine Nervensäge, eine lästige, aufdringliche Stimme, die umso lauter wird, je weiter du sie wegschiebst. Aber weißt du, was ich begriffen habe? In Wirklichkeit macht diese Stimme nur ihren Job, sie will dir sagen, wenn du dich nicht bewegst, fangen die Dinge in dir schon bald an zu verrotten. Sie will dich vor dir selber retten.«

Sveva erwidert ohne aufzublicken: »In Wahrheit bin

ich total durcheinander und weiß nicht, wie ich mich entscheiden soll …«

»Weißt du, was die größte Extravaganz ist?«

Sie schüttelt den Kopf.

»Seinen Instinkten zu folgen.«

Meine Tochter sieht mich perplex an.

»Aufzuhören, sich nutzlose Denkverbote aufzuzwingen. Wenn du deinen Instinkten folgst, irrst du nie. Die Zugvögel begeben sich jedes Jahr auf die Reise, ohne nach dem Warum zu fragen. Genau das sollten wir auch tun, immer in Bewegung bleiben und nicht zu viele Fragen stellen. Ich habe mir so viele Fragen gestellt und bin nicht vom Fleck gekommen. Das muss ich jetzt nachholen, ich will jeden Tag ein Stück weiterziehen.«

»Mit Rossana?«

»Auch, warum nicht?«

»Und was soll ich dann mit Enrico tun? Auch weiterziehen?«

»Jetzt müsste ich wohl sagen, überleg es dir gut. Will ich aber nicht.«

Sie stöhnt und wiegt den Kopf, schließlich meint sie: »Immerhin bringst du mich noch zum Lachen mit deinen verrückten Theorien.«

»Nicht schlecht für einen alten Mann …«

»Seid ihr zusammen?«, fragt sie übergangslos.

»Sie ist eine Freundin, mehr nicht.«

»Schade, vielleicht wäre es gut.«

»Wie meinst du das?«

»Tja, mir wäre irgendwie wohler, wenn ich wüsste, dass es jemanden gibt, der sich um dich kümmert.«

Meine Tochter sorgt sich um meine Gesundheit und

darum, dass ich nicht trinke und rauche, damit sie sich noch möglichst lange mit mir streiten kann.

»Du weißt, dass ich ganz gut zurechtkomme.«

»Ja, aber es ist nicht gut, wenn man zu lange allein ist.«

»Findest du, dass es mir schlecht geht?«

»Wenn du mich das vor heute Abend gefragt hättest, hätte ich Ja gesagt.«

Ich lache belustigt auf. Letztendlich braucht es nicht viel, um den Menschen zu imponieren; es reicht, dass man die Worte auch dann aus sich herauslockt, wenn sie nicht von selbst an die Oberfläche kommen möchten.

Bei der Verabschiedung schüttelt Leo mir genauso herzlich die Hand wie bei meiner Ankunft. Dieses Mal erwidere ich seinen Händedruck. Er hat es geschafft, mich zu beeindrucken, was nicht jedem gelingt, und außerdem liebt er meinen Sohn und lässt ihm vielleicht die Aufmerksamkeit zukommen, die ich ihm nicht geben konnte. Dante hingegen umarmt mich. Ich lasse ihn machen, obwohl sein süßes Parfüm mich abstößt. Dabei ist es eigentlich die Geste, mit der ich nicht klarkomme, doch es auf den Duft zu schieben, fällt mir leichter.

»Ich sollte jetzt lieber gehen«, sage ich schließlich.

Ich bin alt, und alte Menschen sollten nicht gerührt sein. Sie nässen eh schon ein, wenn sie auch noch zu heulen anfangen, ist es ja wie bei einem Säugling.

Sveva geht mit uns die Treppe hinunter. »Soll ich euch mitnehmen?«

»Nein danke«, sage ich. »Wir suchen uns unterwegs ein Taxi, dann können wir noch ein paar Schritte laufen.«

Sie verabschiedet sich herzlich von Rossana und gibt

ihr eine Visitenkarte, dann umarmt sie mich genau wie ihr Bruder kurz zuvor. Dann stimmt es also, dass man ab einem gewissen Alter mit seinen Eltern Frieden schließt. Ich glaube, das passiert an dem Punkt, wenn es anstrengender wird, auf seiner Wut herumzukauen, als einen Schlussstrich zu ziehen.

»Mach dir um uns keine Sorgen. Wir sind glücklicher, als du denkst«, flüstert sie mir ins Ohr, bevor sie mich loslässt.

Ich sehe sie an. Sie war immer schon elegant, wie ihre Mutter, aber heute Abend ist sie auch schön, irgendwie kurviger. Vielleicht, weil sie nicht ganz so verbittert ist.

»Gib Federico einen Kuss von mir«, sage ich nur.

Auf dem Rückweg wirkt Rossana fröhlich. »Das war ein wirklich schöner Abend«, sagt sie unvermittelt.

Das Rascheln von Herbstlaub begleitet unsere Unterhaltung.

»Ja«, erwidere ich und schiebe Perottis Bild unter meinem Arm zurecht. Am Ende konnte ich es nicht ablehnen. Ich werde es im Wohnzimmer aufhängen, dann lächelt mich wenigstens einer an und leistet mir in meinen schlaflosen Nächten Gesellschaft.

»Deine Kinder sind jedenfalls richtig nett. Und sie haben dich sehr gern!«

»Bah, manchmal glaube ich das komplette Gegenteil, vor allem was Sveva betrifft.«

»Was redest du denn da? Man sieht, dass sie geradezu verliebt in dich ist, wie alle Töchter mehr oder weniger!«

Als ich skeptisch das Gesicht verziehe, bricht sie in Gelächter aus und küsst mich auf die Lippen. Als einzige Reaktion schaue ich auf die Uhr, um meine geröteten Wangen vor ihr zu verbergen.

Wir laufen schweigend die Via dei Mille entlang und betreten spontan eine Eisdiele, die noch offen ist. Wir kaufen uns trotz Perottis makrobiotischem Strudel zwei Eis der Sorte Annurca-Apfel. Während Rossana vor dem dunklen Schaufenster eines Geschäfts stehen bleibt, sehe ich mich ein wenig um und versinke in Erinnerungen. Sie lauern an jeder Straßenecke, man braucht nur einen wachen Blick und ein lebhaftes Gedächtnis. Dort gegenüber zum Beispiel war früher eine Buchhandlung mit schneeweißen Wänden und honigfarbenen Regalen. Jeden Tag blieb ich davor stehen und bewunderte das helle Holz ohne Schrauben und Nägel, das wie von Zauberhand zusammenhielt und den Laden wie ein großes Segelschiff aussehen ließ. So schöne Buchhandlungen gibt es nicht mehr, zumindest nicht hier im Zentrum. Damals traf ich mich mit einem Mädchen vom Umberto-Gymnasium, wenige Meter von hier entfernt, wobei treffen die Sache nicht ganz beschreibt, weil ich bis über beide Ohren in sie verliebt war. Ich verliebte mich in alle Frauen, mit denen ich ausging. Ich und die Verliebtheit – das hat auf Anhieb funktioniert, nur zu dem Folgegefühl, das die Leute Liebe nennen, ist der Funken nie so richtig übergesprungen. Aber das ist ein anderes Thema, ich sprach ja gerade von der Buchhandlung, wo ich einmal Schutz fand, als es wie aus Eimern goss und meine Angebetete lange Zeit nicht aus dem Schulgebäude herauskam. Ich war wie verzaubert von diesem magischen Ort und den Büchern, und ich dachte, dass ich vielleicht mal eine eigene Buchhandlung haben könnte. Doch dann veränderte ein Ereignis mein Leben, eine dieser unsichtbaren großen Abzweigungen, die dich einen neuen Weg einschlagen lassen. Kurz, unter meinen zahlreichen Jugendverliebtheiten war auch die Bäckerin unten im Haus. Für sie verließ ich Hals über Kopf sowohl die Umberto-Schülerin als auch die alte Buchhandlung. Mit der Bäckerin lief es aber schlecht, sie hatte unmögliche Zeiten und brachte zu jedem Treffen warme Brötchen mit. In meiner Vorstellung sah ich mich in ein paar Jahren dick und gelangweilt herumsitzen, also verließ ich sie und widmete mich dem Studium. In kurzer Zeit hatte ich den ersehnten Buchhalterabschluss und begann meinen Weg, der mich hierhergeführt hat. Wenn ich damals nicht die Bäckerin getroffen hätte, hätte ich vielleicht die Schülerin geheiratet und weiterhin die alte Buchhandlung besucht. Vielleicht hätte ich dort angeheuert und mich hochgearbeitet, anstatt im Partenope Service zu jobben.

Auf jeden Fall kam ich eines Tages, Sveva war schon auf der Welt, mal wieder dort vorbei und bemerkte, dass es meine geliebte Buchhandlung nicht mehr gab, stattdessen hatte noch eines von unzähligen Schuhgeschäften aufgemacht. In genau diesem Moment wurde mir klar, was ich verpasst hatte: Das Leben hatte mich in der Person einer kurvenreichen Bäckerin hinters Licht geführt. Es ist völlig ungewiss, ob ich jemals Buchhändler geworden wäre, schon klar, aber manchmal hörst du im Leben ein kleines Glöckchen an deinem Ohr klingeln. Das kann angesichts einer Frau passieren, an einem besonderen Ort, während du etwas tust, was dir gefällt. Wenn ich meinem Enkel Federico einen Rat geben wollte, nur einen einzigen, dann wäre es dieser: Wenn du das kleine Glöckchen läuten hörst, heb den Blick und spitz die Ohren, denn dann stehst du vor einer dieser unsichtbaren Scheidewege. Jetzt reicht ein Moment, um die falsche Abzweigung zu nehmen.

Zu Hause angekommen, gehe ich sofort in die Besenkammer und nehme den Hammer und zwei Nägel. Es ist spät, aber sei's drum, in dieser Nacht werde eben ich derjenige sein, der die Nachbarn weckt. Ich hänge Superman an die Wohnzimmerwand, in die Mitte genau über dem Sofa, und betrachte ihn dann verzaubert.

»Ja, das gefällt mir!«, rufe ich aus.

Wie mir auch Leo Perotti gefällt. Und Dante, Sveva, Rossana, Emma, Marino und die Katzendame. Vielleicht würde ich heute sogar den alten Typen, der meine Tochter angrabscht, nicht ganz übel finden. Die Wahrheit ist: Man kann nicht immer griesgrämig und unfreundlich sein, sonst fangen die anderen an, dir das zu glauben.

Ich gehe in die Küche und schenke mir ein Glas Wein ein. Als ich den Kühlschrank schließe, entdecke ich Beelzebub, der mich versonnen anschaut. Ich gebe ihm die letzte Käsescheiblette, dann packe ich ihn im Nacken und trage ihn in mein Schlafzimmer. Bevor ich mich ausziehe, kraule ich seinen Kopf, und sein Schnurren entlockt mir ein Lächeln. Ja, es ist tatsächlich, wie ich dachte. Ich werde allmählich alt.

# IN VINO VERITAS

Es klingelt an der Tür. Ich fluche. Das wird Signora Vitagliano sein, die nach weiteren Ausführungen zu Emmas Leben verlangt. Dieses Mal schicke ich sie wirklich zum Teufel. Ich versenke meine Iris in den Spion und äuge auf den Treppenabsatz: Der ganze Bildausschnitt ist voll mit Marino. Mir bleibt die Spucke weg, ich weiß nicht, seit wie vielen Jahren er seine Wohnung nicht mehr verlassen hat. Ich öffne die Tür, er sieht mich an und lächelt, ich lächle zurück. So stehen wir da, unfähig zu einer Umarmung.

»Du hast es tatsächlich geschafft, deinem speckigen Sessel zu entkommen!«, rufe ich euphorisch.

»Ja«, nickt er, »ich wollte dir etwas erzählen und hatte den Hörer schon in der Hand, da dachte ich: ›Zur Hölle damit, jetzt gehe ich einfach hoch und sag es ihm direkt!‹«

»Ich bin stolz auf dich. Komm rein, darauf nehmen wir einen Schluck.«

»Danke, Cesare, aber du weißt, dass ich keinen Wein trinken darf.«

Ich biete ihm einen Stuhl an und fülle sein Glas, als hätte er nichts gesagt.

»Marino, wie lange, glaubst du, hast du noch zu leben? Ich will ehrlich sein, viel bleibt dir nicht mehr. Mit achtzig sterben die meisten Menschen. So ist es nun mal, du kannst es nicht ändern. Und du kannst von Glück reden, dass du überhaupt so weit gekommen bist! Wenn du dir nun also ein Gläschen Wein mit Wasser gemischt gönnst, wer sollte da etwas dagegen haben?«

Marino sieht mich verstohlen an und lacht.

»Du bist mir vielleicht einer, Cesare«, sagt er und nimmt einen tiefen Schluck. Dann stellt er das Glas ab und sieht sich um. »Ich hatte die Küche anders in Erinnerung.«

»Wie denn?«

»Sauberer, aufgeräumter, freundlicher.«

»Klar, als du das letzte Mal hier warst, lebte Caterina noch. Seit sie nicht mehr da ist, sind die Standards hier gesunken.«

Marino lacht erneut, ich fülle sein Glas auf und will mit ihm anstoßen. Er sieht mich an, als sei ich völlig übergeschnappt.

»Nein, Cesare, oder willst du, dass ich heute noch sterbe«, meint er zögerlich.

»Ja, ich will sehen, wie du nach einem ordentlichen Besäufnis zwischen den Schenkeln einer schönen Frau zusammenbrichst.«

»Wie habe ich die Freundschaft mit dir nur so lange ausgehalten?«, fragt er und kippt das zweite Glas hinunter.

»Ja, du warst wirklich geduldig. Aber nicht so geduldig wie meine Kinder, die es seit dem Tag ihrer Geburt mit mir aushalten mussten.«

»Da hast du ihnen aber auch ein ordentliches Päckchen mitgegeben!«, meint er, bricht in Gelächter aus und verschüttet dabei Wein über den Boden und seine abgewetzte Flanellhose.

»Du siehst aus wie einer von diesen alten Tattergreisen, die sich in die Hose machen«, rufe ich lachend aus.

»Ganz genau, Cesare. Ich bin einer von diesen alten Tattergreisen, die sich in die Hose machen!«, gibt Marino zurück und schenkt sich Wein nach.

»Ja, stimmt!«

Vor lauter Lachen kann ich mein Glas kaum an den Mund führen. Das mag am Alkohol liegen oder an der Freude, meinen alten Freund mal wieder bei mir in der Küche zu haben, ich kann einfach nicht aufhören zu lachen, wie es mir häufig als Junge in der Schule passierte. Wer weiß, warum wir gerade dann jede Zurückhaltung verlieren, wenn wir eigentlich gar nicht lachen dürften. Das unkontrollierte Lachen ähnelt dem Weinen, und es bedient sich ebenfalls der Tränen, um die angestaute Energie freizugeben.

Früher haben Marino und ich viel gelacht, bevor der alte Knacker sich langsam aus dem Leben zurückzog. Einmal vor etwa vierzig Jahren kam zu Steuerberater Volpe ein unverfroren auftretender Nörgler. Das war ich, die Neuanstellung, weil Signor Volpe meinem Bruder noch einen Gefallen schuldete. Dort arbeitete wie gesagt Caterina. Aber nicht nur. Es gab noch eine weitere Person, einen kleinen, einfachen Mann mit Geheimratsecken, der freundlich lächelte.

»Das ist mein Schwager Marino. Er wird dir alles erklären, was du wissen musst«, sagte Dottor Volpe und ließ mich dann mit diesem selig lächelnden Wurstgesicht allein.

Marino war damals um die vierzig, sah aber älter aus,

sodass ich ihn lange musterte und über sein Alter rätselte. Dann gab er mir die Hand und stellte sich vor. Ich erwiderte den schlappen Händedruck und erklärte: »Ich heiße Cesare, und ich hasse diesen Job. Erwarte also nicht zu viel von mir, in ein paar Monaten bin ich wieder weg!«

Er starrte mich kurz mit offenem Mund an und brach dann in lautes Gelächter aus. Ich wusste es damals noch nicht, doch dieses Gelächter sollte uns ein Leben lang zusammenschweißen. Marino wurde schon bald mein engster Vertrauter, der großzügige Freund, der mich am Morgen abholte und am Abend zurückbrachte oder meine Arbeit erledigte, wenn ich in Sachen Seitensprung unterwegs war. Er war wie ein Kind im Körper eines Alten, ein Mensch, der nur halb erwachsen geworden ist, dessen Organismus auf das dritte Lebensalter zustrebt, während der Charakter in den ersten Lebensjahren feststeckt. Kurz, Marino war enthusiastisch wie ein Kind, großzügig und schwungvoll, aber zugleich war er auch unsicher wie ein Kind, fragil, ängstlich. Ich war für ihn eine Art strenger Vater und er für mich der perfekte Freund, wie er jedem früher oder später einmal begegnen sollte.

Eine Weile beschränkte sich unsere Beziehung auf die Arbeitszeit, bis er dann eines Tages, weil er wusste, dass wir seit Dantes Geburt nach einer neuen Wohnung suchten, uns mit folgender Frage überraschte: »Die Wohnung über mir soll verkauft werden. Könnte ein lohnendes Geschäft sein. Warum kommt ihr nicht vorbei, Caterina und du, und schaut sie euch an?«

So spazierten wir kurze Zeit später über seinem Kopf herum und lernten seine Frau Paola und die Kinder Sebastiano und Antonia kennen. Viele Jahre teilten wir unsere

Leben miteinander: Essen, Feste, Abschlussfeiern, Weihnachten, Kartenspiele, mal bei uns, mal bei ihnen. Unser Leben war ein ständiges Hinauf- und Hinunterlaufen, und unsere Kinder schliefen auf dem Sofa vor dem Fernseher neben seinen ein. Manchmal besuchte uns auch die Katzendame (als sie noch keine Katzendame war), damals mit einem todtraurigen Mann verheiratet, der den Fernseher mehr liebte als sie. Die Signora hingegen war, obwohl sie keine Kinder hatte, voller Enthusiasmus und immer bunt gekleidet, sie lächelte dem Leben zu und erzählte oft von ihren Schülern. Sie war eine Frau mit starkem Charakter und durchaus außergewöhnlich, eine Art zu groß geratenes Blumenkind. Wenn sie dabei war, waren es besonders lustige Abende.

So vergingen die Jahre bis zur Taufe von Marinos Enkel Orazio, Antonias Ältestem. Ich weiß noch, dass mein Freund an dem Abend einen grauen Anzug trug, der ihn noch blasser und erloschener aussehen ließ. Während der Zeremonie zog er mich beiseite und flüsterte mir zu: »Nächsten Monat zieht Sebastiano nach London. Er hat dort ein Jobangebot bekommen, das er nicht ausschlagen konnte.«

Ich sah ihn mit einem Lächeln an, das er nicht erwiderte. »Manche Momente zeichnen dich fürs Leben«, meinte er, »und dazu zählt der, wenn die Kinder weggehen.«

»Mag ja sein, aber dann hast du wenigstens wieder Zeit, deiner Frau den Hof zu machen!«, witzelte ich.

Doch Marino war nicht zu Scherzen aufgelegt. »Paola ist krank. Sie hat Alzheimer«, meinte er und drückte meinen Arm.

Ich sah ihn mit offenem Mund an, doch er redete ganz normal weiter: »Ich freue mich für Sebastiano und auch für Antonia. Die jungen Leute müssen an sich und ihr eigenes Leben denken.«

»Ja«, meinte ich kleinlaut. Ich wollte nachfragen, doch er ließ mich nicht zu Wort kommen.

»Außerdem, man gewöhnt sich an alles im Leben, oder?«, rief er aus, während Antonia ihn für das Gruppenfoto mit nach draußen zog.

Man gewöhnt sich keineswegs daran, man hört nur auf, die Dinge ändern zu wollen. Das ist etwas ganz anderes. Das hätte ich ihm sagen wollen, doch er war schon weg. Dann, im Jahr darauf, kam der eine Tag, der schrecklichste. Früh am Morgen bekam er einen Anruf aus England, Sebastiano war bei einem Autounfall ums Leben gekommen. Es waren fürchterliche Monate, Marino wurde zum Skelett, das sich nur noch deshalb voranschleppte, weil seine Frau ihn brauchte. Er schien viel schneller zu altern als alle anderen, wie bei einem Hund, dessen Lebensjahre siebenmal mehr zählen als unsere. Was mich betrifft, versuchte ich, ihm zu helfen, wo ich nur konnte, bei der Arbeit und zu Hause, doch er schien es nicht einmal zu bemerken. Vier Jahre später starb dann Paola, und mein Freund blieb allein in der großen Wohnung zurück, die jahrzehntelang von Gelächter und Geschrei, Weinen und Murren erfüllt gewesen war. Antonia meinte, er solle zu ihr ziehen, denn Marino war mittlerweile in Rente, doch der Sturkopf wollte davon nichts wissen. Abends aß er mit uns, schaute ein bisschen fern und ging dann wieder hinunter.

Manchmal tat er mir leid, doch mit der Zeit verwandelte sich das Mitleid in Bewunderung. Ich hatte geglaubt, er würde die Sache nicht überleben, und dann vergingen Monate, und er ließ sich einfach nicht unterkriegen. Das Leben war alles andere als nett zu ihm, und doch wandte Marino sich niemals von ihm ab. Damals habe ich verstanden, dass die Menschen sich nicht durch ihren Mut unterscheiden, sondern durch die Art, wie sie sich dem Schmerz stellen, wenn er sie herausfordert.

Eines Tages bat er mich, bei ihm vorbeizukommen. Als ich seine Wohnung betrat, erkannte ich sie nicht wieder.

»Ich wollte dir sagen, dass ich von nun an nicht mehr bei euch zu Abend esse!« Er strahlte mich an.

Ich lächelte ebenfalls und dachte, er würde zu seiner Selbstständigkeit zurückfinden.

»Sag die Wahrheit, du hast eine bessere Gesellschaft als uns gefunden«, rief ich und zwinkerte ihm zu.

Er fing an zu lachen wie früher, wurde aber gleich darauf wieder ernst: »Cesare, für diese Sachen bin ich zu alt. Ich bin es einfach nur leid, immerzu davonzulaufen.«

Ich hätte ihn bedrängen können und dies vielleicht auch getan, hätte ich vorausgesehen, dass die Wohnung zu seinem Grab werden würde. Doch damals dachte ich, dass er ja letztlich recht hatte, und scherzte weiter, wie es unsere Art war: »Für manche Dinge wird man nie zu alt, Marino. Und außerdem gibt es da so hübsche Wunderpillen!«

Er schenkte mir Wein ein und sagte nichts. In jenen Jahren war Eleonora Vitaglianos trauriger Mann in ein besseres Leben übergegangen, und ich dachte schon eine Weile, ob die beiden sich nicht gegenseitig Gesellschaft leisten könnten. Die Signora unterrichtete nicht mehr, ging wenig aus und begann gerade ihr unschönes Katzenhobby, sodass ich sie häufig auf der Treppe mit einem Straßentiger auf dem Arm traf. Man kann der Einsamkeit auf verschiedene Arten begegnen, die einen gehen nicht mehr vor die Tür, die anderen entwickeln eine übertriebene Tierliebe, während dritte anfangen, mit der Stille zu reden.

»Wie verstehst du dich denn so mit Eleonora Vitagliano?«, fragte ich nach einer Weile.

»Was redest du da?«, fuhr er aus seinem Sessel hoch. »Spinnst du?«

»Na ja, ihr seid beide verwitwet und allein, ihr kennt euch schon ewig, ihr könntet euch doch ein bisschen gegenseitig unterstützen.«

»Cesare, red keinen Unsinn. Hast du überhaupt gesehen, wie sie herumläuft? Die ist doch nicht mehr ganz richtig im Kopf, wenn du mich fragst. Ich kann sie nicht mal auf einen Kaffee einladen, weil sie nach Katzenfutter stinkt.«

Ich lächelte. Er hatte recht, auch die Verzweiflung kennt Grenzen. Also erwiderte ich: »Ja, vermutlich stimmt das, dann lieber allein«, und hielt ihm das Glas für einen weiteren Schluck Wein hin.

Es war Zeit fürs Abendessen, und wir verabschiedeten uns. Als ich Caterina berichtete, dass Marino nicht mehr zu uns kommen würde, meinte sie bedauernd: »Schade, ich hatte mich an seine stumme Anwesenheit gewöhnt.«

»Mach dir keine Sorgen«, antwortete ich auf dem Weg ins Bad, »in ein paar Tagen ist er wieder hier. Er kann sich ja schlecht in seiner Wohnung begraben!«

Seit jenem Abend sind acht Jahre vergangen.

Zeit genug für Marino, sich den Schmerz zum Freund zu machen.

»Ich bin hochgekommen, weil ich etwas für dich habe«, seufzt Marino schließlich.

»Ich zuerst«, unterbreche ich ihn.

Er sieht mich neugierig an. Seine Wangen sind gerötet, und er atmet schwer.

»Das Mädchen erwartet ein Kind. Ich wollte es dir schon früher sagen, aber …«

Marinos Hand mit dem Glas bleibt in der Luft hängen, dann stellt er es wieder ab.

»Will sie es behalten?«

»Sie sagt Ja.«

»Ich hatte recht, wir hätten uns nicht einmischen dürfen. Ich bin alt und mag mir solche Probleme nicht mehr anhören.«

»Was hätte ich denn tun sollen? Ich versuche doch nur, einem armen Mädchen zu helfen.«

»Du mischst dich viel zu sehr in die Sache ein. Ein Brief ist das eine, etwas anderes ist es, sie bei dir übernachten zu lassen.« Das Gelächter vor ein paar Minuten ist nur noch ferne Erinnerung.

»Und wenn er es erfährt?«, meint er dann.

Ob der gute Marino jemals, wenn es am Schönsten ist, nicht die Hosen voll haben wird?

»Keine Sorge, ich habe ihm schon einen Denkzettel verpasst.«

»Du spinnst ja, weißt du das? Du bist bloß ein armer alter Mann, allmählich solltest du zur Vernunft kommen und das akzeptieren!«

»Nein, ich habe beschlossen, überhaupt nichts mehr zu akzeptieren. Wenn das Alter mich unterkriegen will, wird es sich gehörig anstrengen müssen!«

Marino sieht mich perplex an, während ich ihm noch einmal nachschenke.

»Also?«, frage ich dann. »Was willst du bei mir?«

Er stellt sein Glas ab und starrt vor sich hin, dann sagt er mit stolzem Unterton: »Ich habe dir den Brief mitgebracht, den ich mit Orazio zusammen ausgedruckt habe!«

Was für andere Menschen etwas ganz Alltägliches ist, wird für uns zur Gipfelbezwingung. Die Technik sollte einfach mehr Rücksicht auf alte Menschen nehmen. Ich ergreife den Umschlag und drehe ihn in den Händen. Das geschieht mir häufig, dass der anfängliche Begeisterungssturm nach und nach zu einer Frühlingsbrise abflaut. Ich verteile die letzten Tropfen Wein. Marino wehrt sich nicht, mittlerweile denkt er wie ich.

»Auf Emmas Rettung«, sagt er, hebt sein Glas und nähert es meinem.

Er ist so froh, dem Mädchen helfen zu können, dass ich ihm lieber verheimliche, dass der mit seinem Schweiß getränkte Brief im gleichen Augenblick, da er die Wohnung verlässt, im Papierkorb landen wird.

»Auf ihre Rettung«, wiederhole ich.

Wir stoßen an, dann bringe ich ihn zur Tür. Vielleicht sollte ich ihn nach unten begleiten, er wirkt beschwipst. Aber das bin ich auch, und alt bin ich auch. Nur dass ich im Gegensatz zu Marino alles tue, um nicht daran zu denken.

Ich werfe den Brief in den Mülleimer und kehre ins Wohnzimmer zurück. Solange du den Schmerz nicht am eigenen Leib erfährst, begreifst du ihn nicht. Dabei benutzen viele die Formulierung »Ich verstehe dich«. *Einen Scheißdreck versteht ihr, liebe Leute*, das sollte man ihnen antworten. Ich habe Räuber und Gendarm gespielt, Emma erlebt die Realität.

Mir ist schwindelig. Ich lege mich aufs Sofa und breite die Decke über meine Beine. Dann schließe ich trotz des muffeligen Wollgeruchs die Augen. In dieser Wohnung riecht alles alt. Man muss sich einfach daran gewöhnen.

# AUF MEINE ART

Ich bin gerade eingedämmert, als es erneut an der Tür klingelt. Meine Ruhe ist dahin, und ich habe es selbst so gewollt: Ich kann nicht einmal mehr das müde Gesäß auf dem Sofa ablegen, schon will wieder jemand was von mir. Dieses Mal ist es wirklich Eleonora. Auf ihren Stock gestützt, sagt sie: »Der Immobilienmakler kommt gerade hoch. Du hattest doch gesagt, ich könnte dir Bescheid geben.«

Ich fahre mir mit der Hand durchs Gesicht und schlüpfe in meine Jacke. Als ich ins Treppenhaus trete, steht der Wohnungsverkäufer schon auf der Schwelle der Vitagliano-Wohnung, im Schlepptau ein junges Pärchen, das sich verwirrt umschaut. Ich gehe hinter ihnen her und versuche, möglichst laut durch den Mund zu atmen, bis der Makler mich bemerkt und sich umdreht.

»Das ist ein Freund von mir«, erklärt die Katzendame.

Der Mann reicht mir die Hand, ich schüttle sie und sehe mir ihn und seine Kunden ganz genau an, die mit einem höflichen Lächeln reagieren. Ich würde gerne erklären, dass Eleonora wirklich nur eine Freundin ist und ich nichts mit dem Gestank zu tun habe, der die Szene durchweht, aber ich habe Wichtigeres zu tun; während das Pärchen mit Eleonora die Zimmer besichtigt, packe ich den Mann am Arm und sage: »Ich muss Sie mal sprechen.«

Er sieht mich an und erwidert: »Ja bitte?«

»Wie läuft es denn mit den Besichtigungen? Ich meine, gibt es ernsthafte Interessenten?«

»Zurzeit noch nicht, aber die Gegend ist gut, die Wohnung macht was her, da wird sich früher oder später ein Käufer finden, man muss nur Geduld haben. Klar, wenn die Signora die Wohnung ein bisschen ansprechender präsentieren würde, wäre alles einfacher«, endet er belustigt.

Ich finde das überhaupt nicht komisch. »Eben das wollte ich mit Ihnen klären. Ich bin ein geduldiger und verständnisvoller Mensch, ich weiß, dass jeder sein Geld verdienen muss, aber wenn Sie der Signora noch einmal sagen, wie sie ihren Haushalt zu führen hat, werfe ich Sie eigenhändig hinaus, Sie und Ihre netten Interessenten.«

Sein Schlitzohrlächeln erstirbt schlagartig. »Ich habe das nur in ihrem Interesse gesagt. Um den Verkauf zu beschleunigen. Ich tue doch nur meine Arbeit.«

»Das ist gut, tun Sie Ihre Arbeit und verteilen Sie keine unerwünschten Ratschläge.«

Er senkt den Kopf.

»Und außerdem, falls Sie die Wahrheit hören wollen: Die Signora hat nicht die leiseste Absicht zu verkaufen.«

»Das verstehe ich nicht ...«

»Sie verstehen das schon, Sie sind ja nicht blöd. Sie wissen genau, dass der Auftrag, die Wohnung zu verkaufen, nicht von ihr kommt. Und Sie wissen auch, dass es für eine ältere Dame nicht gerade beruhigend ist, fremde Menschen durch die Wohnung spazieren zu sehen.«

»Hören Sie, ich weiß nicht, wer Sie sind, ich tue hier nur, wozu man mich beauftragt hat ...«

»Genau, beauftragt. Deswegen wollte ich ja mit Ihnen

reden. Sie müssen den Auftrag zurückgeben und dürfen niemanden mehr hier herumführen.«

Nun verliert der Makler die Geduld und plustert sich auf. »Nicht Sie sind mein Auftraggeber, sondern die Nichte von Signora Vitagliano. Und demnach muss auch sie es sein, die mir mitteilt, dass sie nicht mehr verkaufen möchte.«

Ich seufze. Ich hatte gehofft, mich dieses Mal nicht verwandeln zu müssen, doch der Bursche erweist sich als widerspenstig. Ich schaue ihn an, lächle ihm zu, auch weil er gut riecht, und unter solchen Umständen ist das nicht unwichtig. Er bleibt reglos stehen und wartet ab, was ich tue, in seinem schönen grauen Nadelstreifenanzug mit grünem Schlips, der Ordner überquellend mit sinnlosen Papieren und die Haare gelgelackt. Also hole ich, kurz bevor das junge Paar uns unterbricht, zu einem Schlag aus: »Wir verstehen uns wohl noch nicht. Ich bin pensionierter General der Zollfahndung. Wenn Sie nicht aufhören, dieser Signora jeden Tag einen Haufen Leute ins Haus zu schicken, sehe ich mich gezwungen, meine Kollegen zu bitten, Ihnen baldmöglichst einen Besuch abzustatten. Ich denke nicht, dass Ihr Vorgesetzter daran sonderlich interessiert sein dürfte.«

Er läuft rot an und sagt nichts, auch weil seine Kunden trotz Modergeruch und Katzenslalom begeistert zu sein scheinen. »Sie gefällt uns«, beginnt die junge Frau und guckt lächelnd in die Runde. Eleonora reißt besorgt die Augen auf, daher mache ich eine beruhigende Geste in ihre Richtung, um gleich darauf den Blick wieder meinem Gesprächspartner zuzuwenden.

»Nun gut, wir wollen nicht länger stören«, sagt er und begleitet seine Klienten hinaus.

Die junge Frau scheint aber noch nicht gehen zu wollen. »Sollten wir nicht noch mit der Signora sprechen? Wir sind an der Wohnung interessiert«, sagt sie auf dem Treppenabsatz, doch der Makler unterbricht sie: »Nein, Signora, das klären wir alles in meinem Büro.«

»Die schienen ja wirklich interessiert zu sein«, meint Eleonora, als wir allein sind.

»Aber nein, ich habe mit dem Makler gesprochen. Er hat es kapiert.«

»Was hast du ihm denn gesagt?«

»Dass er nicht mehr nerven soll und du die Wohnung eh nicht verkaufst.«

»Was?«

»Er soll nicht mehr kommen«, bekräftige ich, »weil du ohnehin nicht verkaufst.«

Sie sieht mich erstaunt an. »Das hast du zu ihm gesagt?«

»Freust du dich denn nicht? Das wolltest du doch, oder?«

Eleonora kommt näher, mit zerzausten Haaren und den Mund zu einer merkwürdigen Grimasse verzogen.

»Ich habe dich nicht gebeten, die Wahrheit zu sagen. Ich wollte nur, dass der Makler keine Kommentare zu der Wohnung abgibt. Du solltest nur an meiner Seite sein. Was wird meine Nichte denn jetzt dazu sagen?«

Ich schließe die Augen und versuche, die Wut hinunterzuschlucken, die in meinen Adern hochkocht. Ich Volltrottel. Offenbar kann ich es immer noch nicht lassen, die Probleme irgendwelcher Frauen lösen zu wollen. Ich tue das nun mal auf meine Art, die aus irgendeinem Grund nicht die Art der Frauen zu sein scheint.

»Also, Eleonora«, gebe ich zurück, »zuerst sagst du, ich soll dir helfen, dir beistehen, und dann plötzlich nicht mehr. Ich habe wirklich Besseres zu tun!«

»Ich wollte nur, dass du ihm sagst, er soll mich nicht zu jeder Tageszeit stören.«

»Dann hast du dich unklar ausgedrückt«, erwidere ich und will in meine Wohnung zurückkehren, während eine ihrer Katzen die Gelegenheit nutzt, durch meine Beine in Richtung Treppe zu schlüpfen.

»Cesare, nun sei doch nicht immer gleich eingeschnappt. Komm her. Wir müssen den Makler anrufen und ihm die Sache erklären.«

Ich drehe mich um und sehe sie fassungslos an. Als Antwort legt sie den Kopf zur Seite und sagt: »Los, verflucht noch mal, hilf mir, das Problem zu lösen.«

»Ich habe dir schon geholfen«, gebe ich in unendlicher Geduld zurück.

»Was soll ich meiner Nichte sagen?«, fragt sie, den Tränen nahe.

Zum ersten Mal in vierzig Jahren sehe ich sie in solcher Not. Sie war stets eine energische Person, die ihre Frau stand und zuerst ihren Gatten und dann die Katzen herumkommandierte. Diese Eleonora hier vor mir ist eine alte Frau, die so tut, als sei sie stark, doch das stimmt nicht mehr.

»Die Wahrheit«, sage ich zu ihr, »sei einfach ehrlich. In unserem Alter haben Lügen kein langes Leben.«

Dann lasse ich sie stehen und schließe meine Wohnungstür.

In über siebzig Jahren ist es mir nicht gelungen, die Frauen zu verstehen.

# EIN UNAUFHALTSAMER STROM

»Mach auf!«

Es ist ein Uhr nachts, durch die Gegensprechanlage ertönt Svevas Stimme. Erstaunt starre ich auf den Hörer, dann drücke ich den Türöffner. Was mag passiert sein? Ich trete in den Flur und horche, was sich einige Stockwerke tiefer tut. Sie wartet auf den Aufzug. Ich schaue durch das Treppenhaus hinunter und entdecke die kleinen Finger meines Enkels auf dem Geländer. Trotz zahlloser Hypothesen, die mir durchs Hirn schießen, fällt mir kein wirklicher Grund ein, warum meine Tochter mitten in der Nacht bei mir klingelt.

Es sei denn, sie ist abgehauen.

Wenn du in einem gewissen Alter wieder in deinem Elternhaus schläfst, gibt es genau zwei Möglichkeiten: Entweder sind sie nicht mehr am Leben, oder dein eigenes Leben ist am Ende. Und da ich mich noch nicht für dahingeschieden halte, neige ich zur zweiten Annahme.

»Keine Fragen, bitte!«, sagt sie sofort, als sie den Aufzug verlässt.

Ich erstarre mit einem Fragezeichen im Gesicht und einem auf der Zunge. Oh nein, liebe Sveva, da machst du es dir zu einfach. Kommst um diese Uhrzeit mit deinem schlaftrunkenen und verwirrten Sohn zu mir und glaubst, meine Fragen nicht beantworten zu müssen? Doch das behalte ich natürlich alles für mich. Ich gebe Federico einen Kuss, nehme Sveva die kleine Reisetasche ab und folge ihnen in die Wohnung. Sie zieht ihre Jacke aus und dreht sich zu mir um. Jetzt wird sie mir endlich sagen, was passiert ist.

»Wo können wir schlafen?«, fragt sie.

Ich betrachte sie stumm. Ihre Augen sind vom vielen Weinen geschwollen, die Haare strubbelig, und ihr Mund steht leicht offen. Sie hatte offenbar keinen besonders schönen Abend. Ich sehe meinen Enkel an, der die Augen kaum offen halten kann, und empfinde großes Mitleid mit ihm. Höchstwahrscheinlich wurde er aus dem Bett gerissen, musste einmal mehr einen Streit seiner Eltern mit anhören und steht nun in der Wohnung seines alten Großvaters, ohne Vater, vertrautes Kinderzimmer und Spielzeug.

Seid so böse miteinander, wie ihr wollt, aber lasst Federico aus dem Spiel. Lasst ihn ohne euren Hass aufwachsen, bewahrt ihn vor euren Vorwürfen, versteckt eure lieblosen Blicke vor ihm. Und wenn ihr das nicht schafft, dann trennt euch lieber. Ein Kind, das ohne das zweite Elternteil aufwächst, mag vielleicht unvollständig und unsicher sein, aber wer unter Hass und Gewalt aufwächst, lernt nicht zu lieben. Es gibt kein schlimmeres Unrecht, das Eltern ihren Kindern antun können.

»Ihr könnt mein Zimmer haben«, sage ich hart.

»Und du?«

»Ich schlafe ohnehin wenig und schlecht, mir reicht das Sofa.«

Sie packt den Kleinen und geht mit ihm ins Zimmer. Als ich die Tasche hinterhertrage, liegt Federico schon auf dem Bett, während sie mit fahrigen Bewegungen versucht, ihm die Schuhe auszuziehen. Ich gehe zu ihm, schiebe sie wortlos zur Seite und setze mich auf ihren Platz. Sveva hat den Schlafanzug des Kindes in der Hand und wirft ihn aufs Bett, dann nimmt sie etwas aus der kleinen Reisetasche zu ihren Füßen und verschwindet im Bad. Ich und mein Enkel bleiben allein im Zimmer. Er schläft schon, und ich würde am liebsten dasselbe tun. Ich schiebe ihn unter die Decke, dann ziehe ich ein altes Kopfkissen vom Schrank herunter, das wer weiß wie lange schon kein menschliches Gesicht mehr gespürt hat, und nehme es mit zum Sofa, wo bereits die Decke liegt. Ich strecke mich aus und lösche das Licht, aber ich werde kein Auge zutun, dazu bin ich viel zu aufgewühlt. Nach ein paar Minuten kommt Sveva aus dem Bad und verschwindet schnell im Zimmer, ich höre, wie sie die Schubladen aufzieht und Federico etwas zuflüstert, bevor die quietschenden Bettfedern verraten, dass sie sich endlich hingelegt hat.

Es ist komisch, drüben liegt meine Tochter, dieselbe Frau, der ich die Windeln gewechselt, den Po abgewischt und die Tränen getrocknet habe, und dennoch ist es mir peinlich, als würde meine Intimsphäre von einer Fremden verletzt. Nicht Blutsbande führen zu Intimität, sondern wenn man zusammenlebt. Auch eine Mutter, der man fern ist, wird mit der Zeit und mit Abstand ein bisschen zu einer Fremden.

»Schläfst du?«

Mein Kopf fährt hoch, und ich sehe sie in der Tür stehen. In der Dunkelheit kann ich ihr Gesicht nicht erkennen, doch ich bin mir sicher, dass sie ihren Mund verzogen hat wie damals als Kind, wenn sie etwas ausgefressen hatte. Ich weiß noch, wie sie einmal auf die Anrichte klettern wollte und dabei das ganze Tellerservice meiner Schwiegermutter heruntergerissen hat. Caterina zeterte los, und Sveva kam zu mir gelaufen mit derselben Miene auf dem Gesicht wie heute Abend. Immer wenn ihre Mutter mit ihr schimpfte, rannte sie zu mir, weil sie sich bei mir sicher fühlte. Ich war nie besonders gut in der Rolle des strengen Vaters, sie lag mir einfach nicht, nach den ersten zwei Sätzen brach ich in Gelächter aus, und Sveva stimmte mit ein. Dann kam Caterina hinzu und nannte mich verantwortungslos. Sie war überzeugt, dass ich durch meine mangelnde Autorität meinen Kindern das Leben ruinieren würde. Tja, ich selbst hatte einen autoritären Vater, ich bin nicht besser aufgewachsen als Sveva und Dante.

»Nein, ich bin wach«, sage ich trocken.

Ich mache keinen Hehl aus meinem Zorn auf ihr ewiges Schweigen. Caterina war genauso, sie konnte Stunden, Tage und Wochen schweigen und darauf warten, dass das schlechte Gefühl von allein verschwand. Anfangs hasste ich die Vorstellung, nichts gegen die Anspannung tun zu können und damit leben zu müssen, doch mit der Zeit lernte ich, ihren Zorn zu ignorieren. Auch auf die Gefahr hin, Unfug zu reden, ich glaube, dass die Krankheit sich aus dieser unterdrückten Energie entwickelt hat. Meine Frau fraß ihren Groll tagtäglich in sich hinein.

Sveva setzt sich auf die Sofakante und schaut mich an. Selbst aus dieser Nähe kann ich nicht in ihren Augen lesen.

»Es tut mir leid«, sagt sie. »Ich habe dich einfach überfallen, ohne etwas zu erklären, aber ich fürchte mich vor deinem Urteil.«

Meine spontane Reaktion ist, die Hand nach ihrem Gesicht auszustrecken, eine Geste, die ich seit Ewigkeiten nicht gemacht habe. Und wirklich weicht Sveva zunächst ein wenig zurück, bevor sie mir ihre Wange hinhält. Und so treffen meine Finger auf ihre Tränen, wie früher einmal, wenn ich ihr mit dem Daumen die Tränen wegstrich, bevor sie ihr übers Gesicht rannen.

»Wie lange hast du mich nicht mehr gestreichelt.«

»In Wirklichkeit berühre ich dich gar nicht«, erkläre ich, »unsere Atomkerne treffen sich niemals, sie können es nicht. Nichts berührt nichts.«

»Was redest du da?«

»Keine Ahnung, ich hab mal einen Bericht darüber gesehen, aber nicht viel verstanden.«

Sie lächelt. »Du guckst zu viele Dokumentarfilme.«

»Kann sein, aber wenn sonst nichts mehr meine Neugierde weckt ... Und nur mit Neugierde kann ich meine maßlose Eitelkeit befriedigen!«

Sveva lächelt breit, und ich auch. Dann werden wir wieder ernst und schweigen, bis es aus ihr herausbricht: »Diego und ich haben gestritten, ich glaube, er ahnt etwas.«

Ich seufze. Der Verdacht ist der letzte Tropfen, der das Beziehungsfass zum Überlaufen bringt. Wenn er fällt, ist vieles schon verloren.

»Liebst du ihn noch?«

»Ich weiß es nicht ...«

»Also nein.«

»Mittelwege existieren für dich nicht, stimmt's?«

»Mittelwege dienen nur dazu, nicht den richtigen Weg einzuschlagen, der dich direkt dorthin bringen würde, wo du hinwillst. Der Mensch ist ein Meister darin, Sachen aus dem Weg zu gehen, um nicht das Ziel zu erreichen, vor dem er Angst hat.«

»In letzter Zeit hast du dir das Philosophieren angewöhnt«, sagt sie ironisch.

»Das ist keine Philosophie. Es ist das Alter, das einen dazu bringt, manche unbequeme Wahrheit zu akzeptieren. Wenn du deinen Mann nicht mehr liebst, musst du ihn verlassen. Nicht deinetwegen, sondern wegen Federico. Sonst verbringt er seine Kindheit damit, euren Streitereien zuzuschauen und deinen Frustrationen. Tut mir leid, ich wollte mich raushalten, aber jetzt muss ich doch etwas sagen. Entscheide dich dafür zu wählen, mach es nicht wie ich oder der Rest der Welt. Du hast keine Ahnung, wie viele Paare zusammen sind, nur weil sie keine Wahl treffen.«

Sie zieht ihr Gesicht von meiner Hand weg, stützt die Ellbogen auf die Beine und das Gesicht in ihre Hände. Dann beginnt sie, sich hin und her zu wiegen, wie Caterina es tat, wenn sie sich in der Falle fühlte. Ich muss unwillkürlich lächeln. Sveva sieht mich irritiert an.

»Nichts, du erinnerst mich nur an deine Mutter, die wiegte sich auch immer so.«

»Weiß ich gar nicht mehr.«

»Tja, normalerweise verbergen Mütter ihre Probleme vor den Kindern.«

Bei diesem Satz erlischt jeder Anflug von Fröhlichkeit, der auf ihrem Gesicht aufglimmen wollte.

»Du glaubst, ich mache es falsch mit Federico, stimmt's?«

»Ja«, gebe ich zu, »aber ich glaube auch, dass das normal ist und niemand etwas dagegen tun kann. Ich habe auch vieles bei dir falsch gemacht, du bei ihm, er wird es bei seinen Kindern tun.« Das scheint sie zu beruhigen, so schweigen wir wieder ein Weilchen. Unsere Atemzüge überlagern sich in der Nacht und wechseln sich ab, wie zuletzt vor vielen, vielen Jahren. Dann bricht sie das Schweigen: »Warum schläfst du nicht auch drüben?«

»Wo?«

»Im Ehebett.«

»Das ist zu eng.«

»Ist doch egal.«

»Ich komm hier klar, mach dir um mich keine Sorgen.«

»In Wirklichkeit mache ich mir um mich Sorgen.«

Ich sehe sie neugierig an. Sie runzelt die Stirn und fährt fort: »In dem Bett da zu schlafen macht mich traurig ...«

Ach ja, daran hatte ich nicht gedacht. An den Dingen bleibt immer ein bisschen von den Menschen zurück, die mit ihnen gelebt haben. Unter der Bettdecke hat Sveva zu ihrer Mutter zurückgefunden.

»Schön, dann komme ich rüber, damit deine Melancholie verfliegt«, erwidere ich spontan. »Aber ich warne dich: Ich wälze mich die ganze Nacht und schnarche wie ein Schwein.«

Sie lacht und hilft mir hoch. Wir schlüpfen unter die Bettdecke, zwischen uns der schlafende Federico. Bevor sie das Licht ausmacht, sieht Sveva mich an und flüstert: »Danke, Pà.«

»Aber bitte, wofür denn ...«

Als die Dunkelheit sich auf das Zimmer herabsenkt, bin ich allein mit meinen Gedanken und starre zur Zimmerdecke hoch, auf die vereinzelte Lichtstrahlen durch die Fensterläden hindurch ihre Streifen zeichnen. Das erste

Mal seit ich weiß nicht wann fühle ich mich so richtig wohl. Ich drehe mich um und betrachte Federico, der mit offenem Mund und dem Gesicht nach oben schläft. Sveva hat sich von uns weggedreht, doch ich kann ihre Atemzüge hören. Wie von selbst wandern meine Gedanken zu der Zeit, als sie es war, die in der Mitte lag, und ihre Mutter uns den Rücken zudrehte. Vierzig Jahre ist das her, doch die Geschichte scheint sich in einem unaufhaltsamen Strom zu wiederholen.

Was wir sind, vergeht mit dem Körper, doch was wir waren, bleibt in unseren Nachkommen erhalten. In Sveva glaube ich ein wenig Caterina wiederzusehen, so wie ich irgendwann in dem Gesicht meiner Mutter den Großvater entdeckte. Wer weiß, ob auch ich eines Tages wieder auftauche, in einer Geste, einem Gesichtsausdruck, einem Lächeln meiner Tochter. Und wer weiß, wem die Augen gehören werden, die mich erblicken.

# WIE WOLKEN

Heute Morgen bin ich früher aufgewacht als sonst, habe mich vorsichtig aus den Decken geschält und bin in die Küche gegangen. Sveva und Federico schlafen noch selig. Die ganze Nacht habe ich versucht, mich nicht zu rühren, um meinen Enkel nicht zu wecken. Nach kurzer Zeit war meine Schulter steif und mein Arm eingeschlafen, aber das waren nicht die schlimmsten Empfindungen, die meinen Körper durchfuhren. Etwa zwei Stunden, nachdem ich eingeschlafen war, weckte mich mit der Präzision einer Schweizer Uhr meine Blase, und nach weiteren sechzig Minuten hatte sich der Urindrang in einen unaufhörlichen Reiz verwandelt. Die Blase flehte mich förmlich an, sie von der überschüssigen Flüssigkeit zu befreien, die ich mir tagsüber einverleibt hatte. Und wirklich hatte ich es beim Abendessen mit dem Wein übertrieben. Aber nun erklär mal jemandem (also deiner Blase, meine ich), dass so eine Karaffe Wein die wundersame Gabe hat, selbst einen melancholischen und einsamen Abend erträglich zu machen.

Auf jeden Fall musste ich dringend aufs Klo. Dummerweise hätte man dafür Licht machen, die Brille aufsetzen, in die Pantoffeln schlüpfen und über den Flur schlurfen müssen. Alles verbunden mit einem Heidenlärm, der

Sveva und Federico geweckt hätte. Also blieb ich die folgenden vier Stunden reglos im Bett liegen, auf die Seite gedreht, denn mit einer ballonartig geblähten Blase auf dem Rücken zu liegen, erfordert übermenschliche Fähigkeiten.

Kurz, diese Nacht war nicht die erholsamste und der folgende Tag womöglich noch schlimmer. Beim Frühstück verkündete Sveva, dass sie nach Hause zurückkehren werde. Ich lächelte sie an, obwohl mir die Enttäuschung bestimmt ins Gesicht geschrieben stand. Nicht darüber, dass sie sich offenbar erneut dafür entschied, keine Wahl zu treffen, sondern weil ihr kurzer und unerwarteter Besuch mich glücklicher gemacht hatte, als ich mir hätte vorstellen können. Man gewöhnt sich an die Einsamkeit und vergisst, dass die Nacht weniger Angst macht, wenn jemand neben dir atmet. Jedenfalls war alles entschieden, und ich konnte nichts daran ändern, also trank ich schweigend meinen Kaffee, bis sie mich fragte, ob ich Federico zur Schule bringen könnte. In der Vergangenheit hätte ich auf diese Bitte hin nur die Stirn gerunzelt, heute aber lächelte ich sie zu meiner eigenen Überraschung zufrieden an.

Weniger als eine Stunde später stand ich mit Federico vor der Schule. Nachdenklich betrachtete ich den klaren Himmel, an dem ein paar lustige Wölkchen gelangweilt Richtung Vesuv schwebten. Das war kein Tag, um in einem Klassenzimmer zu sitzen. Also sah ich meinen Enkel an und sagte: »Weißt du, was wir jetzt machen?«

Er schüttelte den Kopf.

»Wir gehen nicht da rein. In die Schule gehst du morgen wieder. Heute bleibst du bei deinem Großvater!«

Federico strahlte mich mit aufgerissenen Augen an und

schaffte es, dass ein alter Stoffel sich wenigstens ein Mal als besserer Mensch fühlte.

»Und was machen wir?«

Tja, was sollten wir machen? Wo bin ich früher mit Sveva immer hingegangen? Plötzlich hatte ich einen Einfall: Edenlandia, der Vergnügungspark, den alle Kinder Neapels besuchten.

»Komm mit«, erwiderte ich und lief zum Taxistand.

Und so fand ich mich an einem Dienstagmorgen völlig unverhofft in einem Vergnügungspark wieder, wo ich seit über dreißig Jahren nicht mehr gewesen war. Als Federico verstand, wohin wir unterwegs waren, schrie er vor Freude und zappelte die ganze Fahrt über auf seinem Sitz herum. Der Körper verrät zuverlässig unsere Gefühle, ob es nun ein unentschlossenes oder ängstliches Hin-und-Herschwanken ist oder heftige Vorfreude. Allerdings lässt sich Letzteres wesentlich schwerer verbergen.

Auf meinem Gesicht jedoch erstarb das Lächeln, mit dem wir den Park betraten, kaum dass wir den Eingang passiert hatten. Federico lief freudestrahlend von einer Attraktion zur nächsten, und ich musste mich seiner Begeisterung fügen, ungeachtet der Melancholiewelle, die mich erfasste. Ja nun, ich bin eben wie eine Gitarrensaite, still und in Frieden mit mir, bis einer an mir zupft. Von dem Moment an beginne ich, dauerhaft zu schwingen. Kurz, der Anblick dieses Ortes hatte mich in vergangene Zeiten versetzt. Und in meinem Alter ist es sehr gefährlich, sich rückwärts zu bewegen.

Es war Anfang der Siebziger und das Edenlandia auf der Höhe seiner Popularität. Sveva war noch klein, und Caterina und ich wollten ihr zum ersten Mal den großen Vergnügungspark zeigen, der der ganze Stolz Neapels und Italiens war. Caterina war begeistert, und unsere Tochter konnte kaum stillhalten. Der einzige weniger Enthusiastische war ich. Zumindest so lange, bis ich eine Frau kennenlernte, ich glaube sie hieß Debora, ein junges Mädchen um die zwanzig, das sich mit seinen zwei Freundinnen beim Schießstand aufhielt, wo man Plüschtiere gewinnen konnte. Caterina und Sveva waren noch im Spiegellabyrinth, so ging ich zu den drei Mädchen und begann mehr oder weniger unverschleiert meine Buhlerei. In kurzer Zeit konnte ich Deboras Lieblingskuscheltier und damit ihr Herz erobern. Sie dankte mir und entfernte sich mit ihren Freundinnen unter Gekicher und verführerischen Blicken. Den ganzen Tag dachte ich permanent an Deboras Lächeln und weniger an meine Tochter, die angesichts der zahlreichen Angebote um uns herum schier am Durchdrehen war.

Es hätte der perfekte Tag sein können. Ich hätte mich eins mit dem Leben fühlen können und sollen und mit meiner Frau, die mir liebevolle Blicke zuwarf, mit meiner Tochter, die fröhlich lachte und meine Hand drückte, mit meiner Stadt, die mir einen Tag zum Einrahmen schenkte. Doch ich hatte Debora gesehen, ihren betörenden Körper, ihr leicht kindliches Gekicher, ihren durch und durch sinnlichen Blick. Also tat ich zumindest so, als sei ich so glücklich wie meine Familie, obwohl ich es nicht war, und nicht etwa weil die junge Muse verschwunden war, sondern weil sie, ein dahergelaufenes Mädchen, ausgereicht hatte, um mich blind zu machen gegenüber der Schönheit dieses Tages.

Am Ausgang traf ich sie wieder, und als sie mich mit Sveva an der Hand neben Caterina sah, schenkte sie mir einen ironischen und vielleicht auch etwas verächtlichen Blick.

Ich senkte verlegen den Kopf und verbarg mich hinter einem linkischen Lächeln in Richtung meiner Tochter.

Mit Federico ging ich zu dem Karussell mit Dumbo, dem fliegenden Elefanten, zur Bimmelbahn »Altes Amerika«, um dann schließlich auf dem berühmten Chinesischen Drachen zu landen, einer Art Zug, der seit einem halben Jahrhundert im Kreis fährt, damit Idioten wie ich im Fahren nach einer blöden, in der Luft hängenden Schleife schnappen. Nun ja, wir brauchten sechs Runden, um diese verfluchte Schleife zu bekommen, in der dritten meinte Federico, er habe keine Lust mehr und wolle jetzt Popcorn essen, aber damit brauchte er mir nicht zu kommen: Bis ich nicht mein Ziel erreicht hatte, würden wir nicht weitergehen. Also habe ich mich wieder hinten angestellt, um die nächste Fahrkarte zu kaufen, als sich ein Herr um die vierzig mit einem pausbäckigen, Zuckerwatte lutschenden Kind äußert wendig durch die Menschen schob und kurz darauf an der Kasse stand.

Nach achtzig Jahren Neapel hat hier jeder eine grundlegende Regel verinnerlicht: Lege dich niemals mit einem stämmigen, am ganzen Körper tätowierten Typen an, der Dialekt spricht. Das ist nicht unbedingt die Stadt, um es allzu genau zu nehmen. Trotzdem ging ich zu dem feinen Herrn hin und sagte laut: »Guter Mann, haben Sie nicht die Schlange gesehen?«

Er bedachte mich mit einem gelangweilten Blick und gab auf Neapolitanisch zurück: »Doch.«

Ich konnte nicht anders. »Vielleicht habe ich mich

nicht klar genug ausgedrückt. Sie müssen sich hinten anstellen!«

Nun hatte ich seine volle Aufmerksamkeit. »Was willst du?«, gab er knapp und wenig freundlich zurück.

»Dass Sie sich hinten anstellen!«, erwiderte ich hartnäckig.

Ein Herr hinter mir zog mich am Arm und zischte mir ein »Lassen Sie's gut sein« zu. Wenn ich Zeit gehabt hätte, wäre ich auch auf ihn losgegangen, obwohl er ja nur mein Bestes wollte. Ich hätte ihm die Wahrheit ins Gesicht gepfeffert, dass es genau an diesem Gut-sein-Lassen liegt, dass die Leute sich hier so unverschämt aufführen. Doch ich hatte keine Zeit, denn der große Typ schien dermaßen verärgert über meine Worte, dass er drohend einen Schritt vortrat. Ich wollte mich gerade in den pensionierten Carabinieri-Oberst verwandeln, als ein Mann vom Wachpersonal kam, meinem Gegenüber das Ticket aushändigte und ihn unfassbarerweise bat, es gut sein zu lassen. Und das tat er, er ließ es auf sich beruhen, denn darin sind in Neapel ja alle Meister, außer meiner Wenigkeit. Ich wollte nachfassen, doch Federico neben mir sah mich so erschrocken an, dass ich bezahlte und für eine weitere Runde in die Bahn stieg. Kurz bevor der Zug losfuhr, habe ich mich zu meinem Enkel gebeugt und gesagt: »Wenn du wirklich hier leben willst, mach es nicht wie dein Großvater, sondern erlerne die traurige und verzweifelte Kunst, Dinge gut sein zu lassen.«

Ich dachte, mit dem Vergnügungspark hätte ich sämtliche Versäumnisse in Sachen Großvaterfunktion ausgeglichen, doch als wir draußen standen, wollte Federico noch in den gegenüberliegenden Zoo gehen, was meine These bestätigte, der zufolge man so wenig wie möglich nachgeben sollte, um nicht exzessive Erwartungen bei anderen zu wecken. Nun sollte ich mir also nach Piraten, Raumschiffen, Pferden und Drachen auch noch den tristen Anblick von eingesperrten Tieren antun; ein Erlebnis, auf das ich genauso gern verzichtet hätte wie auf den Park.

Ich lernte, dass der Flamingo seine rote Färbung dem Pigment eines Mikrokrebses verdankt, der ihm als Nahrung dient, dass wegen der zahlreichen Raubtiere nur fünfzehn Prozent der neugeborenen Straußenvögel das erste Jahr überleben und dass die schwarzen Schwäne monogam sind und ihr ganzes Leben mit derselben Partnerin verbringen. Es wäre lustig, wenn auch wir die Farbe unseres Essens annehmen würden, und es wäre tragisch, wenn nur ein geringer Prozentsatz unserer Kinder das Erwachsenenalter erreichte. Und man stelle sich vor, der Mensch wäre monogam und verbrächte sein ganzes Leben an der Seite von nur einer Person. Das schaffen die wenigsten Lebewesen.

Jedenfalls verließ ich den Zoo mit dem guten Gefühl, meinem Enkel eine Erinnerung geschenkt zu haben, die ihn den Großteil seines Lebens begleiten würde. Ich lief ruhig und zufrieden neben Federico her, bis wir meinen schrecklichen Nachbarn trafen. Eigentlich ging er auf der anderen Straßenseite und bemerkte mich gar nicht. Er kam gerade aus einer Bank mit zwei anderen Personen, mit denen er sich lachend unterhielt. Als ich ihn so gelassen und selbstsicher in seiner schönen, dunklen Jacke sah, zweifelte ich einen Moment, ob es sich um denselben Menschen handelte, der Emma so fürchterlich zurichtete.

Ich blieb stehen und beobachtete diese gut gekleideten Leute, die redeten und gestikulierten, Gestalten wie andere auch und daher unsichtbar, drei Figuren, die ich ohne ihn nur einen Moment gesehen und dann sofort vergessen hätte, etwa wie Wolken am Morgen.

Auf den ersten Blick gab es nichts an meinem Nachbarn, das nicht stimmte: elegant, klares, lächelndes Gesicht, Vertrauen erweckendes Äußeres. Doch sein bloßer Anblick ließ mich erschauern. Wie kann ein Mensch zwei so unterschiedliche Erscheinungsbilder haben? Die sich gegenseitig offenbar nicht tangieren? Und warum ist das Böse für den Außenstehenden oft nicht erkennbar? Vielleicht weil es im Dunkeln unter der Oberfläche liegt. Wie Wolken, deren Äußeres von der Sonne gestreichelt wird, während ihr Inneres schwarz und zornerfüllt ist.

»Wer ist das?«, wollte Federico plötzlich wissen.

»Ein Bekannter«, erwiderte ich ohne Zögern.

Ich starrte weiterhin meinen Feind an, bis er mich bemerkte. Endlich erstarb sein Lächeln. Ich bin kein Feigling, zumindest kämpfe ich jeden Tag dafür, keiner zu sein, doch angesichts seiner Raubtierblicke empfand ich etwas, das Angst sehr nahe kam. Doch dann sagte ich mir, dass er viel eher mich fürchten musste als umgekehrt, also hielt ich seinem Blick stand, bis der Kriecher sich umdrehte und verschwand. Nach einer Weile ging ich mit Federico an der Hand weiter.

»Willst du ihm nicht Hallo sagen?«, fragte er.

»Ein andermal«, gab ich zurück.

Dann betrat ich die erstbeste Bar und steuerte direkt auf die Toiletten zu. Noch wenige Sekunden, und ich hätte mir in die Hose gemacht.

# DAS GOLDFISCHGLAS

Geschirr geht zu Bruch. Ein Schrei, ein dumpfer Schlag. Noch ein Schrei. Ich mache Licht, setze mich im Bett auf und warte. Nach einer Weile geht der Tumult weiter, es klingt, als würden Möbel verschoben und Stühle weggezerrt, dann erneut Scherben. Wieder Schreie. Ich rappele mich auf und schlüpfe in den Morgenmantel. Ich stehe in meinem Flur, als die benachbarte Wohnungstür aufgeht. Ich höre jemanden die Treppe hinabstürzen und laufe zu meinem Fenster. Ein paar Sekunden später kommt er aus dem Haustor und läuft zu seinem Wagen. Ich stürze ins Treppenhaus, wo Eleonora Vitagliano mich schon erwartet. Reglos starrt sie auf Emmas angelehnte Tür.

»Hast du das gehört?«, flüstert sie.

Ich nicke, habe keine Zeit, mich um die Katzendame zu kümmern. Ich gehe zur Tür und drücke sie auf. Eleonora postiert sich dicht hinter mir.

»Eleonora, bitte!«, fahre ich sie wenig rücksichtsvoll an.

Brummelnd zieht sie sich zurück. Ich drücke auf den Klingelknopf, obwohl meine Hände stärker zittern als sonst. Wenn heute Abend nicht endlich mit alldem Schluss ist, gehe ich zur Polizei, das schwöre ich.

Emma antwortet nicht. Ich sollte hineinstürzen, aber ich stehe wie festgenagelt auf der Türschwelle, irgendetwas hält mich zurück und sicher nicht Signora Vitagliano, die mich mit ihren Blicken quasi hineinschieben möchte. Ich habe Angst, echte Angst, wie man sie nur wenige Male im Leben verspürt und die einem Kopf und Glieder lähmt. Dummerweise kann man in meinem Alter nicht mehr wirklich auf sie hören, sonst landet man blitzschnell im Sessel wie Marino und betrachtet die Welt aus der Ferne. Also schiebe ich die Tür auf und betrete die Wohnung.

Der Eingang ist dunkel, das einzige Licht kommt aus dem Zimmer hinten rechts. Ich möchte hinlaufen und mich versichern, dass es Emma gut geht, doch meine Beine tragen mich nicht. In meinem Kopf dreht sich alles, und durch den grauen Star komme ich nicht gegen die Dunkelheit an. Also taste ich mich langsam durch den Flur, die Hände erfühlen jeden Schritt und bahnen mir den Weg zwischen den Möbeln hindurch.

Emma ist nicht in der Küche, Scherben von Tellern und Gläser liegen herum, ein Stuhl ist umgestoßen, drei Schubladen aufgerissen. Dann sehe ich rote Flecken auf dem Fußboden. Blut. Die Tropfen weisen mir den Weg, wie die Brotkrümel von Hänsel und Gretel.

»Emma«, flüstere ich.

Sie antwortet nicht. Lieber Gott, ich bitte dich, mach, dass es ihr gut geht, dass ich sterben kann, ohne noch eine Tragödie erlebt zu haben. Ich mache Licht im Flur. Die Blutspur führt ins Badezimmer. Auf dem Boden liegen Handtücher, ebenso Seife und Zahnputzbecher und der Badewannenvorhang. Die Tropfen werden zu Abdrücken nackter Füße.

Ich muss pinkeln.

Aus dem Hausflur ertönt die Stimme der Katzendame, aber ich kann nicht verstehen, was sie sagt, ich fühle mich in einer Wattewelt gefangen, schwimme wie ein Fötus im Fruchtwasser.

»Bitte«, höre ich mich wispern, »hilf mir, du hast mir immer geholfen!«

Doch Caterina ist weit weg, und auch Signora Vitaglianos Stimme und meine Kinder, ebenso Rossana und Marino. Alle sind weit weg von mir und dem, was hier passiert. Der Gestank dieser Scheiße kann nicht bis zu ihnen dringen.

Vor dem Bad ist ein Regal umgefallen, auf der Erde Wasser und Glasscherben. Etwas entfernt windet sich nach Luft schnappend ein Goldfisch. Wenn ich könnte, mein Freund, würde ich dich schnellstens retten, dich in das Waschbecken legen und den Wasserhahn aufdrehen. Niemandem sollte es an Sauerstoff mangeln. Ich verstehe dich, du ahnst nicht, wie sehr, aber ich kann dir nicht helfen, nicht jetzt.

Es tut mir leid.

Ich drehe mich um und betrete den gegenüberliegenden Raum, das Schlafzimmer. Die Schranktüren stehen offen, auf dem Boden ein paar Kleider. Auf der Matratze ein halb gepackter Koffer, zu meinen Füßen ein blutverschmierter Schuh. Meine Beine wollen nachgeben, und ich würde mich auf die Matratze fallen lassen, sähe ich nicht eine Hand hinter dem Bett hervorlugen. Keine Ahnung, wie ich hingelange, doch im nächsten Moment knie ich neben Emma. Sie hat die Augen geöffnet und röchelt, aus ihrem Mundwinkel quillt Blut, ihr Gesicht ist geschwollen, ein Arm liegt unnatürlich unter das Becken verdreht, und unter ihrem Hals breitet sich eine große Blutlache aus. Um sie herum Scherben des Wandspiegels, auf dem man die exakte Stelle erkennt, wo der Kopf auf die Scheibe geknallt ist. An der Fläche laufen kleine Blutrinnsale herab und tropfen auf den Boden, wenige Zentimeter von dem entfernt, was von Emma übrig ist.

Du glaubst, du hättest in deinen fast achtzig Jahren alles gesehen, wärst auf alles vorbereitet und könntest immer überlegt reagieren, um dann zu merken, dass du nichts weißt, dass die Krankheiten, Unglücksfälle und Traumata, die dir widerfahren sind, dich nicht stärker gemacht haben. Niemals lernt man, dem Schmerz zu begegnen, man lebt und fertig. Wie ich es tue, ohne es zu merken. Ich nehme ihre Hand und schaue ihr in die Augen. Sie möchte sprechen, kann aber nicht. Ich sehe auf. In der Tür steht Eleonora und starrt mit aufgerissenen Augen auf die Szene herab.

»Ruf den Krankenwagen«, sage ich zu ihr.

Sie rührt sich nicht.

»Hast du gehört, was ich gesagt habe?«, schreie ich.

Die Katzendame nickt und verschwindet aus meinem Blickfeld.

»Jetzt kommt der Notarzt, keine Sorge. In ein paar Tagen bist du wieder in Ordnung, du wirst schon sehen.«

Auf dem Bett liegt ein Handtuch. Ich nehme es und schiebe es ihr unter den Kopf, um so vielleicht den Blutstrom zu stoppen. Ich weiß nicht, ob man das tun soll, ich handle rein instinktiv, habe keine Zeit zu überlegen. Ich versuche, sie anzulächeln und nicht auf die Lache zu achten, die schnell größer wird. Nur dass ich mich nicht mehr so gut verstellen kann, was sie zu merken scheint, denn sie sieht mich mit großen, glänzenden Augen an, als flehe sie mich an, sie nicht zu verlassen.

Ich kenne diesen Blick, es ist derselbe, mit dem Caterina mich zum Verstummen brachte. Deshalb zwinge ich mich, den Mund aufzumachen, auch wenn ich nicht weiß, was ich reden soll. Das Leben gibt mir eine zweite Chance. Das passiert nicht häufig.

»Nicht nachdenken, jetzt fahren wir ins Krankenhaus, du wirst wieder gesund, und danach beginnt etwas Neues. Ich schwöre dir, du bekommst, was dir zusteht, und wenn es das Letzte ist, was dieser vertrottelte Tattergreis hier tut!«

Diesmal lächelt sie und drückt meine Hand. Ihr Blut macht unseren Händedruck noch fester. Die Katzendame taucht auf der Türschwelle auf und wirft mir einen erbarmungsvollen Blick zu. Ich nicke und wende mich wieder Emma zu. Das Licht in ihren Augen scheint zu schwinden.

»Ach, weißt du was? Wenn du dich ein wenig erholt hast, machen wir eine schöne Reise zusammen. Ich bin seit Jahren nicht mehr rausgekommen. Natürlich nur, wenn du Lust hast. Ich kann verstehen, dass die Gesellschaft eines alten Herrn wie mir für dich nicht das höchste der Gefühle ist, aber du wirst dich daran gewöhnen müssen, so leicht wirst du mich nicht mehr los!«

Sie lächelt erneut. Glaube ich zumindest. Oder vielleicht hätte ich es nur gerne. In Wirklichkeit wird ihr Händedruck schwächer, und das Handtuch ist rot und klatschnass. Tränen steigen in mir hoch, und ich muss auf Toilette. Noch ein paar Minuten, dann mach ich mir in die Hose. Also rede ich weiter drauflos, während ich auf den Krankenwagen hoffe.

»Aber ich warne dich, ich bin kein besonders toller Reisebegleiter. Ich bin faul, ich kann kein einziges Foto machen, weil meine Hände zu sehr zittern, mein Darm muckt regelmäßig auf, und widerspenstig bin ich auch noch. Du weißt ja, mit alten Leuten braucht man Geduld!«

Dieses Mal lächle ich allein über meine Worte. Signora Vitagliano hat den Mut gefunden, einen Schritt ins Zimmer zu tun, und sieht uns an, als wären wir Gespenster. Emma ist bleich, kalter Schweiß bedeckt ihre Stirn. Sie zittert. Ich zerre das Laken vom Bett und breite es über sie, dann nähere ich mich ihrem Ohr, wenige Zentimeter von der dunklen Lache entfernt, die ihren unaufhaltsamen Weg Richtung Fußleiste fortsetzt. Blut macht uns Angst. Unser Körper macht uns Angst, wir empfinden ihn als dunkel und unbekannt, wie der Weltraum, und beiden räumen wir möglichst wenig Gewicht ein, damit sie uns nicht zerquetschen.

»Willst du mal was Lustiges hören? Ein Geheimnis, das ich noch nie jemandem verraten habe?«, flüstere ich dann. »Diese Emma, von der ich dir erzählt habe, die Frau, in die ich unsterblich verliebt war ...«

Emma bewegt die Pupillen. Sie scheint mir also zuzuhören.

»Sie war jünger als du, als ich sie kennenlernte, und ich konnte sie nie für mich erobern. Sieh mich nicht so an! Ich war verheiratet, aber ich habe nie behauptet, dass ich ein braver Ehemann war.«

Die Katzendame dreht leicht den Kopf, um zu verstehen, was ich sage, doch sie ist zu taub dafür.

»Jedenfalls ... das Schlimmste habe ich dir noch nicht erzählt.«

Ich warte ein paar Sekunden. Ich hatte geglaubt, dieses Geheimnis mit ins Grab zu nehmen, und nun bin ich gerade dabei, es einer jungen Frau zu beichten, die ich vor Kurzem erst kennengelernt habe.

»Emma ist die Schwester meiner Frau.«

Dieses Mal bin ich sicher, dass sie es verstanden hat. Ihre Hand umschließt meine, wenn auch nur leicht. Vielleicht würde Emma mich einen Mistkerl nennen, wenn sie könnte, darin sind Frauen sehr solidarisch. Deswegen habe ich es nie jemandem erzählt, auch nicht Rossana. Und vielleicht habe ich deshalb entschieden, es nun zu tun, der einzigen Person, die mir nicht antworten kann.

»Jedenfalls ...«, will ich gerade fortfahren, als zwei Rettungssanitäter ins Zimmer gestürmt kommen und mich unsanft von ihr wegschubsen.

Auf dem Boden kauernd sehe ich zu, wie zwei völlig synchron laufende Wesen, die wirken, als wüssten sie, was sie tun, sich um Emma kümmern. Sie wechseln kein Wort, der eine hantiert mit Geräten, der andere kontrolliert den Puls, prüft die Pupillen. *Nein, nicht in ihre Augen schauen,* will ich schreien, *sie sind dunkel, aber sie fangen bald wieder an zu leuchten. Merkt bitte nicht, dass Emma stirbt, bitte!* Ich versuche aufzustehen, muss mich aber sofort auf dem Bett abstützen. Die ganze Welt um mich herum dreht sich. Die beiden Sanitäter sind noch mit Emma beschäftigt, sie holen den Arm unter ihrem Becken hervor und drehen ihn. Ich beschließe, dass es mir nun zu viel wird, und verlasse den Raum und die Wohnung, stehe auf dem Treppenabsatz, wo sich mittlerweile die Hausbewohner eingefunden haben. Ich schiebe Marino zur Seite, der mir entgegenkommt, erreiche das Flurfenster und übergebe mich nach draußen. Ein frischer Windstoß fährt mir ins Gesicht, und allmählich habe ich das Gefühl, wieder Luft zu bekommen. Ein paar Meter tiefer färbt das blinkende Licht eines Polizeiwagens die Gesichter der wenigen Personen, die nach oben schauen, blau. Ich gehe in die Wohnung zurück, Emma liegt mit geschlossenen Augen auf der Trage. Ich frage nichts, weil ich keine Antwort hören möchte. Zwei Polizeibeamte kommen hoch, blicken sich nachdenklich um und rufen über Funk ihre Kollegen. Einer der beiden sieht mich an, will schon näher kommen, da lenken die Sanitäter seine Aufmerksamkeit ab, indem sie mich fragen: »Sie kommen mit uns?«

Ich nicke, die Polizei muss warten. Sie können sich denken, dass ich es nicht gewesen sein kann, ein Greis wie ich kann kein solches Desaster anrichten. Der Wahnsinn des Menschen sollte grundsätzlich erst im dritten Lebensalter ausbrechen dürfen, dann würde er wesentlich weniger Schaden anrichten.

Ich folge der Trage. Emma ist nicht mehr bei Bewusstsein. Vor dem Schlafzimmer fällt mein Blick auf den Goldfisch. Er rührt sich nicht mehr, sein Leid ist zu Ende. Auch im Leben eines armen Fisches spielt der Zufall eine Rolle, er war im falschen Moment am falschen Ort. Hätte es ihn in meine Wohnung verschlagen, würde er nun in aller Seelenruhe in seinem Goldfischglas schwimmen und allerhöchstens über den Modder fluchen, in dem er sein kleines Leben fristen muss.

Niemand kann wählen, wo sein Goldfischglas steht, ob in der friedlichen Küche eines alten Rentners oder auf dem Flurschrank einer Wohnung, in der sich eine Tragödie abspielen wird. Das entscheidet der Zufall, wie man so schön sagt. Und manchmal sorgt er dafür, dass unsere Welt in tausend Scherben zerbricht und uns nichts bleibt, als nach der Hoffnung zu schnappen, eine gute Seele möge vorbeikommen und uns aufsammeln.

Dummerweise dauert das Warten darauf fast immer länger als der Todeskampf.

# WAS WIR LERNEN

Die Uhr zeigt ein Uhr einundzwanzig nachts. Als ich das letzte Mal draufgeschaut habe, war es ein Uhr achtzehn. Drei Minuten, die mir wie eine Ewigkeit vorkommen. Der Krankenhausflur ist leer, nur das Brummen des Kaffeeautomaten am Ende des Flurs und der leichte Geruch nach Desinfektionsmittel leisten mir Gesellschaft. Sie ist drinnen, wird seit etwa zwei Stunden operiert. Bevor sie mir die Tür vor der Nase zugeschlagen haben, hat mich ein Arzt beiseitegenommen und mir empfohlen, mit dem Schlimmsten zu rechnen. Ich hatte keine Kraft, etwas zu erwidern, sonst hätte ich ihn am Kittel gepackt, gegen die Wand gedrückt und angeschrien: »Sie gehen jetzt da rein und retten das Leben dieses Mädchens. Und sagen Sie mir nie wieder, womit ich rechnen soll und womit nicht!«

Niemand sollte sich bemüßigt fühlen, anderen Menschen zu sagen, womit sie in ihrem Leben rechnen sollen. Ich rechne damit, dass Emma mit geöffneten Augen herauskommt, ich rechne damit, dass sie mich ansieht und lächelt, sich dann die Hand halten lässt. Ich rechne damit, dass das kleine Wesen in ihr die Chance bekommt, diese Welt von Verrückten zu erblicken, und dass der Scheißkerl geschnappt und in eine Zelle gesteckt wird. Ich rechne damit, dass das Leben mich nicht an einer weiteren Tragödie teilhaben lassen will, vielleicht an der schlimmsten überhaupt. Ich rechne mit viel zu viel, als dass ein wildfremder Mann mir irgendwelche Ratschläge erteilen dürfte.

Ich sehe auf meine blutgetränkte Manschette, dann wieder auf die Uhr. Wie lange dauert es wohl noch? Wie lange braucht man, um das Leben eines Mädchens zu retten? In wessen Händen liegt die Verantwortung? Wer weiß, was diese Hände tagsüber getan haben. Sie haben andere Hände gedrückt, Gabeln, Servietten, vielleicht Zigaretten gehalten, einen Stift, ein Lenkrad, Seife, ein Buch, Kinderfinger, ein Skalpell.

Hier draußen sollten Emmas Eltern stehen, Verwandte, wenigstens ein entfernter Onkel, doch ich bin allein, wie sie hinter der Tür. Wir umgeben uns mit Leuten und bilden uns ein, wir seien dann weniger angreifbar, doch in den Operationssaal rollt man alleine. Wir und unser Körper. Sonst nichts.

Ein Uhr einunddreißig.

Man sagt, dass man im Alter egoistisch wird. Ich war schon immer ein Egoist, und trotzdem sitze ich nun hier und warte auf Nachrichten von einer jungen Frau, die ich erst seit Kurzem kenne und der ich glaubte, helfen zu können. Leider hat das Leben mir beigebracht, dass man einem anderen nicht helfen kann. Man rettet sich allein, wenn man will.

Ich stehe auf und gehe zum Kaffeeautomaten. Ich sollte keinen Kaffee trinken, weder um diese Uhrzeit noch überhaupt in meinem Alter, doch es gibt so viel, was ich nicht sollte, dass dieser Espresso weder die erste noch die einzige Ausnahme ist. Ich kippe ihn mit einem Schluck hinunter und gehe hinaus, um eine Zigarette zu rauchen.

Draußen stehen ein paar Pfleger und reden neben einem Krankenwagen über Schichten. Krankenhäuser sind komische Orte, wo die Freude sich zurücknimmt, um dem Schmerz nicht allzu sehr auf die Nerven zu fallen, ein Stockwerk höher liegt eine glückliche junge Frau mit ihrem Baby an der Brust, während im OP eine Frau gleichen Alters um den letzten Faden kämpft, der sie noch am Leben hält. Ich ziehe dreimal und kehre auf meinen Platz zurück. Manchmal möchte man das Gehirn einfach abschalten, noch so eine Sache, über die wir nicht bestimmen können.

Schritte auf dem Flur. Als ich den Kopf hebe, begegnet mein Blick einem Arzt, der gedankenverloren vorbeigeht. Erst als ich ihn von hinten sehe, erkenne ich in ihm den Arzt, der uns damals abends ausgefragt hat. Zu seinem Glück geht er weiter und scheint mich nicht zu erkennen, sonst hätte ich ihm erklären müssen, was passiert ist, und er müsste sich mit einem ganzen Berg von Schuldgefühlen herumschlagen. Er hätte, genau wie ich, all dies hier verhindern können.

Ich stehe wieder auf und gehe auf die Toilette. Im Spiegel sehe ich mein eingefallenes Gesicht, die Augenringe, den ungepflegten Bart und überall Spuren von Emmas Blut. Nach dem Herzinfarkt sagte mir der Arzt, ich müsse Medikamente nehmen, nicht mehr trinken, aufhören zu rauchen, genug schlafen und Stress vermeiden. Drei Jahre lang habe ich mich an vier von den fünf Ratschlägen nicht gehalten, und nur die Einnahme der Medikamente hat mich davor bewahrt, die fünf vollzumachen. Ich hätte jetzt gern den Arzt vor mir, um ihn zu fragen, wie man Stress vermeidet, ob er einen Trick dafür kennt. Die Anspannung ist ein physiologischer Zustand des Menschen, um sie zu umgehen, müsste man das Bewusstsein ausschalten, als wäre man ein Säugling oder ein Tier.

Ich habe meine eigene Theorie dazu. Ich meine, die Dinge liefen ganz gut, bis der Affe geschaffen wurde, danach hat sich etwas im Mechanismus verhakt, und der Mensch kam dabei heraus, zu intelligent für die Aufgabe, die für ihn vorgesehen war. Die Intelligenz ist ein kostbares Gut, und als solches müsste sie ein festgelegtes Ziel haben. Uns aber dient sie zu fast nichts, außer immer merkwürdigere Dinge zu erfinden, die dazu verleiten, sich für perfekt zu halten. Sie hilft uns nicht weiter in der Frage, warum wir auf diesem Planeten sind, sie macht uns nicht weniger angreifbar als andere Wesen. Sie gibt keine Antworten, sie schafft nur neue Fragen. Und zu viele Fragen machen unglücklich. Ich weiß nicht, ob es in der Natur außer dem Menschen noch andere Lebewesen gibt, die sich das Leben nehmen, aber selbst wenn, sind wir die Einzigen, die es aus einer Lebensunlust heraus tun. Weshalb das Ganze? Weil unser Schöpfer sich in der Mischung der Zutaten vertan hat, deshalb.

Und wo wir schon bei gewagten Theorien sind, kehren wir zu den Ärzten zurück. Ich will ehrlich sein, Ärzte gehen mir auf den Sack. Natürlich nicht alle, nein, aber die meisten schweben zwei Meter über dem Boden. Wenn man ein Menschenleben rettet, kann man schon mal austicken, mag sein, aber jeder von uns sollte stets eine ebenso kleine wie wichtige Überlegung nicht vergessen: Wir alle drehen uns auf einer kleinen Kugel rundherum, die wie viele andere um ein gelbes Sternchen kreist, in einem winzigen Sonnensystem, das am Rande einer kleinen spiralförmigen Galaxie liegt, welche sich mit majestätischer Langsamkeit voranbewegt. Alles eine Frage der Perspektive. Wir sind wie Ameisen. Und trotzdem gibt es Leute, die Zeit damit verschwenden, sich wichtiger zu fühlen als ihre Nebenameise.

Ich werde schier verrückt, ich bin nicht fürs Warten gemacht. Wenn ich zu lange eine Wand anstarre, erscheinen geflügelte Drachen und zweiköpfige Monster, die sich an meiner Unruhe mästen und aus der Lethargie erwachen, in die ich sie hineinzwinge.

Ich brauche ein Bier.

Draußen ist es nass und menschenleer. Glücklicherweise hat auf der anderen Straßenseite noch eine Bar auf. Hinter dem Tresen steht eine Frau um die sechzig, mit Haaren, die sie mit einem Gummi zusammengebunden hat und deren Färbung schon einige Monate alt ist, mit vorgewölbtem Bauch und scheelem Blick. Ich bestelle ein Bier. Sie mustert mich abschätzig, einen alten Tattergreis, der um zwei Uhr nachts ein einsames Peroni trinkt. In einer tristen Bar, würde ich hinzufügen. Denk nichts über mich, du hässlicher Dickmops, denn du weißt nichts von mir. Gebe ich denn Kommentare ab zu deinem wunderbar schlaffen Arm mit dem Tribal-Tattoo? Ein erbärmlicher Anblick, doch es geht mich nichts an, bestimmt hat es einen Grund, warum du dich vor langer Zeit für eine Tätowierung entschieden hast, ohne daran zu denken, dass dein hübscher Arm irgendwann einer Schweinshaxe nicht unähnlich wird.

Ich zahle und gehe. Vor mir wieder der Vesuv mit seinen tausend Lichtern, die sich zum Gipfel hinaufschlängeln. Es heißt, in Neapel kannst du von jedem Ort aus das

Meer sehen. In Wirklichkeit halte ich den Vulkan für viel präsenter. Wo du hinschaust, ist er. Wir suchen nach seinen Hügeln, um nach Hause zu finden. Seine Energie ist es, die wie Lava zwischen den Häusern durchströmt und die Gassen entflammt.

Nur zu gern würde ich noch länger die nächtliche Stadt betrachten, die ruhig und zufrieden vor sich hin dämmert, aber ich traue mich nicht. Ich weiß, dass die Kreatur beim ersten Tageslicht wieder erwacht und Hunger haben wird. Also gehe ich hinein und setze mich wieder auf meinen Platz.

Ein Uhr sechsundfünfzig.

Ich kremple die Ärmel hoch und bemerke, dass meine Hände immer noch zittern. Ich schaue sie still an, sie wirken so zerbrechlich mit all ihren Flecken und der runzeligen Haut. Es passiert mir oft, dass ich mich beim Blick in den Spiegel nicht wiedererkenne. Wer weiß, warum wir uns immer in besserer Erinnerung behalten als wir sind. Immer wenn ich meinen Körper gespiegelt sehe, kommt es mir vor, als sähe ich einen mit Schlamm verschmutzten Schlafanzug, der im Wind flattert.

Das Handy klingelt, es ist Marinos Festnetznummer. Ich sollte rangehen, tue es aber nicht. Was soll ich ihm sagen? Dass ich noch nichts weiß und mir gerade ein Bier genehmigt habe?

Vorhin waren zwei Polizisten da. Einer der beiden, der nach zu viel süßlichem Parfüm roch, ist an mich herangetreten und hat mit mir geredet.

»Es war der Ehemann«, habe ich ihm tonlos erklärt, »aber jetzt warte ich auf Emma. Später kann ich Ihnen alles erzählen.«

Er hat mich angesehen, als wollte er etwas einwenden. Er hätte mich sicher auch zu einer Aussage zwingen können, aber er nickte nur und entfernte sich, und die Parfümspur, die er hinter sich herzog, verlor sich innerhalb weniger Sekunden im Geruch der Desinfektionsmittel.

Die Tür am Ende des Flurs geht auf.

Es ist so weit. Das ist der Moment der Wahrheit.

Ich springe auf und fühle, wie sich alles in meinem Kopf dreht und mein Herz schneller pocht. Der Arzt sieht mich an, ich erwidere seinen Blick und gehe ihm mit unsicheren Schritten entgegen. Trotz meines hohen Alters habe ich nicht gelernt, mit Angst umzugehen. In Wahrheit habe ich vieles nicht gelernt, und keiner hat es mir erklärt. Wir üben mathematische Gleichungen, lernen ganze Balladen auswendig und die Namen der sieben Könige Roms, doch keiner erklärt uns, wie man mit Angst umgeht oder mit Enttäuschungen und wo man den Mut hernimmt, einen Schmerz zu ertragen.

# DIE DRITTE DER DREI UNERREICHBAREN FRAUEN

Es besteht ein großer Unterschied zwischen der Liebe zu einer Frau, die du nie bekommen wirst, und einer, die du hast. Die erste strahlt in alle Ewigkeit, die zweite hingegen wird mit der Zeit eher verlöschen, wie die Sonne in ein paar Milliarden Jahren. Beide Vorgänge bringen nicht unerhebliche Probleme mit sich. Doch wir sprechen von Frauen, nicht von Gestirnen, auch wenn ich glaube, dass man über Letztere leichter reden kann.

Emma ist die jüngere Schwester meiner Frau. Als ich Caterina kennenlernte, war sie etwa zwanzig. Anfangs bemerkte ich sie nicht, junge Männer flirten eher mit älteren Frauen, um sich wichtiger zu fühlen. Und letztlich ist das auch kein Fehler, denn um den Blick auf Jüngere zu wenden, hat man ja noch das ganze Leben vor sich.

In Emma habe ich mich also erst allmählich verliebt, Schrittchen für Schrittchen. Als die Leidenschaft für meine Frau abflaute, war ich wütend und verwirrt. Wütend auf mich selbst, wegen meines Unvermögens, die Liebe zu bewahren, verwirrt, weil die Frau, für die ich keine Gefühle mehr hegte, jeden Abend in meinem Bett lag. Also beschloss ich, zwei Kinder zu machen, damit wenigstens sie meiner liebesfreien Liebesgeschichte einen Sinn geben würden. Ich weiß, das war nicht gerade nett von mir, aber ich bin mir sicher, dass viele wissen, wovon ich rede.

Auf jeden Fall geschah eines Tages das Unvorhergesehene: Emma trennte sich von ihrem Mann, und Caterina lud sie ein, für eine Weile zu uns zu ziehen, um ihr mit dem Kleinkind zu helfen. Sie war damals sechsundzwanzig, ich fast vierzig, doch in dieser Zeit hatte ich das Gefühl, selbst wieder jung zu sein. Meine Frau lief damals schon mit zusammengebissenen Zähnen herum, um sich zu schützen, während Emma noch mit offenem Mund durch die Welt ging. Aus ihrem Blick und ihrem Körper sprachen Leben und Leichtigkeit, die mir beide schon eine Weile fremd waren. Ich ließ mich von so viel Glanz betören. Die Sehnsucht nach Jugend ist ansteckend, wenn sie dich packt, kannst du nicht mehr aufhören, daran zu denken. Es gibt Männer, die Familie, Kleiderschrank und Wohnung wechseln, um dafür einen Tropfen Vitalität und unbeschwerte Jugend zu erhalten. Ich habe weder Familie noch Wohnung noch Frau gewechselt. Das mit Emma war immer eine platonische Liebe, und trotzdem war es eine der intensivsten Beziehungen meines Lebens, was einmal mehr bestätigt, dass ein Wunsch umso dauerhafter brennt, je unerfüllbarer er ist.

Emma und ich ließen uns in einen sündigen Strudel aus verstohlenen Blicken, scheinbar zufälligen Fingerberührungen und flüchtigen Umarmungen reißen. Es braucht viel Geduld und wenig Mut, sein Leben an der Seite einer Frau zu verbringen, die man nicht liebt, während im Nebenzimmer diejenige liegt, nach der man sich verzehrt. Auf jeden Fall zog sie nach ein paar Monaten wieder aus, und die Wohnung wurde schlagartig leer und stumm. Ich versuchte, Emma zu vergessen, doch Caterina hörte nicht auf, von ihr zu reden. Eines Abends, ich sehe noch vor mir, wie sie sich gerade die Hände eincremte, erzählte sie mir, dass ihre Schwester sich in den Skilehrer ihres Sohnes verliebt hatte und die Sommerferien bei ihm im Trentino verbringen würde. In der folgenden Nacht tat ich kein Auge zu und stellte mir Emma in den Armen eines muskulösen Mannes mit braungebranntem, sonnengegerbtem Gesicht vor, dessen Atem nach Grappa stank. Zugegeben, das ist ein Klischee, doch sich mit einem Skilehrer zu liieren, ist schließlich das größte Klischee schlechthin. Sie fuhr wirklich in die Berge und blieb zwei Monate dort. Als sie zurückkam, war die Liebesgeschichte beendet. Der Skilehrer hatte begriffen, dass eine junge Mutter gefährlicher ist als eine vereiste schwarze Abfahrt, und die Piste gewechselt.

In jenem Herbst aß Emma häufig bei uns zu Abend, damit unsere Kinder miteinander spielen konnten. Ich vermag gar nicht zu sagen, welche Emotionen mich jedes Mal überkamen, wenn ich mich umdrehte und bemerkte, dass sie mich ansah. Sie wandte sofort den Blick ab, und ich konnte nur wie ein Idiot ihre Gestalt betrachten und vergeblich darauf warten, dass sie wieder wagen würde, ihren Blick mit meinem zu kreuzen.

Emma hatte alles, was Caterina unterwegs verloren gegangen war: die weiche Haut, das berauschende Lächeln und den verführerischen Blick. Wie konnte ich ihr widerstehen? Und wirklich verlor ich eines Abends die Kontrolle und wagte, was ich nie gewagt hatte, mit der Decke als Tarnung. Wir saßen auf dem Sofa, Emma, Caterina und ich, und schauten einen Film an. Die Kinder schliefen schon. Da spürte ich irgendwann, vielleicht weil der

Film so langweilig war, ihre Finger wenige Zentimeter von meinen entfernt, und ich ließ mich zu einem Teenager-Klassiker hinreißen und drückte ihre Hand. Ich brauchte zwanzig Minuten, um sie zu umschließen, als wäre ich eine Schnecke, die mühsam ihr Haus schleppen muss. Schließlich wandte Emma sich mir zu und sah mich bestürzt an. Es war ein Fehler, doch ich erwiderte ihren Blick und ließ den Arm dort. So blieben wir, wie ein verliebtes Pärchen, das zusammenzuckt, während es sich gegenseitig erforscht, mehr mit jeder kleinsten Daumenbewegung beschäftigt als mit dem Film.

Caterina neben mir bemerkte nichts, sie hat nie etwas bemerkt. Vielleicht war sie aber auch einfach sehr gut darin, mir etwas vorzumachen. Auf jeden Fall war dies die intimste Berührung, die mich mit Emma verband. Nach diesem Abend mied sie mich. Sie ging mir aus dem Weg, und wenn sie mit mir reden musste, sah sie mir nicht in die Augen. Sie fühlte sich schuldig. Ganz normal, alle an ihrer Stelle hätten unter Gewissensbissen gelitten. Alle bis auf mich. Damals wusste ich noch nichts über dieses anormale Gefühl, das ich erst sehr viel später kennenlernen sollte. Jahrelang habe ich Kummer und Reue in einer Ecke angehäuft; es war klar, dass diese Konstruktion irgendwann in sich zusammenfallen würde.

Ich wartete ein paar Monate, bevor ich die Situation zu klären versuchte. An Weihnachten war die ganze Familie zum Essen versammelt. Emma saß am anderen Ende des Tisches. Die Zeit der verschworenen Blicke schien vorbei, und allmählich wurde mir ihre Anwesenheit unangenehm, ich begann, ihre wahren Gefühle zu respektieren. Vielleicht hatte ich mich vertan, hatte ihr Verhalten falsch gedeutet, vielleicht hatte mein unerschöpfliches Selbstbewusstsein dazu geführt, dass ich ungebührlich vorausgeeilt war. Als sie aufstand und in die Küche ging, folgte ich ihr unter einer Ausrede. An den Stimmen aus dem Wohnzimmer konnte ich hören, ob uns jemand stören würde. Emma stand mit dem Rücken zu mir, ich umschlang ihre Hüften und stieß aus: »Ich weiß, es wäre purer Wahnsinn, aber du kennst mich, mich langweilt die Routine!«

Das war nun sicher nicht die größte aller Liebeserklärungen, doch sie lachte, vielleicht kannte sie mich mittlerweile gut genug. Zwei Sekunden später aber sah sie mich wieder ernst an und erwiderte: »Cesare, du bist echt verrückt, weißt du das? Das hier muss aufhören!«

»Aber wenn es doch noch gar nicht angefangen hat ...«

Sie seufzte und senkte den Kopf. Ich weiß noch, dass ich kurz daran dachte, sie zu küssen, doch dann gefror ich zu Eis.

»Warum hast du zwei Kinder mit ihr gemacht, wenn du sie nicht liebst?«

Die Millionenfrage. Ich hätte mich setzen, eine Zigarette anstecken und zwei Stunden darüber reden können, dass der Anspruch auf ein würdevolles Leben einem jeden Morgen Entscheidungen abverlangt. Leider sind Entscheidungen für mich zermürbend, deshalb habe ich nie welche getroffen. Und daher war ich immer ein Unvollendeter.

Natürlich antwortete ich völlig anders: »Gerade reden wir von uns und nicht von Caterina.«

Nun wurde sie böse. »Caterina ist meine Schwester, das scheint dir völlig egal zu sein!«

Ich legte meine Hand auf ihren Mund, damit ihre vorwurfsvolle Stimme nicht bis ins Esszimmer tönte. Emma entwand sich nicht, deshalb wagte ich es, ihr über den Hals zu streicheln. Zugegeben, das war echter Irrsinn, sie hätte mir eine Ohrfeige geben und nach drüben abrauschen können. Und ich habe keine Ahnung, wie ich dann zu den anderen zurückgekommen wäre. Stattdessen ließ ich meine Finger über ihre weiche Haut gleiten und schloss die Augen. Dann dachte ich: *Okay, Cesare, jetzt musst du sie küssen.* Und ich schwöre, ich hätte es getan, wenn nicht im selben Moment mein Neffe vom Dreirad gefallen wäre: Er fing an zu heulen und schrie außer sich nach seiner Mutter. Zwei Sekunden später war Emma drüben und der Moment in Nichts aufgelöst. Am selben Abend fand ich einen Zettel in der Manteltasche. Darauf stand: *Wir dürfen das nicht.*

Noch heute denke ich an diese schicksalhafte Szene. Vielleicht hatte tatsächlich das Schicksal seine Hände im Spiel. Ich sollte meinem Neffen ewig dankbar sein, dass er mit seinem Sturz eine Erinnerung verhindert hat, für die ich mich vielleicht irgendwann geschämt hätte. Stattdessen hat er nur einen weiteren Selbstvorwurf auf meine eh schon mächtige Konstruktion gelegt.

Emma hatte im Laufe der Jahre noch zwei andere festere Beziehungen. Lange Zeit traf ich sie nur auf Familienfesten. Sie schenkte mir nie wieder einen dieser Blicke, die mich erschauern ließen. Ein paar Jahre später ließ sie sich von ihrer Schwester überreden, mit uns in Urlaub zu fahren. Aus jener Zeit ist mir das Haus mit Blick aufs Meer in Erinnerung, der Geruch der Glut am Abend, der unaufhörliche Gesang der Grillen in der Nachmittagsstille, das Quietschen der Tür zum Garten, der Schrei der Möwen am frühen Morgen, Emmas nasse Haare, die auf ihre Schultern herabtropften, wenn sie vom Meer zurückkam. Zehn Jahre waren vergangen, seit ich sie zum ersten Mal mit anderen Augen betrachtet hatte, und ihre Schönheit war womöglich noch vollkommener geworden.

Niemals begehrte ich sie so wie in diesem Sommer, mit ganzer Seele. Doch sie gab mir keine Gelegenheit, sie zu umwerben, und wenn sie meine Blicke bemerkte, lief sie schnell zu ihrem Freund und umarmte ihn, ein netter Steuerberater, der ihr ein paar Jahre später gestand, schwul zu sein. Als ich davon erfuhr, wäre ich am liebsten zu ihm gegangen und hätte ihm rechts und links eine gescheuert. Was soll das, ich geifere ihr ein Leben lang nach, und du, der du dich jeden Abend zu ihr ins Bett legen kannst, merkst plötzlich, dass du andersherum bist? Jedenfalls gab Emma gegen Ende der Ferien ihren Widerstand auf und erwiderte meine verschworenen Blicke. Also ging ich eines Nachmittags, als alle im Haus waren und schliefen, zu ihr ans Meer. Ich sprang ins Wasser und war mit wenigen Zügen bei ihr. Sie wurde blass im Gesicht, sagte aber nichts. Ich sehe heute noch ihre Miene vor mir, in der die Begierde stand, mich zu küssen. Stattdessen gab sie nach einer Weile diesen Satz von sich: »Cesare, für dich ist das vielleicht alles nur ein Spiel. Aber soll ich dir was sagen? Für mich nicht. Ich bin schon immer in dich verliebt, seit du mich zum ersten Mal angeschaut hast. Seit zehn Jahren flüchte ich vor dir und habe nicht die geringste Absicht, das jetzt zu ändern!«

Ich erstarrte zu Stein. Es ist eine Sache zu hoffen, dass die Frau, die dich verrückt macht, dein Gefühl erwidert, eine andere, es sicher zu wissen.

»Für mich ist das auch kein Spiel«, gab ich ernst zurück.

»Was ist es dann?«

Ich näherte mich ihrem Mund, ihr Blick irrte von meinen Lippen zu meinen Augen. Ich hätte sie geküsst, dann hätte ich ihr ein für alle Mal gestanden, dass ich sie liebte, vielleicht hätte ich gesagt, dass ich ihre Schwester verlassen würde. Doch dann kam Sveva, die damals um die zwölf gewesen sein muss. Ich hörte ihre Stimme hinter mir, und sofort klopfte mir das Herz im Hals. Sie badete mit Freundinnen im Meer, wenige Meter entfernt, und an ihrem verwirrten Blick sah ich, dass sie versuchte, sich auf die merkwürdige Szene einen Reim zu machen.

Emma wurde feuerrot und warf sich rücklings ins Wasser, ich hingegen tauchte ab und blieb ein paar Sekunden unter Wasser, um mich von dem Schock zu erholen und mir eine plausible Begründung einfallen zu lassen.

»Schatz«, sagte ich, als ich schließlich wieder auftauchte.

»Was macht ihr?«

»Nichts, deine Tante hat mir ein Geheimnis anvertraut, nichts Wichtiges«, erwiderte ich mit schwachsinnigem Lächeln.

Emma reagierte sofort, schwamm zu ihrer Nichte und flüsterte ihr ins Ohr: »Dein Vater ist eine Klatschbase, er will immer alles über andere Leute wissen!«

Meine Tochter musterte uns, dann löste sich ihre Miene in einem Lächeln auf. Sveva und ich haben nie über diese Szene gesprochen, aber ich weiß, dass sie sie mir früher oder später um die Ohren hauen wird. Im Übrigen war dies auch das letzte Mal, dass ich Emma fast geküsst hätte. Als viele Jahre später Caterina starb, umarmte sie mich lange, wie sie es noch nie getan hatte, und murmelte in mein Ohr: »Du kannst mir dankbar sein, sonst müsstest du jetzt mit einem beißenden Gewissen leben!«

Ich antwortete nicht, ich hätte es dort beichten sollen, am Sterbebett meiner Frau. Das schlechte Gewissen, liebe Emma, begleitet mich und weckt mich jeden Morgen. Und weißt du, was es mir zuflüstert? Jedes Mal, wenn du dich nicht entscheidest, kettest du dich an etwas oder jemanden.

# EINE NICHT VORHERGESEHENE MÖGLICHKEIT

Neapel im Morgengrauen ist schlicht und elegant. Leere Straßen, stumme Autos am Straßenrand mit Raureif auf den Windschutzscheiben, ein ferner Möwenschrei, der ohrenbetäubende Lärm eines Rollgitters, der Duft nach Cornetti, der durch die Gassen wabert, das leise Klirren von Espressotässchen aus den wenigen schon geöffneten Bars. Niemand redet, kein Stimmengewirr oder Gelächter, die paar Menschen, die bereits unterwegs sind, scheinen die Würde des Augenblicks zu respektieren. Vielleicht weiß die Stadt, dass Emma tot ist und dass dieser arme Alte, der durch die Straßen torkelt, heute Nacht einen weiteren Tiefschlag in seinem Leben erlitten hat. Neapel respektiert den Schmerz der anderen, es weiß gut, was er bedeutet.

Ich brauche einen Kaffee. Ich betrete eine Bar und klammere mich an den Tresen. Der Barista blickt mich neugierig an, bevor er mir den Espresso hinstellt. Ich sehe schrecklich aus, bestimmt. Wenn Sveva wüsste, wie ich die Nacht verbracht habe, würde sie mir eine ihrer Strafpredigten halten. Doch dieses Mal konnte ich wirklich nichts dafür, dieses Mal habe ich nur getan, was jeder andere auch getan hätte: zu versuchen, ein unschuldiges junges Leben zu retten.

Die Carabinieri haben mir erzählt, dass sie den Ehemann aufgegriffen haben, als er offensichtlich verwirrt durch die Straßen irrte. Komisch, ich fühle keine Wut auf ihn, Emmas Tod hat sämtliche Emotionen in mir abgetötet, auch Weinen scheint eine Unmöglichkeit.

Als der Arzt mir entgegenkam, wusste ich sofort, was los war. Dennoch hoffte ich noch auf eine winzige Chance, dass Emma im Koma lag und vielleicht wieder aufwachen würde, dass sie für immer querschnittsgelähmt wäre, aber am Leben. Wenn du dem Tod ins Gesicht blickst, verstehst du, dass alles, was die Leute reden, Unsinn ist, wie zum Beispiel: »Ich würde lieber sterben als mein Leben lang im Rollstuhl zu sitzen.« Wenn der Moment der Entscheidung kommt, würde man alles dafür geben, am Leben zu bleiben. Bloß dass bei Emma nichts mehr zu geben war, sie ist gegangen, nachdem sie eine ganze Nacht gekämpft hat, und ihr Baby hat sie mitgenommen.

Der Arzt sagte, sie hatte eine Blutung im Gehirn und eine im Unterleib, das Becken und ein Arm waren gebrochen und die Gesichtsknochen zertrümmert. Als wäre ein Traktor über sie hinweggerollt. Wie viel Hass braucht es, um ein solches Massaker anzurichten? Wie kann es sein, dass so ein Mann ein normales Leben führt und niemandem etwas aufgefallen ist? Doch es reicht eben nicht, etwas zu ahnen, man muss auch handeln. Und das Handeln erfordert etwas, das nicht jedermanns Sache ist: Mut. Deshalb habe ich immer wenig getan, wenig für andere und wenig für mich selbst, denn um etwas im Leben zu verändern, sei es im eigenen oder dem eines nahestehenden Menschen, braucht man eine ordentliche Portion Unerschrockenheit. Und da liegt das Problem.

Meine Hände zittern mehr als sonst, es fällt mir schon schwer, die Espressotasse zum Mund zu führen. Der Barista sieht mich mitleidig an. Wenn dies ein normaler Tag wäre, würde ich auf meine Art reagieren, Mitleid von anderen bringt mich wirklich auf die Palme. Doch heute ist kein normaler Tag. Auch wenn es beim Herumblicken so aussehen könnte. Das Leben geht weiter und kümmert sich nicht um die, die auf der Strecke bleiben.

Ich hätte den Mistkerl anzeigen und Emmas Leben retten sollen, anstatt meine Zeit mit so albernen wie sinnlosen Briefen zu vergeuden. Aber sie wollte nicht, dass ich mich einmische, sie glaubte, es allein zu schaffen, sie schämte sich für ihre Lage. Wer weiß, was das für ein Mechanismus in ihr war, wer weiß, warum misshandelte Frauen sich für sich und ihren Partner schämen. Es hat etwas absurd Perverses, dass Emma ihren Schlächter vor dem Urteil der anderen in Schutz nahm.

Mir ist schwindelig, ich muss schlafen. Zuvor lasse ich mir jedoch noch die letzten zwei Sfogliatelle einpacken, die in der Vitrine liegen; Marino ist verrückt nach den Blätterteigtaschen, genau wie ich. Dann halte ich ein Taxi an und schweige ausnahmsweise mal bis vor das Haus. Emmas Wohnungstür ist versiegelt, und das Stockwerk sieht nicht mehr aus wie früher, selbst meine eigene Wohnung kommt mir fremd vor. Vielleicht betrachte ich sie aber nur anders. Fest steht, dass auch Beelzebub sich nicht blicken lässt, vielleicht wittert er die schlimmen Ereignisse. Er ist die Inkarnation von Egoismus, nicht wie ich, der ich mich jeden Tag zu überzeugen versuche, dass ich trotzdem meinen Weg weiterverfolgen würde, auch wenn die Welt um mich herum zusammenbricht. Nun gut, die Welt ist zusammengebrochen, und ich habe nicht das Gefühl, weitergehen zu können, ohne mich noch einmal umzuschauen.

Ich stelle das Paket mit den süßen Stücken auf den Küchentisch und lasse mich aufs Sofa fallen. Neben mir liegt noch die Decke, die Emma benutzt hat. Ich wende den Blick ab und betrachte Leo Perottis Gemälde. Wie schön wäre es, eine Comicfigur zu sein, ein stereotyper Charakter, jemand, der weiß, was er tun muss und wie er es tun muss. Superman weiß, dass er sein Leben lang gegen das Böse kämpfen wird. Darin liegt Sinn, und er wird keine Zeit damit verlieren, lange seinen Weg zu suchen. Vielleicht sollte ich mich wirklich ins Bett legen, ich bringe keine Träne zustande, sondern denke nur nutzloses Zeugs wie zum Beispiel, dass ich einschlafen und erst in drei Monaten wieder aufwachen möchte. Wenn Leute eine Hürde vor sich haben, nehmen sie Anlauf und springen, ich aber bin so gewieft und laufe seitlich drumherum. Kurz, ich weiß nicht, wie ich mit der Situation umgehen soll. Ich dachte, ich hätte alles gesehen, aber das stimmt nicht.

Das Telefon klingelt. Es ist acht Uhr morgens. Ich stöhne und nähere mich langsam dem Apparat. Die einfachsten Bewegungen erscheinen mir heute Morgen wie ein unüberwindlicher Berg. Als ich den Hörer abnehme, vernehme ich schon Marinos Stimme.

»Cesare, endlich! Ich habe dich die ganze Nacht angerufen! Wie geht es dir?«

Ich möchte sofort auflegen. Nur Marino bringt es fertig, mir in einem solchen Moment diese Frage zu stellen.

»Wie soll es mir schon gehen?«, frage ich gereizt zurück.

Eigentlich müsste ich ihn informieren, dass mir die Augen zufallen, meine Beine zittern, ich Atemnot habe und allmählich Magenschmerzen bekomme. Aber ich bin es nicht gewohnt zu jammern. Marino an meiner Stelle hätte das schon längst getan.

»Mir fehlen die Worte für das, was da passiert ist«, fährt er nach einer Weile fort.

»Ja«, erwidere ich nur.

Tatsächlich gibt es keine Worte.

»Es tut mir leid, vielleicht ist es meine Schuld, dass wir mit dem Ausdrucken Zeit verloren haben …«

Beim Gedanken an den blöden Brief muss ich lächeln.

»Marino, wir sind nicht schuld.«

»Ja, ich weiß«, gibt er zurück, »aber vielleicht hätten wir was tun können.«

Seine Stimme bricht. Verflucht, ich versuche, nicht zu weinen, da tut er es schon an meiner statt. Das nächste Mal muss ich ihm zuvorkommen.

»Marino, niemand konnte sie retten. Das ist die Wahrheit!«

Er hört auf zu reden, ich glaube, er muss über meine Worte nachdenken. Ich weiß, das klingt hart, vor allem jetzt, aber das denke ich nun mal. Ein Teil von Emma suchte nach Hilfe, der andere Teil hoffte, sie nicht zu bekommen.

»Was meinst du damit?«

»Dass solche Dreckskerle ihre Frauen schlagen, weil sie wissen, dass sie es sich erlauben können. Emma liebte sich nicht und fand es anfangs fast normal, misshandelt zu werden. Letztlich ist nichts passiert, dachte sie. Sie glaubte, es nicht besser verdient zu haben!«

Marino widerspricht nicht.

»Soll ich dir was sagen? Ihr Vater hat sie auch schon geschlagen«, füge ich nach einer Sekunde hinzu. Doch der Alte macht immer noch nicht den Mund auf.

»Es gibt mehrere Schuldige in dieser schlimmen Geschichte«, sage ich schließlich, »aber wir sind es ganz sicher nicht.«

Er zögert noch einige Sekunden, bevor er sein Schweigen bricht. »Soll ich ein bisschen zu dir hochkommen?«, fragt er.

Ich würde so gerne schlafen können, aber ich weiß, das ist unmöglich, deshalb stimme ich zu. Ich werde auf ihn warten und ihm die süßen Stückchen geben, vielleicht fühlt er sich dann ein bisschen weniger schlecht.

Ich kehre in die Küche zurück, öffne noch ein Bier und stecke mir noch eine Zigarette an. Die Magenschmerzen sind schlimmer geworden, und jetzt tut mir auch noch die Brust weh. Ich gehe in Richtung Wohnzimmer und sehe die angelehnte Tür zur Besenkammer. Mir fallen die Strampler wieder ein. Wütend reiße ich den Karton auf, und da liegen sie noch. Ich nehme sie und halte sie mir an die Nase. Sie riechen gut, als hätten sie schon ein Kind gewärmt. Unbemerkt läuft mir eine Träne über die Wange. Komisch, in den letzten Tagen scheint diese Kammer meine Therapiepraxis geworden zu sein, nur hier kann ich meinen Schmerz loswerden. Soll ich die Strampelanzüge vielleicht in den Müll werfen, an was könnten sie mich jemals erinnern als an diese schreckliche Geschichte? Stattdessen lege ich sie zurück und verschließe den Karton. Wieder gehe ich in Richtung Sofa, obwohl ich das Gefühl habe, mich nicht mehr auf den Beinen halten zu können.

Im Esszimmer spüre ich einen Stich in der Brust. Ich strecke den Arm nach dem Türrahmen aus und halte inne, wie um mich der Vorahnung zu vergewissern.

Alles schweigt.

Ich lasse los und schleppe mich weiter auf mein Ziel zu. Noch ein Stich, diesmal so heftig, dass es mir den Brustkorb zerreißt. Die Zigarette fällt mir von den Lippen, die Bierflasche entgleitet meinem Griff und schlägt klirrend auf dem Fußboden auf. Ich will schreien, doch meine Stimme erstickt in meiner Kehle, meine Beine geben nach, und ich stürze zu Boden, wo sich das Bier mit dem Urin vermischt, der mir langsam die Hose durchnässt.

Ich bin kurz davor zu sterben, mit Infarkten habe ich so meine Erfahrung. Nur dass mir der hier schmerzhafter vorkommt als der erste. Wäre ich kein Atheist, würde ich denken, dies ist der richtige Moment zu gehen, das Ganze hat irgendwo einen Sinn, Gott ruft mich, um bei Emma zu sein, so als wüsste ich genau, was uns auf der anderen Seite erwartet. Der Herr bedient sich meiner, um einem armen Mädchen zu helfen, er gibt mir eine zweite Chance, ihr zu helfen. Wäre ich gläubig, würde ich glücklich sterben. Stattdessen bin ich sauer. Emma und ich müssen heute aussteigen, während dieser Schandkerl, der sie umgebracht hat, weiterfahren darf. Das ist doch nicht gerecht, aber letztlich ist Gerechtigkeit ein vom Menschen erfundenes Konzept, das in der Natur nicht vorkommt.

Ich versuche zu schreien, obwohl ich weiß, dass mich niemand hören kann. Meiner Kehle entringt sich nur ein schwaches Krächzen so wie Beelzebubs Schnurren, wenn er geduldig auf seinen Schinken wartet. Die Augen fallen mir zu, und doch kann ich ihn gerade noch erkennen, eben ihn, Signora Vitaglianos schwarzen Kater, der mich von der Tür des Wohnzimmers aus fixiert, als sei ich irgendein Möbelstück. Ich strecke die Hand aus, zum ersten Mal bin ich es, der ihn braucht. *Geh und hol Hilfe*, möchte ich ihm sagen. Das Tier sieht mich eine Weile an, dann wird ihm langweilig, er führt seine Pfote zum Maul und beginnt, sich ausführlich zu lecken. Ich sterbe, er wäscht sich. Das klingt wie ein Witz: als Egoist gelebt, gestorben durch die Schuld eines Egoisten. Das Leben will mir eine Lektion erteilen.

Ich schließe die Augen und verlasse mich. Der Arzt hat mir immer geraten, es nicht zu übertreiben, ein regelmäßiges Leben zu führen, nicht zu rauchen, bei Rossana keine blauen Pillen zu nehmen, nicht zu trinken. Zu viele Verbote, Herr Doktor, sie machen mir das Leben schwer. So kann sich Sveva wenigstens einen Reim darauf machen, sie kann sich sagen, dass sie mich gewarnt hat. Ein Selbstvorwurf weniger, mit dem sie leben muss. Vielleicht wird sie mit ihrem Bruder gemeinsam lachen können, wenn sie sich mit Freunden beim Essen an meine sprichwörtliche Dickköpfigkeit erinnern. Wer weiß, ob Rossana weinen wird. Marino ganz sicher, auch weil er es sein wird, der mich findet.

Langsam wird mir kalt. Ich dachte immer, der Herzinfarkt sei die beste Art abzutreten. Ohne jahrelanges Leiden, ohne Behandlungen, Krankenhäuser, Leute, die dich mitleidig anschauen oder dir nicht die Wahrheit sagen; ein kurzer Schlag und Grüße an die Füße. Stattdessen liege ich nun schon mindestens drei Minuten auf dem Boden und denke über das Leben nach, ohne dass der Bildschirm erlischt. Eine nicht vorhergesehene Möglichkeit.

Wieder einmal. Mein Leben war voll von nicht vorhergesehenen Möglichkeiten.

Beelzebub kommt heran und leckt mir die Wange. Wenn ich die Kraft hätte, würde ich diesem Unglückstier einen Fausthieb versetzen. Doch dann beschließe ich, mich zu entspannen, und sinke in den Schlaf. Jetzt spüre ich auch keine Schmerzen mehr, nur noch Müdigkeit.

Marino hat meine Wohnungsschlüssel, er könnte mich retten. Nur, wie lange wird er brauchen, um zu kapieren, was los ist? Und vor allem: Wie lange braucht er, um erneut hinunter- und wieder hochzugehen? Meine Rettung liegt in den Händen eines alten Tattergreises mit den Reaktionszeiten eines Faultiers.

Adieu, Welt, schön, dich kennengelernt zu haben, auch wenn du ein echtes Miststück bist!

# WAS ICH MAG

»Weißt du, was ich jetzt gerne essen würde?«, flüstere ich Sveva ins Ohr, die sich über mich beugt.

Sie blickt mich an wie ein Kind. »Pà, hör auf«, sagt sie.

»Etwas rohen Schinken«, fahre ich fort.

Von allen Nahrungsmitteln, die mir einfallen könnten, habe ich den Schinken gewählt. Je älter man wird, desto weniger macht man sich aus süßen Sachen. In allen Bereichen.

»Ich fände es schön, wenn du mir eine schöne Packung hauchdünn geschnittenen Schinken besorgen würdest, der einem auf der Zunge zergeht.«

Ich habe Appetit, seit Tagen ernähre ich mich nur von klaren Brühen. Dante, Leo und Rossana lachen, Sveva wird nervös. Ich weiß nicht, ob ich das schon sagte, aber meine Tochter hat keinen Sinn für Humor.

Es war Marino, der mich dem Tod entrissen hat. So unglaublich es klingt, als er hochkam, hatte er den Wohnungsschlüssel schon bei sich, und als ich nicht aufmachte, schloss er einfach auf. Wenn er nach dem Warum gefragt wurde, sagte er, er fand es normal, den Schlüssel mitzunehmen, falls ich auf dem Sofa eingeschlafen wäre. Er hat mir das Leben gerettet, wenn auch noch nicht endgültig. Als ich ins Krankenhaus kam, so erfuhr ich später, stand ich schon mit mehr als einem Bein im Jenseits, und sie mussten mich drei Tage lang auf der Intensivstation behalten. Jetzt geht es mir besser, aber wenn ich noch ein paar Jahre den Kretin spielen will, muss ich mich einer Operation unterziehen. In zehn Minuten kommen sie und bringen mich in den OP-Saal, dann sägen sie mir den Brustkorb auf und richten mir mein krankes Herz. Witziger Gedanke, dass mir völlig unbekannte Menschen sich abrackern, schwitzen, schreien, fluchen, um mir das Leben zu retten, und ich nur daliege und schlafe, als ginge es nicht um mich. Eine OP gehört zu den raren Gelegenheiten, wo der Mensch das eigene Leben in die Obhut eines Artgenossen legt. Sonst glauben wir immer, alles besser zu können als die anderen.

Jedenfalls habe ich keine große Angst. Vielleicht weil ich gemerkt habe, dass sterben nicht viel anders ist als sich zu besaufen, am Ende kannst du die Augen nicht mehr offen halten. Sonst nichts.

»Wenn du nach Hause kommst, erwartet dich dort der Schinken«, ruft Sveva mit glänzenden Augen.

»Weine nicht, mein Kind, ich bin mir gar nicht sicher, ob die mich da oben wollen, ich bin ein schrecklicher Nachbar!«

Als ich das Wort »Nachbar« ausspreche, fällt mir wieder Emma ein. Für sie war ich, glaube ich, kein schlechter Nachbar. Ich würde sie gerne fragen, dann könnte ich vielleicht endlich dieses Stück Teer hinunterschlucken, das mir seit jener Drecksnacht in der Kehle steckt. Die Ärzte sagen, das liege an den Schläuchen, aber ich weiß, dass das nicht stimmt. Es ist das Schuldgefühl, das ich nicht hinunterschlucken kann und das mir wie ein Reflux immer wieder hochkommt. Ich habe getan, was ich konnte, Emma, ich hoffe, das hast du bemerkt.

»Wie kannst du nur immer so unverfroren sein und selbst in so einem Moment noch Witze machen?«, fragt Sveva. »Manchmal wäre ich gerne ein bisschen wie du. Aber ich habe ja nur deine Schwächen geerbt …«

»Tja, man muss eben alt werden, um über das Leben zu lachen. In meinem Alter wirst du die Netteste schlechthin sein!«

Mag sein, dass ich auf diese Weise die Furcht verdränge, als Leiche aus dem OP geschoben zu werden, aber ich kann einfach nicht ernst sein. Es gibt immer zwei Arten, die Dinge zu nehmen, mit Verzweiflung oder mit Ironie, und keine von ihnen ändert die Karten auf dem Tisch. Wir entscheiden nicht über den Endstand, aber wir entscheiden, wie die letzten fünf Minuten ablaufen.

»Blödmann.« Sveva knufft mich in den Arm.

Rossana mischt sich ein: »In Wahrheit erträgt er es einfach nicht, mal nicht im Mittelpunkt zu stehen. Er ist eben ein selbstverliebter alter Knochen!«

Diesmal ist es an mir zu lachen. Wenn ich hier heil rauskomme, werde ich Rossana zu überzeugen versuchen, in den Ruhestand zu gehen und sich nur noch mir zu widmen. Das wird wohl nicht ganz leicht werden, aber dann bin ich wenigstens beschäftigt. Dante hat mir erzählt, dass sie zwei Tage lang vor der Intensivstation gewartet und gebetet hat. Marino konnte nicht kommen, aber er hat stündlich angerufen und jedem Erstbesten am Telefon die Ohren vollgeheult wie ein Kind. Der gute Alte mit dem stählernen Herzen.

Mein Sohn lehnt an meiner Bettkante. Ich möchte ihn

ein wenig wegschieben, ich ertrage sein Parfüm nicht, aber nun habe ich so viel unternommen, um mich ihm anzunähern, da kann ich nicht ausgerechnet jetzt alles kaputtmachen.

»Hör mal, das mag jetzt nicht der richtige Augenblick sein, aber nach der Operation müssen wir eine Lösung für dich finden. Du kommst entweder zu mir oder zu Sveva. Allein kannst du jedenfalls nicht bleiben.«

Lieber Gott, bloß nicht zu Sveva. Aber bei meinem Sohn zu wohnen, scheint mir auch keine gute Idee zu sein. Ich will mir gar nicht vorstellen, wie er und der Künstler im Morgenmantel händchenhaltend auf dem Sofa sitzen. Ich sollte ihm die Wahrheit sagen, aber er ist so sanftmütig, dass ich ihm nicht widersprechen möchte. Im Gegensatz zu seiner Schwester weiß Dante, wie er mich nehmen muss. Also nicke ich, ich kann jetzt nicht diskutieren. Eins nach dem anderen, zuerst muss ich meine eigene Haut retten, dann werde ich abwägen, mit welchem meiner Kinder ich mich die letzten Tage meines Lebens rumärgern soll. Eigentlich gibt es noch eine dritte Möglichkeit: zu Hause wohnen zu bleiben mit einer Pflegerin, am besten nicht zu alt. Aber auch das kann ich nicht sagen, Rossana steht neben mir, und das wäre nicht gerade ein netter Witz. Außerdem habe ich so ein Gefühl: Wenn ich heute davonkomme, werde ich meinem alten Freund da unten Adieu sagen müssen, ohne Zauberpille muss er zwangsläufig in den Ruhestand. Das sollte normal sein in meinem Alter, ist es aber nicht. Ein trauriger Gedanke, dass ein Freund, an dem du so hängst und der dich nie enttäuscht hat, plötzlich zurückbleibt und sich verabschiedet. Ganz schön nervig, keine Frage. Dann nehmt doch gleich auch die Augen mit, dann muss ich wenigstens nichts mehr sehen, womit ich eh nichts anfangen kann.

Zwei Pfleger kommen herein. Es ist Zeit.

Jetzt wirkt auch Dante gerührt, und Sveva hat sich weggedreht.

»Hey, Leute, noch bin ich nicht tot!«, kann ich gerade noch sagen, bevor Dante mich umarmt.

Rührselige Szenen sind nicht meine Sache. Hätte ich wirklich sterben sollen, hätte ich das lieber mal in meinem Wohnzimmer mit Beelzebub getan, der mir die Wangen leckt. Dann wäre wenigstens keine Zeit für Rührung gewesen.

Einer der Pfleger lässt etwas in den Tropf laufen, dann löst er die Bettrollen und zieht mich hinaus auf den Flur. Die Neonlichter an der Decke begleiten mich auf meinem Weg. Ich sollte die Augen schließen, hier gibt es nichts Schönes zu sehen. Wenn ich allerdings gleich tot sein werde, will ich auch nicht die Chance vergeuden, noch einmal die letzten Dinge dieser Welt erblickt zu haben, und sei es nur das weiße Licht erbärmlicher Neonröhren.

Die erste Person, die ich nach meinem Infarkt gesehen habe, war mein Enkel, der mir über die wenigen verbliebenen Haare strich. Ich war wirklich nervös, konnte mich an nichts erinnern und wollte nur nach Hause. Ich mag Krankenhäuser nicht, und die Aussicht, mich länger in einem aufhalten zu müssen, deprimiert mich. Dann aber kam jemand und wechselte meinen Tropf, Signora Filomena … und die Welt lächelte mir wieder zu. Sie ist eine Krankenschwester um die fünfzig, rundlich, gebräunte Haut, rabenschwarzes Haar, dick geschminkt, aufgespritzte Lippen … und zwei außerirdische Titten! New York hat sein

Symbol für die Freiheit, wir könnten dies dank Signora Filomena mit einer Unanständigkeitsstatue erwidern: Sie müsste ihre Züge haben. In mir aber hat diese Schwester wieder die Eitelkeit geweckt: Ich mag es nun mal richtig vulgär und zotig.

Am nächsten Tag habe ich sie gerufen, ob sie mir das Kissen im Rücken richten kann. Dann habe ich mit seliger Miene ihre Titten genossen, die nur eine Handbreit von meiner Nase entfernt waren, während sie sich mühte, mich zufriedenzustellen. Am Ende hat sie gelächelt und festgestellt: »Dottore, Ihr spielt mir wohl gerne den Witzbold!«

Jawohl, ich spiele gerne den Witzbold, ich muss das Leben nicht zu ernst nehmen, ich mag schöne Frauen und dicke Titten. Aber ich mag auch vieles andere. Zum Beispiel mag ich den Essensgeruch, der durch ein offenes Fenster hereindringt, oder Vorhänge, die sich im Sommer leise in der Brise blähen. Ich mag Hunde, die beim Zuhören den Kopf leicht schräg legen, oder eine frisch gestrichene Wohnung. Ich mag, wenn auf dem Nachttisch ein Buch auf mich wartet. Ich mag Marmeladengläser und das gelbe Licht der Straßenlaternen. Ich mag das Gefühl von rohem Fleisch oder Fisch unter den Fingern. Ich mag das Geräusch, wenn eine Flasche entkorkt wird. Ich mag Rotwein, der sich ans Glas klammert. Ich mag ein altes, abgeblättertes Boot. Ich mag Familienorte und den Duft von frischer Wäsche. Ich mag Angelschnüre an Korken und den Metzger, der mit gleichmäßigen Bewegungen das Fleisch zerteilt. Ich mag rote Wangen und ein Zittern in der Stimme.

Wir sind im Aufzug. Ein Pfleger schiebt mich, der andere drückt den Knopf. Auch hier dasselbe weiße, antiseptische Licht. Ich spüre, wie aus meinen Eingeweiden die Angst aufsteigt und sich in der Brust ausbreitet. Ich schließe die Augen und setze meine Liste fort.

Ich mag den Geruch von Säuglingen und den fernen Klang eines Klaviers. Ich mag das Geräusch von Schritten auf Kies und Straßen, die sich wie Ströme durch Felder schlängeln. Ich mag den Vesuv, der mir ein Gefühl von Zuhause gibt. Ich mag es, meine Füße im Sand zu vergraben. Ich mag Fußball am Sonntagnachmittag, den Duft eines neuen Seifenstücks, die beschlagenen Fensterscheiben an kalten Tagen. Ich mag es, wenn eine Frau mir mit den Augen »Ich liebe dich« sagt. Ich mag das Geräusch aufplatzender Kastanien in der Glut. Ich mag die Stille der Sommerabende und das Lärmen der nächtlichen Brandung. Ich mag Vogelgezwitscher vor dem Fenster, Wasser, das einem die Füße umspielt, und das Gefühl der Rinde von einem alten Olivenbaum unter den Fingerspitzen. Ich mag den Kamingeruch, wenn man über die Pflastersteine durch ein Bergdorf spaziert. Ich mag hausgemachte Pasta und Mauersprüche. Ich mag den Geruch von Mist auf nassen Feldern. Ich mag Holzlöffel. Ich mag Kakteen, die sich ihrer Umgebung anpassen, und das Rauschen eines versteckten Bächleins. Ich mag das *Cuoppo* aus frittierten Sardinen, das gegenüber von Dantes Galerie verkauft wird. Ich mag den Duft von Frauenhaar.

Noch ein Flur, durch den wir laufen. Es ist, als kämen wir nie an. Die beiden neben mir grüßen Kollegen, unterhalten sich, lachen. Für sie bin ich nur irgendein Körper, der zum Schlachthaus geführt wird, tägliche Routine.

Wenn du den Tod jeden Tag an deiner Seite hast, fängst du irgendwann an zu gähnen.

Eine Tür geht auf. Wir sind drin.

Ich mag das Brodeln der Espressokanne auf dem Herd, die geschliffenen Steine im Meer und den Klang des Geschirrs im Restaurant. Ich mag es, wenn eine Katze sich zwischen Autos flüchtet, und das Knarzen alter Möbel. Ich mag das Grüßen über die Straße und die neugierigen Blicke der Touristen, die meine Stadt besuchen. Ich mag Alleen. Ich mag den Geruch der Wurstwarenhandlungen von früher, die es nicht mehr gibt. Ich mag Straßenmusiker. Ich mag die Farbe von Tomaten und den Duft von Creme auf der Haut. Ich mag Sommernachmittage mit dem Gesang der Grillen im Hintergrund. Ich mag es, einen Spaghetti aus dem kochenden Wasser zu fischen und zu probieren. Ich mag den Fischgeruch eines alten, rostzerfressenen Fischkutters und den Mond, der eine Spur auf das Wasser zeichnet, damit man zu ihm gelangt. Ich mag alte Fotos, mit denen man in die Vergangenheit reisen kann. Ich mag das Knarzen von Holzdielen. Ich mag Schwächen. Ich mag ein verfallenes Gemäuer in einem Kornfeld. Ich mag es, von oben auf einen mit tausend bunten Sonnenschirmen gepunkteten Strand zu schauen. Ich mag alte Lieder, bei denen dir der Atem stockt. Ich mag Krebse, die in eine Ritze des Felsens flüchten. Ich mag das Fußballtor, das auf eine unverputzte Mauer gemalt ist. Ich mag die Hand einer Frau in meinem Nacken.

Die beiden packen die Ecken des Tuches und heben mich hoch. Einen Moment später liege ich auf dem OP-Tisch. Mein Herz schlägt nun schneller. Ich versuche, mich zu entspannen und nicht daran zu denken, was in ein paar Minuten passieren wird. Zwei Ärzte kommen, der eine hält eine Krankenakte in der Hand, der andere nimmt meinen Arm. Ich schließe wieder die Augen. Ich will nichts mehr sehen, ich möchte nur noch phantasieren.

Ich mag die Vögel, die unter einem Gesims Schutz suchen, bis es sich ausgeregnet hat. Ich mag die schlafende Stadt und den Anblick von Harke und Schäufelchen im Sand. Ich mag die Schnecke, die energisch auf einen Unterschlupf zukriecht. Ich mag das Klingeln eines Fahrrads. Ich mag Eidechsen, die nicht fliehen, sondern stillhalten. Ich mag die Kreuze auf den Berggipfeln. Ich mag das Weiß der Häuser am Meer und die alten Höfe mit der aufgehängten Wäsche in der Sonne. Ich mag, wenn mich eine Erinnerung besucht. Ich mag den Wind, der die Hindernisse fortträgt, und die reifen Früchte, die vom Ast fallen. Ich mag die Ameisen, die von einem Tropfen Morgentau trinken. Ich mag einen Bolzplatz am Stadtrand. Ich mag Straßen, die zum Meer führen. Ich mag es, im Sommer barfuß zu laufen. Ich mag vom Leben zerfurchte Gesichter. Ich mag es, einen Menschen in der Ferne auf dem Feld arbeiten zu sehen. Ich mag, wenn jemand ein Kind liebt, das nicht seines ist.

Der Arzt mit dem Gesichtsschutz vor dem Mund gibt mir einen Klaps auf die Wange und fragt: »Signor Annunziata, alles in Ordnung?«

Ihr schneidet mich gleich auf wie eine Wassermelone, ich weiß nicht, ob ich die Operation überleben werde, und du fragst mich, ob alles in Ordnung ist? Ich nicke, um nicht zu fluchen, während ich spüre, wie jemand an der Nadel in meiner Vene herummacht, dann fühle ich kaltes

Metall an der Haut der Fuß- und Handgelenke. Der Geruch von Desinfektionsmittel ist überall, und ich mag diesen Geruch nicht.

Dafür mag ich den Geruch von Zitronen, der an den Fingern haften bleibt, und den von dunkler Erde, die sich unter den Fingernägeln sammelt. Ich mag das Aroma der Pinien und den Duft von frisch aufgehängter Wäsche. Ich mag das Prasseln des Hagels auf den Scheiben und die Konsistenz von Tuffstein. Ich mag den Kaffeegeschmack, der sich langsam auflöst, und den von schwarzer Schokolade, den man erst nach einer Weile schmeckt. Ich mag Holzbalken an der Decke, Brotkrümel und Sachen, die keiner mehr benutzt. Ich mag es, wenn mein Blick den einer Unbekannten kreuzt. Ich mag die sicheren Handgriffe eines Pizzabäckers, eine Umarmung aus Freude, die Hand eines Säuglings, die ins Leere greift. Ich mag das Efeu, das an einer Hauswand hochrankt. Ich mag Fische, die Brotkrumen von der Wasseroberfläche schnappen und wegschwimmen. Ich mag es, wenn Menschen an der Bushaltestelle lesen. Ich mag Leute, die nicht zu viel planen, und Leute, die allein sein können. Ich mag Küchen auf der Veranda. Ich mag den Geschmack von Schweiß nach einem langen Lauf. Ich mag es, wenn man das Glas immer halb voll sieht. Ich mag weiße Haare und die Eisenwaagen, die Obstverkäufer früher benutzten. Ich mag Wohnungen, in denen dich der Geruch von Essen empfängt. Ich mag das Schmatzen der Lippen auf der Haut. Ich mag es, wenn jemand als Erster lieben kann.

Ein paar Lampen gehen aus. Der Arzt beugt sich über mein Gesicht und sagt mit beruhigender Stimme: »Signor Annunziata, wir lassen Sie jetzt einschlafen. Sie werden in Ihrem Zimmer aufwachen, wenn wir fertig sind. Keine Sorge, es wird alles gut gehen!«

Ich hebe nicht einmal die Lider. Ich werde in meinem Zimmer aufwachen. Oder ich werde gar nicht mehr aufwachen. Ein feiner Unterschied.

Ich mag das Licht am Himmel, wenn die Sonne untergegangen ist. Ich mag das Gras, das den Asphalt besiegt. Ich mag das dümmliche Lächeln eines Clowns. Ich mag es, wenn jemand keinen Zorn hegt. Ich mag alte, chaotische Buchhandlungen. Ich mag den Moment vor dem ersten Kuss. Ich mag es, mir die Häuser einer fremden Stadt anzusehen. Ich mag die Würde des Sohnes, der seine hinter dem Leichenwagen hergehende Mutter stützt. Ich mag Frauen, die gerne essen. Ich mag es, im Schatten ein Buch zu lesen. Ich mag den Gecko, der neben einer Lampe sitzt und zum Horizont blickt. Ich mag Leute, die mit jeder Faser ihres Körpers an etwas glauben. Ich mag Schwalbennester. Ich mag es, wenn jemand beim Anblick der Sterne noch staunt. Ich mag den Geruch von Asche und Mäuerchen, auf denen die Lieben für einen Sommer zusammenfinden. Ich mag junge Menschen, die sich auf einer Bank küssen, und die verknautschten Laken nach einer Liebesnacht. Ich mag das leise Hintergrundbrummen des Ventilators. Ich mag es, mir das Gesicht einer Frau vorzustellen, die ich nur von hinten sehe. Ich mag die Ballen auf den Feldern am Straßenrand. Ich mag, wenn jemand um Entschuldigung bitten kann. Ich mag Leute, die sich immer noch nicht auf dieser Erde zurechtfinden. Ich mag es, wenn Menschen Fragen stellen. Ich mag das Lächeln meiner Kinder.

Ich mag es, wenn Menschen sich selbst lieben können.

Mir fällt nichts mehr ein, vielleicht ist das Betäubungsmittel schon in meiner Blutbahn. Lieber schlafen, die Liste setze ich morgen fort.

Ach nein, ein letztes *Ich mag* habe ich noch.

Ich mag Menschen, die jeden Tag darum kämpfen, glücklich zu sein.

# DANK

Ein paar Menschen möchte ich danken.

An erster Stelle meiner Frau Flavia, die da war, als ich der Suche nach meinem Weg Tritte verpasste, und auch jetzt da ist. Immer mit einem Lächeln.

Dann danke ich Silvia Meucci, meiner Agentin und Freundin, die mich als Erste bemerkt hat, mir die Hand gereicht und mich bis hierher begleitet hat. Dass es dieses Buch gibt, ist zu einem großen Teil ihr Verdienst.

Ich danke dem Verleger des Verlags Longanesi, Stefano Mauri, der keine Gelegenheit ausgelassen hat, von mir und Cesare zu erzählen.

Ich danke Giuseppe Strazzeri, dem Verlagsleiter, der zu den Menschen gehört, bei denen man sich sofort wohlfühlt. Sein Enthusiasmus und sein Einsatz für den Alten waren Cesares Lebenssaft.

Ich danke Guglielmo Cutolo: Er ist nicht nur ein großartiger Lektor, in vielerlei Hinsicht spricht er auch meine Sprache. Seine wertvolle Arbeit hat den Roman besser gemacht.

Und am Ende ein herzliches Dankeschön an die ganze Longanesi-Familie, die mich mit Rücksicht, Zuneigung und Freundschaft aufgenommen hat, sodass ich mich bei ihnen wie zu Hause fühlen konnte.

# INHALT

Vorweg ........ 7
Cesare Annunziata ........ 9
Nur eins unterscheidet uns ........ 13
Die Katzendame ........ 22
Zwei Zirkusclowns ........ 30
Soja-Burger ........ 41
Engelzart geboren, sterbe ich als Griesgram ........ 48
Das Nicht-Getane ........ 53
Man kann niemanden retten, der nicht will ........ 62
Die erste von drei unerreichbaren Frauen ........ 70
Emma ........ 76
Superman im Rock ........ 94
Ich habe versagt ........ 106
Der Kopf ........ 111
Addò Talebano ........ 119
Wir zwei ........ 138
Ich möchte ein Gormiti-Kämpfer sein ........ 147
Die zweite der drei unerreichbaren Frauen ........ 164
Eine Kammer voll Erinnerungen ........ 170
Ein leises Klingeln am Ohr ........ 185
In vino veritas ........ 206
Auf meine Art ........ 217
Ein unaufhaltsamer Strom ........ 222

Wie Wolken ........................................ 230
Das Goldfischglas ........................................ 238
Was wir lernen ........................................ 247
Die dritte der drei unerreichbaren Frauen .......... 254
Eine nicht vorhergesehene Möglichkeit ............ 263
Was ich mag ........................................ 272
Dank ........................................ 285